Über den Autor

Hans-Peter Kreuzer, Jahrgang 1944

verbrachte seine ersten 30 Lebensjahre in München. Seit 1974 lebt er im Chiemgau bei Rosenheim. Er arbeitete dort 30 Jahre lang als Anwalt in eigener Kanzlei und als Dozent an der Hochschule für angewandte Wissenschaften Rosenheim. Seit 2004 betätigt er sich als Autor und verbringt viel Zeit in seinem Haus im südlichen Trentino. Es gibt von ihm eine Reihe von „Lebensgeschichten" (12 Bände/ Privatdrucke) über das Leben seiner Ahnen, über die Lebensweg-Gefährten und über eigene Erlebnisse. Ferner hat er teils heiter, teils besinnlich Kurzgeschichten und Gedichte geschrieben. Sein Gedichte-Band mit dem Titel „Glück auf Lyrisch" wurde im Mai 2015 veröffentlicht. Mit „Anwalt Happinger Das Bergbauerntestament" (2015) legt er seinen ersten Roman vor.

Hans-Peter Kreuzer

ANWALT HAPPINGER
Das Bergbauern-Testament

ROMAN

EPUBLI VERLAG BERLIN
2015

Druck und Verlag: epubli GmbH Berlin
www.epubli.de

ISBN 978-3-7375-8292-6

ANWALT HAPPINGER
Das Bergbauern-Testament

Geht die Dschunke unter,
ist der Hai zur Stelle

Aus Indochina

<1>

„Eine Viertelstunde gebe ich ihnen noch", murmelte Marinus Happinger grimmig, „mehr nicht." Es war jetzt genau zehn Uhr und seit zwei Stunden ging das schon so mit dem Lärm. Der Boden seines Arbeitszimmers vibrierte. Von den Räumen im Stockwerk unterhalb seiner Anwaltskanzlei, kam das Hämmern und Bohren, das ihn nervte. In erster Lage im Zentrum Rosenheims hatte er die Kanzlei gewählt – und nun dieses. Er sah ja ein, dass es bei einem Mieterwechsel nicht ohne Lärm abgehen konnte, aber es traf ihn eben zu oft. Bis 1990 waren die Räume im ersten Stock des recht ansehnlichen Geschäftshauses an einen Makler vermietet. Dann kam ein Herrenausstatter, der sie zuvor nach seinen Vorstellungen umbauen ließ. In diesem Frühjahr 1996 war es nun eine der großen Rosenheimer Banken, die den Räumen mit umfangreichen Trockenbaumaßnahmen ein neues Gesicht verleihen wollte, bevor sie hier ihre x-te Beratungsstelle etablierte. Offenbar hatten sie es nicht eilig. Einige Tage Baulärm hätte sich Happinger ja eingehen lassen, aber es war nun schon über eine Woche vergangen und rein gar nichts deutete auf die baldige Fertigstellung hin. Unregelmäßig, ja geradezu tückisch kam dieser Baulärm daher. Er hatte nicht das Verlässliche eines in berechenbaren Zeiten aufkommenden Verkehrslärms; nein – dieser Lärm wies geradezu sadistische Züge auf. Er brach plötzlich ab, gaukelte einem minutenlang die ersehnte Ruhe vor, und setzte dann unerwartet wieder ein.

Heute war es besonders schlimm. Happinger arbeitete an einer Klage. Für seine Arbeit am Schriftsatz hätte er Ruhe gebraucht, so aber schreckte er jedes Mal auf, verlor den Faden und kam nicht so recht voran. Er schob das Konzeptpapier und den Bleistift beiseite, stand auf und stellte sich an eines der nach Süden gehenden Fenster. Er schaute hinunter auf die Rathausstraße und weiter nach rechts auf die Kreuzung, an welcher die Prinzregentenstraße begann. Autos und LKWs bewegten sich im Schritttempo auf dieser Verkehrsachse, die den Max-Josefs-Platz von der hier beginnenden Münchner Straße trennte und damit eine durchgehende Fußgängerzone verhinderte.

Die Leute hatten es eilig. Sie flüchteten vor dem Regen, der ganz unvermutet eingesetzt hatte. Niemand war auf die Idee gekommen, an diesem Morgen, der mit so viel Sonne begonnen hatte, einen Schirm mitzunehmen. Leicht bekleidet und gut gelaunt waren sie aus dem Haus gegangen. Jetzt aber zeigte ihnen der April seine Launenhaftigkeit und damit war auch die gute Stimmung der Leute dahin.

Bei einem solchen Wetter hielt sich Happinger eigentlich ganz gerne in seinem Büro auf. Heute aber verleidete ihm der unerträgliche Baulärm im Haus so ziemlich alles. Er hatte keinen Grund, die Passanten da drunten zu bedauern; vielmehr verdiente er es, bedauert zu werden. Wieder dröhnte ihm der Lärm eines Bohrhammers in den Ohren, brach ab und setzte gleich darauf wieder ein.

„Eine Viertelstunde, mehr nicht", grummelte Happinger wieder und wieder. Über Klagen auf Unterlassung und Schadensersatz dachte er nach, welche gegen die Urheber des Baulärms oder zumindest gegen den Vermieter geführt werden könnten. Die zu stellenden Anträge und die komplette Klagebegründung hatte er vor Augen, doch selbst in diesen Gedanken wurde er gestört. Gerade erreichte der Ohren betäubende Lärm wieder einen Höhepunkt. In seiner Phantasie drangen die Bohrer jetzt schon durch die Decke. Jeden Moment mussten sie sichtbar werden, wie Pilze, die nach einem warmen Regen den Waldboden durchbrechen, nur eben nicht still wie diese, sondern mit höllischem Lärm hervorsprießend. Happinger presste sich die Handflächen gegen die Ohren und beobachtete das leichte Zittern der Gegenstände auf seinem Schreibtisch, der Bilder an den Wänden und der Bücher in der Bibliothekswand hinter ihm. Sogar die schwere Schreibtischleuchte aus Messing bewegte sich.

Ihr grünmetallener Schirm schien sich infolge der starken Vibrationen in ein Instrument für zeitgenössische Musik verwandelt zu haben. Er gab Töne in Nerv tötender Frequenz von sich. Happinger überlegte, ob er bei einem derart dringlichen Fall nicht doch auf der Stelle eine einstweilige Verfügung erwirken und damit dem Spuk ein Ende machen sollte. Während er die rechtlichen Möglichkeiten durchdachte und sie sorgfältig gegeneinander abwog, verstrich das Ultimatum, das er den Lärmverursachern und auch deren Hintermännern stillschweigend gesetzt hatte. Es war genau Viertel nach Zehn. Schlagartig hörte das Bohren und Hämmern auf. In den Kanzleiräumen waren jetzt nur noch die gewohnten Geräusche aus dem Sekretariat zu hören. „Na geht doch", dachte Happinger und setzte sich wieder an seinen Schreibtisch, um den Schriftsatz erneut in Angriff zu nehmen. Aber noch bevor er den zuletzt zu Papier gebrachten Text lesen und daran anknüpfend den halb fertigen Entwurf weiter bearbeiten konnte, klopfte es an der Tür seines Arbeitszimmers.

„Ja bitte!" rief Happinger.

Lisa Prezz, Happingers Anwaltsgehilfin, schaute durch die halb geöffnete Tür und meldete: „Herr Rechtsanwalt, da ist ein Herr Gfäller in einer Erbangelegenheit. Er ist sehr aufgeregt und möchte unbedingt gleich mit Ihnen sprechen."

Wollen sie alle, grummelte Happinger in seinen nicht vorhandenen Bart und beinahe wollte er Fräulein Prezz schon anweisen, dem Drängler einen Termin erst in der nächsten oder übernächsten Woche anzubieten. Aber dann überlegte er, dass dieser Mann, der anscheinend über gar keine Geduld verfügte, womöglich sofort beim nächsten Anwalt anfragen würde, und dann käme eben dieser zu einem Mandat, das sich ja vielleicht als interessant herausstellen könnte. Das wollte Happinger dann doch nicht. Erbrechtsfälle fand er interessant und nicht selten waren sie auch lukrativ. Wie interessant und lukrativ dieser Fall werden würde, ja dass es vielleicht einer der spannendsten Fälle in seiner ganzen Anwaltslaufbahn werden könnte, ahnte er zu diesem Zeitpunkt noch nicht.

„Also lassen Sie den Herrn Gfäller bitte im Wartezimmer Platz nehmen und sagen Sie ihm, dass es noch einen Moment dauert", raunzte Happinger immer noch unwillig dem Fräulein Prezz zu. Inzwischen drangen unter ihm die Bohrhämmer schon wieder in die Decken und Wände. „Na – das kann ja eine heitere Besprechung werden", dachte er, „wenn die Nerven beim Anwalt u n d beim Mandanten blank liegen."

An eine Fortsetzung der Arbeit an seinem Schriftsatz war allerdings auch nicht zu denken. Er rannte hinaus in den Flur, vorbei an der halb offenen Türe des Wartezimmers und rief Fräulein Prezz noch zu: „Bin gleich zurück! Kaffeepause!". Er nahm nicht den Aufzug, eilte die Treppe nach unten, und schon Sekunden später stand er heißen Kaffee schlürfend am Stehausschank des Tschibo-Kaffeeladens. Es kam ihm ausgesprochen ruhig vor in dem belebten Laden. Hatten ihn die Bohrgeräusche taub gemacht? So, dass es niemand merkte, zog er erst links und dann rechts kräftig an seinen Ohrläppchen. Es half. Schlagartig waren die Ohren wieder auf den normalen Empfang von Geräuschen eingestellt. Da war es – das muntere Geplapper von allen Seiten, wie er es von diesem stark frequentierten kleinen Laden unter den Arkaden kannte. Das Ziehen an den Ohrläppchen hatte auch bei Bergbahn-Fahrten und Flugreisen oft diese Wirkung gehabt.

Auf dem Rückweg in sein Büro ließ Happinger im Vorbeigehen die Arbeiter in der unteren Etage wissen, dass in der nächsten halben Stunde genau über ihnen eine äußerst wichtige Besprechung stattfinden wird, und dass er sie mit einem Sack voller Paragraphen aus dem Haus jagen wird, wenn sie den Lärm nicht vorübergehend unterlassen. Einer von ihnen, vermutlich der Vorarbeiter, hob die Schultern und drehte die Handflächen nach oben.

„Auch eine Antwort!" dachte Happinger. Er hoffte aber, dass ihm sein drohender Auftritt doch zumindest eine ungestörte halbe Stunde verschaffen würde. „Der Herr Gfäller wird schon ungeduldig", flüsterte ihm Fräulein Prezz zu, als er durch die Bürotür kam.

Happinger nahm es zur Kenntnis.

Natürlich hätte er den Mandanten auch sofort herein bitten können, aber eine Wartezeit wollte er ihm schon zumuten. Guten Anwälten eilt der Ruf voraus, vielbeschäftigt zu sein. Happinger war selbstbewusst genug, sich für einen sehr guten Anwalt zu halten. Dem Herrn Gfäller konnte er da schon zumuten, so lange zu warten, bis er Zeit für ihn hatte. Aber jetzt konnte es ja losgehen.

„Herr Gfäller, kommen Sie bitte mit mir?" sagte Happinger. Er reichte dem Mandanten beiläufig die Hand und geleitete ihn persönlich zur Tür des Besprechungszimmers. „I bin da Gfäller Lenz!" dröhnte es ihm wie aus einem Schalltrichter über den Rücken direkt ins Ohr. Der Gfäller Lenz schrie es heraus, was daran lag, dass er im Wartezimmer ein gehöriges Quantum Baulärm mitbekommen hatte. In der Aufregung hatte er aber nicht bedacht, dass mittlerweile von unten kein Lärm mehr kam. „Hoppla, des war jetzt aber a bissl z` laut", entschuldigte er sich mit betroffener Miene und hochgezogenen Schultern. „Macht nichts!" meinte Happinger. Er war zufrieden, dass sein Protest anscheinend Erfolg hatte und somit auf eine ungestörte Besprechung gehofft werden konnte. „Nehmen Sie doch bitte Platz!" sagte er und deutete auf einen der Besucher-Stühle. Er selbst ließ sich in seinen Schreibtisch-Sessel gleiten und nahm die Haltung ein, die er der Gewohnheit folgend bei Besprechungen immer einnahm. Mit seiner linken Hand hatte er die Sessellehne fest im Griff, der rechte Arm war abgewinkelt auf die rechte Lehne gestützt. Der Daumen der rechten Hand stützte das Kinn, der Mittelfinger folgte dem Lippenbogen und der stramm zum Ohr weisende Zeigefinger drückte fest gegen die Wange. Zuhören und Schweigen mochte das bedeuten. Tatsächlich war Happinger schon gespannt darauf, was ihm dieser Herr Gfäller zu sagen hatte.

<2>

Marinus Happinger hatte das Haus morgens um sieben in Richtung München verlassen. Es erwartete in dort vor dem Oberlandesgericht in der Prielmayerstraße pünktlich um acht Uhr sein Mandant. Die Berufungs-Verhandlung in einem hochkarätigen Bauprozess stand an. Anna Happinger erledigte an diesem Dienstag gleich nach dem Frühstück die Einkäufe für die bevorstehende Woche. Sie musste dazu in das drei Kilometer entfernte Reding fahren, denn in Aufferberg, wo sie wohnten, gab es nur ein paar Bauernhöfe und Landhäuser, aber keine Geschäfte. Marinus und Anna hatten sich ganz bewusst für ein Wohnen im Außenbereich entschieden. Dafür mussten sie etwas weitere Wege in Kauf nehmen und ein zweites Auto brauchten sie auch. Für Anna war es an diesem Dienstag die übliche Einkaufstour. Erst war sie zum Metzger gefahren, dann zum Bäcker und zuletzt fuhr sie noch zu dem weit außerhalb von Reding gelegenen Supermarkt. Anna Happinger war ganz entgegen der in den Supermärkten sonst üblichen Anonymität dem Verkaufspersonal bestens bekannt und wurde namentlich begrüßt, seitdem sie wegen ihrer häufigen Großeinkäufe positiv aufgefallen war. Tatsächlich brauchte sie fast immer zwei große

Einkaufswagen, um die für die große Familie benötigten Lebensmittel von den Regalen zur Kasse und zum Auto zu befördern. Es waren ja immerhin acht Personen, die sie zuhause zu versorgen hatte. Selbst wenn ihre Mutter und die kleineren der fünf Kinder keine starken Esser waren, kam immer eine große Menge an Lebensmitteln zusammen. Wer die zierliche, blonde Frau nicht kannte und das Pech hatte, an der Kasse hinter ihr warten zu müssen, rätselte, warum zum Teufel jemand wie sie solche Hamsterkäufe tätigte. Auch an diesem Tag war es ein gewaltiger Warenberg, den Anna zur Kasse schob. Im Supermarkt war zu dieser Stunde viel los. Als sie die Waren Stück für Stück auf das Fließband legte, spürte sie die Ungeduld der hinter ihr stehenden Kunden. Anna konnte daran nichts ändern, und was nicht zu ändern war, nahm sie mit Ruhe und Gelassenheit. Zum Schluss spuckte die Kasse einen unglaublich langen Streifen aus. „Macht hundertdreizehnMarkzwölf, Frau Happinger", rief die Kassiererin weithin hörbar, als wäre das Ergebnis von allgemeinem Interesse. Anscheinend hatte sie vom Filialleiter die Anweisung bekommen, den Rechnungsbetrag laut und deutlich zu sagen. Unwillkürlich fiel Anna der von den Ulknudeln Ingolf Lück und Hella von Sinnen gespielte Fernseh-Spot ein, mit dem mehr Unbefangenheit beim Thema HIV und Aids erzeugt werden sollte. Lück steht an der Kasse des Supermarktes und versteckt die bunten Präservative verschämt unter den anderen Einkäufen. Die hinter ihm stehenden Kunden sollen sie nicht bemerken. Die gänzlich unsensible Kassiererin aber greift gezielt nach den Präservativen im Korb, hebt sich hoch und ruft der Kollegin an der Kasse gegenüber ganz laut zu: »Hey Tina, wat kosten die Kondome?« Anna fand sich damit ab, dass es an der Kasse eines Supermarktes so etwas wie Diskretion nicht gab, und es hatte ja auch etwas Gutes. Kunden, die sich mit dem Hören und mit dem Lesen der Kassenzettel schwer taten, waren dankbar für eine laute und deutliche Ansage. „Beim Einkaufen ist man halt nicht allein", dachte sich Anna, und so als hätte dies einer Bestätigung bedurft, vernahm sie hinter sich eine knarzig-schrille Frauenstimme: „Is des a Wirtin? Ko de ned im Großmarkt eikaffa?" Anna drehte sich um und schaute der zaundürren, verhärmten Gestalt, die so etwa um die achtzig sein mochte, direkt ins Gesicht. Die Alte kniff die Augen zu schmalen Schlitzen zusammen, aus denen sie, wie es schien, jederzeit weitere giftige Pfeile abschießen konnte. Jetzt aber wartete sie gespannt auf Annas Reaktion. Aber Anna sagte nichts. Sie lächelte. Das war aber anscheinend so ungefähr das Letzte, was die Alte ertragen konnte. Sie umklammerte mit ihren knöchernen, zittrigen Händen den Griff des Einkaufswagens, auf den sie sich stützte,

und stieß mit ihrer geballten negativen Energie die Worte hervor: „Schau vor, und schau dass D`weida kummst!"
Anna hielt das in der Tat auch für das Beste. „Lass die Alte reden, wer weiß, was ihr fehlt und wie viele Jahre ihr noch vergönnt sind?" – dachte sie. Sie zahlte mit einem Hunderter und einem Zwanziger. Die hinter ihr Wartenden und allen voran die griesgrämige Alte wären vollends durchgedreht, wenn sie jetzt noch angefangen hätte, passende Münzen aus dem Geldbeutel zu suchen um endlich auch das viele Kleingeld loszuwerden, das sich seit den letzten Einkäufen angesammelt hatte.
„Is aba a Zeit wordn!" schimpfte die Alte hinter Anna her, als die schon auf dem Weg zum Ausgang war. Anna hörte es, aber sie hatte weder Zeit noch Lust, darüber nachzudenken, welches Schicksal die Frau derart gebeutelt haben mochte, dass sie auf ihre alten Tage so vergrämt und feindselig war. Sie erinnerte sich an den in vergleichbaren Fällen hilfreichen Satz: Was kümmert es die stolze Eiche, wenn sich eine Wildsau an ihr reibt? Der Vergleich der Alten mit einer Wildsau passte zwar nicht ganz, aber das war jetzt auch schon egal.
Geschickt bugsierte sie ihre voll beladenen Einkaufswagen, den einen ziehend und den anderen schiebend, durch die Ladentüre und weiter zum Parkplatz. Am Auto lud sie alles in Taschen, schob die leeren Wagen zurück zu

ihrem Standort vor dem Supermarkt, zog rasch die Pfandmünzen und beeilte sich, zurück zum Auto zu kommen. Auf dem Weg nachhause wollte sie noch bei der Gärtnerei Triebel vorbeifahren, um frischen Salat und Gemüse zu besorgen sowie einen Sack Futterrüben für die Pferde.

Die Einkaufstour war zeitraubend. Als sie die Gärtnerei verließ, war es schon kurz vor 11 Uhr. In ein bis zwei Stunden würden die Kinder mit einem Mordsappetit von der Schule heim kommen und auch Marinus befand sich nach dem Gerichtstermin in München bereits auf dem Nachhauseweg. Alle würden sie als Erstes fragen: „Was gibt`s denn heute zu essen?" und gleich darauf wäre ihre nächste Frage: „Wann essen wir?".

Das Mittagessen würde zur rechten Zeit auf dem Tisch stehen – dafür wollte Anna sorgen.

<3>

Der Gfäller Lenz wischte sich mit einem rot-
weiß getupften Stofftuch den Schweiß von der
Stirn. „Wos i eana jetzt erzähl, Herr Anwalt,
des werns net glaam!" war das Erste, was er
sagte. „Perfekte Einleitung", dachte Happinger.
Bei seinen Vorlesungen hatte er oft einen
ähnlichen Satz an den Anfang gestellt, weil das
die Spannung so schön aufbaute. „Na dann
leg`n S` mal los!" sagte er und rollte mit
seinem Sessel einen halben Meter zurück zur
Bibliothekswand, welche eindrucksvoll bestückt
war mit blutrot gebundenen Gesetzestexten,
juristischen Fachbüchern, Fachzeitschriften und
Kommentaren. Genau dieses Ambiente war es,
das Happinger für seine Arbeit brauchte, und
ganz nebenbei wirkte es auch positiv auf die
Mandanten. Wer im Rücken des Anwalts die
geballte Ladung rechtlichen Wissens sah,
wurde allein dadurch in dem Gefühl bestärkt,
in Happingers Kanzlei bestens aufgehoben zu
sein. Einigen Mandanten freilich – und der Lenz
gehörte zu diesen – wäre mehr körperliche
Nähe bei den Gesprächen lieb gewesen. Daran
war aber Happinger überhaupt nicht gelegen.
Eine mit bequemen Sesseln und womöglich
noch mit einer Couch ausgestattete Gesprächs-
Ecke, wie manche Anwälte sie hatten, fand er

für seine Anwaltskanzlei nicht passend. Er legte Wert auf eine gewisse Distanz und diese verschaffte ihm der große Schreibtisch, und über den hinweg konnte der Mandant ja sein Anliegen vortragen.

So saß also der Gfäller Lenz gut zwei Meter von ihm entfernt. Die Worte sprudelten jetzt nur so aus ihm heraus. Sein Onkel, der Gfäller Schorsch – Gott hab` ihn selig - sei Anfang 1996 verstorben. Mit seinen über 80 Jahren habe er bis zuletzt auf seinem Bergbauernhof oberhalb von Anderdorf ganz allein gelebt. Die ganze Arbeit sei liegen geblieben und so sei in den letzten Jahren alles heruntergekommen. Ja und als er dann starb, habe es eine große Überraschung gegeben. Zum Entsetzen der gesamten Verwandtschaft sei ein Testament aufgetaucht, nach dem er sein gesamtes Hab und Gut einer bisher gänzlich unbekannten Frau hinterlassen hatte.

„Was hat er ihr denn hinterlassen?" fragte Happinger. „Ja, den Hof hoid mit de Äcker drum rum und de Bergwiesen; ja und dann hoid no vui Bergwoid und zwoa Almen."

„Do geht`s um Millionen, was si` des Weibads do untern Nogl g`rissn hod!" fügte er hinzu.

„Worauf will er hinaus?" dachte Happinger. Es kam doch bekanntlich immer wieder mal vor, dass ein alter Mann kurz vor seinem Ende noch eine nette Frau fand und sie zur Erbin einsetzte. In solchen Fällen ging die ganze

Verwandtschaft dann eben leer aus, wenn das Gesetz für die Enterbten nicht ausnahmsweise Pflichtteilsansprüche vorsah. Im Fall des verstorbenen Gfäller Schorsch war Happinger rasch klar, dass gleich ein ganzes Dutzend Verwandter leer ausgehen würde, wenn das Testament rechtsgültig wäre. Aber genau daran, an die Wirksamkeit des Testaments, wollte der Gfäller Lenz nicht glauben. Er hatte sogar damit gerechnet, dass der Onkel ihn zu seinem alleinigen Erben einsetzt; und wenn er schon nicht Alleinerbe sein sollte, so erwartete er als gesetzlicher Erbe, zumindest mit einem Viertel des Nachlasses bedacht zu werden.

„Gar nia ned hätt da Onkel sei Zeig ana Wuidfremdn vamacht" sagte er und fuhr sich mit dem schweißnassen Tuch wieder über die Stirn. „Und überhaupt hod er des Testament gor nia ned gschriebn, wo a doch scho ganz dement war" ergänzte er.

„Und die anderen Verwandten des Onkels?" wollte Happinger wissen, „zweifeln die auch an der Wirksamkeit des Testaments?"

„Ja scho, aber de scheichan de Grichtskosten", antwortete der Lenz und schaute verächtlich halb zurück in den Raum, als stünden dort seine mutlosen Verwandten, die sich nur nicht vortrauten und keinen Mumm hatten, auch nur das geringste Kostenrisiko einzugehen.

„Und Sie wollen das auch bei ungewissen Erfolgsaussichten ganz allein stemmen?"

fragte Happinger zweifelnd den Gfäller Lenz.
„Ja scho ! Wissen S`, Herr Anwalt, wann ma
nix riskiert, kummt ma a zu nix.‟
„Jetzt ist er bei Binsenweisheiten gelandet‟,
dachte Happinger, aber irgendwie konnte er
den Gfäller Lenz verstehen. Er spürte, dass da
etwas an der Sache dran war, das sich bei
genauerer Überprüfung als Anfechtungsgrund
erweisen konnte. Wenn er sich in die Lage des
Mandanten versetzte und sich selbst die Frage
stellte, ob er stillhalten oder einen Rechtsstreit
um das Erbe riskieren sollte, so hätte er sich
trotz der unklaren Ausgangslage gewiss auch
gegen das Passivbleiben entschieden.
Für Happinger war diese Überlegung wichtig.
Es war nicht sein Stil, seine Mandanten in
abenteuerliche Prozesse zu jagen und ihnen
mit Blick auf ein hohes Honorar unbegründete
Hoffnungen zu machen.
Der Gfäller Lenz war ein Naturbursche, ein
Holzfäller und Waldarbeiter, der bei seiner
Tätigkeit oft genug Gefahren ausgesetzt war.
Er hatte dem Schorsch, seinem Onkel, nahe
gestanden. Immer wieder hatte dieser ihm
gesagt, dass er später mal der Hoferbe werden
soll. Und jetzt war da nach dem Tod des
Onkels diese Frau aufgetaucht. Als Alleinerbin
des Onkels bezeichnete sie sich, dabei hatte
bisher keiner von den Verwandten jemals von
ihr gehört, geschweige denn sie gesehen. Das
wollte der Gfäller Lenz so nicht gehen lassen.

„Drei vo meine Vettern und zwoa vo meine Basen werd`n scho a no mitmacha", schob er plötzlich nach. „Na also!" sagte Happinger. Damit reduzierte sich das zu diesem Zeitpunkt noch nicht abschätzbare, vermutlich aber hohe Kostenrisiko für den Gfäller Lenz erheblich.

„Also, dann erzählen Sie mir doch einmal etwas über Ihren verstorbenen Onkel und über die Frau, der er angeblich seinen Besitz vermacht haben soll; ja und natürlich auch alles, was sie über das Testament und den Nachlass des Onkels wissen", forderte er den Gfäller Lenz auf.

Der rückte nun so dicht es eben ging an Happingers Schreibtisch heran und lehnte sich mit weit vorgestreckten Armen über die fein polierte Fläche, ohne zu ahnen, dass er damit eine unsichtbare Grenze überschritt.

Happinger war verstört. Alles Mögliche hatte er sich einfallen lassen, um Mandanten auf Distanz zu halten. Allein schon die Größe des Schreibtisches garantierte üblicherweise einen Abstand von mindestens eineinhalb Metern. Zur Erweiterung dieser Distanz hatte er sich einen Abstandhalter ausgedacht. Unter dem Schreibtisch stand ein robuster Tisch parat, der eine schwarze, kratzfeste Platte hatte. Bei absehbarem Bedarf zog Happinger diesen niedrigen Tisch hervor, noch bevor der Mandant im Besprechungszimmer war. Die Mandanten mochten es als Möglichkeit sehen, ihre Akten und anderes darauf abzulegen; er selbst verschaffte sich dadurch einen etwas größeren Abstand von den Personen, die vor ihm saßen. Diesmal aber hatte er es versäumt, die Barriere rechtzeitig aufzubauen und so kam es, wie es kommen musste. Als das Gespräch für den Gfäller Lenz besonders aufregend wurde, legte der sich mit seinem ganzen Oberkörper auf den Schreibtisch und schlug mit der Faust darauf herum als wäre es ein Wirtshaustisch. Happinger schluckte verstört. Sagen wollte er nichts. Stattdessen bedachte er seinen wild gewordenen Mandanten mit Blicken, die jeden anderen zum sofortigen Rückzug bewegt hätten. Dem Gfäller Lenz hingegen fehlte jegliches Unrechtsbewusstsein. Happingers ärgerliche Blicke deutete er als empathische Äußerung. Ein Anwalt, der sich mit ihm ärgerte, war ihm sehr sympathisch. Happinger bemerkte dieses Missverständnis und hoffte nur noch, dass er die barrierefreie Besprechung schadlos überstehen würde.

<4>

„Endlich Papa! Wir sind schon am Verhungern!"
war das Erste, was Marinus hörte, als er so
gegen halb zwei Uhr zum Mittagessen heim
kam. „Entschuldigt bitte", sagte er, „da war ein
Mandant ...", weiter kam er nicht. „Beeil` Dich
bitte", rief Anna ihm zu, „das Essen ist schon
fast kalt." Marinus schaffte das Händewaschen
und Umziehen in zwei Minuten. Endlich saß er
an seinem Platz am Tisch. „Also auf geht`s –
Tischgebet!" sagte er. Aus der Kinderecke war
ein „Auch das noch!" zu hören, welches aber
wieder einmal niemandem konkret zugeordnet
werden konnte. Das Wort „Amen" ging in dem
gleich darauf wie ein Schlachtruf ertönenden
„Guten Appetit!" unter. Und dann wurde es
still. Es war diese gefräßige Stille, die sich über
die Stube legte, wenn es der ganzen Familie
schmeckte. Bei Annas Fleischpflanzerl mit
Kartoffelsalat war das so. Wieder einmal waren
sie ihr ganz ausgezeichnet gelungen.
Nach dem schmackhaften Essen zog Marinus
sich zurück. Er machte sein Mittagsschläfchen -
sein „Pisolino". Hin und wieder verwendete er
italienische Wörter und Sätze für etwas, das er
ebenso gut auf Deutsch hätte sagen können.
Ihm machte das Spaß und die andern lernten
so ganz nebenbei ein paar Worte Italienisch,

so jedenfalls stellte er sich das vor. Nach dem Pisolino nahm er draußen auf der Terrasse noch rasch einen Espresso und gegen halb Vier war er wieder in der Kanzlei. Wegen des Baulärms wäre er am liebsten zuhause geblieben, aber im Büro erwartete ihn um vier Uhr der erste bestellte Mandant und es musste auch noch ein Schriftsatz fertig werden an diesem Tag.

Anna hatte am Nachmittag ein paar Stunden für sich allein. Sie überlegte, ob sie lesen oder einfach nur die Ruhe genießen und ihren Gedanken freien Lauf lassen sollte. Selten genug hatte sie dazu Gelegenheit, aber heute war ihre Mutter bei einer Nachbarin zum Kaffeeplausch eingeladen und auch die Kinder waren außer Haus. Das Buch, das auf dem kleinen Tischchen neben der Couch lag, trug den Titel < Der Pferdeflüsterer>. Der Roman von Nicholas Evans war erst kürzlich erschienen und gleich ein Bestseller geworden. Anna hatte bisher nur den Klappentext des Buches gelesen. In der offenbar dramatischen Geschichte mit Happy End ging es um die Körpersprache mit Pferden, also um eines ihrer Lieblingsthemen. Der Romanheld Tom, ein „Pferdeflüsterer" aus Montana, schafft das schier Unmögliche. Mit Einfühlungsvermögen und Geduld bringt er das nach einem schweren Reitunfall traumatisierte und nicht mehr zu bändigende Pferd Pilgrim soweit, dass es menschliche Annäherung wieder zulässt. Das bei diesem Unfall schwer verletzte Mädchen Grace befreit er damit aus einer Depression. Graces Mutter ist von Tom hingerissen. Sie bewundert und begehrt ihn. Auch er fühlt sich zu ihr stark hingezogen, gibt seinen Gefühlen aber nicht nach, weil er ihre Ehe nicht gefährden will. Ein wirklicher Held – dieser Tom.

Anna griff nach dem Buch, legte es aber wieder weg. „Es läuft mir nicht davon – morgen oder übermorgen werde ich es lesen", entschied sie. Im Kühlschrank fand sie noch einen Rest Prosecco, der vom Vorabend übrig war. „Mmhh - Champagner", dachte sie, nahm die Flasche und ging nach draußen.

Seitdem einer von Marinus' besten Mandanten, ein sehr erfolgreicher Bauunternehmer, jedes Getränk, das alkoholhaltig war und sprudelte, als „Champagner" bezeichnete, bedienten sich auch die Happingers dieser recht aufwertenden Bezeichnung.

Jetzt am späten Nachmittag hatte sich die Sonne durchgesetzt und versprach Wärme. Anna rückte sich auf der Terrasse eine Liege zurecht. Der „Champagner" prickelte im Glas.

Anna beobachtete weit zurückgelehnt die kräftig aufsteigenden Bläschen. Schnell lösten sie sich auf, wie alles Gegenwärtige sich fortwährend auflöste und von einem Moment zum anderen nur noch Erinnerung war.

Auch die vielen schönen Momente, die sie in den vergangenen Jahren gemeinsam mit Marinus prickelnd erlebte, waren vergangen. Musste die Gegenwart sich am Vergangenen messen lassen? War es nicht selbstverständlich dass die jugendliche Unbeschwertheit im Laufe der Zeit nachließ, dass sie abgelöst wurde von den Pflichten, die das Leben einem auferlegte? Anna zog es vor, an diesem Nachmittag in den schönsten Erinnerungen zu schwelgen. Da war kein Tag ohne Stunden der Zärtlichkeit und der Leidenschaft. Heitere Stunden waren es auch, in denen sie sich wie verspielte Kinder benahmen und über lustige Bettgeschichten lachten. Und da war immer wieder auch die überwältigende Freude gewesen, wenn sie ein Kind erwartete, wenn es dann zur Welt kam und wenn es gesund war. Fünfmal hatte sie das schon erleben dürfen und sich jedes Mal gemeinsam mit Marinus die schönste Zukunft für das Neugeborene ausgemalt. Anna dachte auch zurück an die Tiere, die sie lieb gewonnen hatte, und von denen viele nur noch in ihrer Erinnerung lebten. Da war die Freundschaft, die sie als Kind mit einer jungen Schäferhündin namens „Lissy" geschlossen hatte, die fremden Leuten gehörte. Wie sehr hätte sie sich im Haus der Eltern ein Tier gewünscht; doch die Situation hatte es nicht erlaubt. Erst als sie in Marinus einen Partner fand, der zum Glück Tiere mochte, und als sie von der Großstadt hinaus aufs Land gezogen waren, konnte sie ihre Tierliebe ausleben. In den 25 Jahren ihres Ehelebens hatten sie Hunde, Katzen, Pferde und einmal sogar Ziegen. An sie dachte Anna. Alle diese geliebten Wesen winkten ihr zu.

Anna hatte sie glücklich gemacht. Als die Tiere alle in einer Reihe vor ihr standen und vor Freude zu lachen begannen, obwohl sie das doch gar nicht können, wachte Anna auf.

Für einen kurzen Moment war sie eingenickt, hatte aber das Sektglas wie zuvor in der Hand. Das Prickeln im Glas hatte nachgelassen. Wieder eine Metapher!? War es nicht auch in ihrer Beziehung zu Marinus so, dass das Prickeln mit den Jahren nachgelassen hatte? Anna war Realistin. Es war so. Sie machte sich da nichts vor. Aber gab es irgendetwas, das sich im Laufe der Zeit nicht veränderte?

Nun – ihre Liebe vielleicht, die vom Herzen kommende Liebe.

An den Fortbestand dieser Herzensliebe hatte sie immer geglaubt und jetzt glaubte sie mehr denn je daran.

<5>

Happinger hatte den Gfäller Lenz gebeten, in einer Woche wieder zu kommen. Bis dahin sollte er klären, ob sich weitere Verwandte des Erblassers anwaltlich vertreten lassen wollten, und nach Möglichkeit sollte er noch mehr über die Hintergründe der Testamentserrichtung in Erfahrung bringen. Happinger selbst wollte sich inzwischen beim Nachlassgericht nach dem aktuellen Stand des Verfahrens erkundigen.

Am ersten Dienstag im Mai, pünklich um Zehn erschien der Gfäller Lenz wieder in der Kanzlei. Mit einem freundlichen „Einen Moment noch bitte!" komplimentierte ihn Fräulein Prezz ins Wartezimmer. Aber schon kurz darauf holte Happinger ihn dort ab. „Es tut mir leid, aber wir müssen immer noch mit Lärm von denen da drunten rechnen!" entschuldigte er sich bei seinem Mandanten. „Macht nix!" erwiderte der mit einem beschwichtigend tiefen Unterton, „mia hoitn des scho aus – oder?". „Gleich wird er mir tröstend auf die Schulter klopfen", dachte Happinger.

Im Besprechungszimmer setzte sich der Gfäller Lenz auf den Sessel, den er schon kannte. Wie von Happinger befürchtet, begann er sogleich mit dem Besucherstuhl ganz dicht an den Schreibtisch des Anwalts heranzurücken.

Dabei gab auch der Barriere-Tisch seinem Drängen nach. Mit besorgtem Blick verfolgte Happinger, wie das von ihm eigens aufgebaute Hindernis nach und nach über den Teppich in Richtung Schreibtisch glitt und schließlich unter diesem verschwand.

„Sie wollt`n ja mehr über mein Onkel wissen, gell Herr Anwalt!?" legte der Gfäller Lenz los. „Ja wos soi i do sag`n? Z`letzt war er scho a weng gebrechlich, aber er war ja a scho über Achzge."

Happinger hörte seinem Mandanten gespannt zu. Er ließ ihn eine viertel Stunde lang reden, und kritzelte Notizen auf ein Blatt Papier.

Als sein Gegenüber schließlich wieder genau an dem Punkt angelangt war, wo es darum ging, dass wie aus dem Nichts die Frau auftauchte und mit ihr ein Testament des Onkels, nach welchem sie die alleinige Erbin sein sollte, unterbrach ihn Happinger.

„Also, fassen wir einmal zusammen." sagte er.

Der Gfäller Lenz wollte aber unbedingt noch etwas loswerden. Seine Stimme überschlug sich fast, so aufgeregt war er.

„De verlog`ne Schlanga hod ma sogar an Briaf g`schriebn und behauptet, sie häd gor nix gwusst von am Testament! Wos sog `n jetzt Sie do dazua?"

Seine Hand zitterte vor Wut, als er den Brief Happinger überreichte. Der nahm ihn und las, was Mara Betrucci dem Gfäller Lenz zwei

Monate nach Schorschs Tod am 25.4.1996 geschrieben hatte:

> „Lieber Lenz, ich sitze hier und weiß nicht wie ich letztendlich beginnen soll. Ich habe eine Ladung vom Nachlassgericht Traunstein heute wahrgenommen. Um 8 Uhr früh musste ich erfahren, dass der Schorsch mich mit seinem Testament vom 1.05.1994 zu seiner Alleinerbin – mit allen Rechten und Pflichten – bestimmt hat. Aus dem Testament geht eindeutig hervor, dass Schorsch sein anderes Testament widerrufen hat. Ich bin tief erschüttert über diese Begebenheit und kann mir gut vorstellen, wie es in Euch ausschauen mag. Ihr alle werdet ja das Testament in Abschrift bekommen! Schorsch hatte mir gegenüber nie ein Wort geäußert. Umso betroffener bin ich nunmehr! Ich kann für seinen letzten Willen nichts und werde diesen nach bestem Wissen und Gewissen erfüllen.
>
> Herzliche Grüsse Mara Betrucci"

Happinger legte das Schriftstück zur Seite. „Das nehme ich zur Akte. Dem Gericht werde ich es zum richtigen Zeitpunkt als wichtiges Beweisstück vorlegen." sagte er.
„Und wissen ´S was des Beste is? fragte der Lenz und gab gleich selbst die Antwort: „I hob erfahr`n, dass de Betrucci von dem Testament scho seit Mai 1994 g`wusst hod!"

Happinger horchte auf. Damit war das, was die Betrucci seinem Mandanten im April 1996 geschrieben hatte, nichts anderes als eine dreiste Lüge, mit welcher sie die gesetzlichen Erben und allen voran den Gfäller Lenz zu besänftigen suchte, noch bevor diese über das Gericht von der Existenz und vom Inhalt des Testaments erfuhren.

„Die Frau scheint ja wirklich mit allen Wassern gewaschen zu sein. Halten wir doch jetzt mal unsere bisherigen Erkenntnisse fest." sagte Happinger, griff zum Mikrofon des vor ihm auf dem Schreibtisch stehenden Diktiergeräts und sprach auf Band eine Aktennotiz, die später im Sekretariat mit Schreibmaschine geschrieben werden sollte.

> Aktennotiz zur Nachlasssache Gfäller
> <1>
> Wert des Nachlasses bestehend aus einem Landwirtschaftlichen Betrieb (Berghof in Alleinlage mit Wiesen, Wäldern, Almen): Mindestens zwei Millionen DM, möglicherweise aber sogar das Doppelte oder Dreifache.
> <2>
> Erblasser: *9.9.1915/ +23.2.1996, als Landwirt zuletzt nicht mehr aktiv gewesen, lebte auf dem Hof allein, scheuer Mann, ließ niemanden ins Haus, ging nicht mehr hinunter ins Dorf, nahm Hilfe von Neffe Gfäller Lenz nur widerwillig an, Geschäftsfähigkeit /Testierfähigkeit war Mai 1994 möglicherweise schon nicht mehr gegeben

<3>
<u>Verwandte des Erblassers</u>: keine Ehefrau, keine Kinder, nur noch eine von ehemals acht Geschwistern am Leben (=ältere Schwester), insgesamt acht Geschwisterkinder, von denen eines der Neffe Lenz Gfäller ist. Nach Gesetz würde Letzterer 1/4 des Nachlasses erben.
<4>
<u>Testament</u> vom 1.5.1994 mit Unterschriften „Schorsch Gfäller"+ „H. Kreisler" + „F. Stade"
<5>
<u>Testament vom 1.Mai 1994 - Inhalt</u>:
„Mein letzter Wille >>> Ich Schorsch Gfäller Landwirt ledig geb. am 9.9.1915 in Lehen 1 Anderdorf im Vollbesitz meiner geistigen Kräfte setze hiermit meine seit siebeneinhalb Jahren tätige Betreuerin Mara Betrucci geb. 15.8.1935, Frodersham Kneisslweg zu meiner Alleinerbin über mein gesamtes Vermögen ein. Alle meine letztwilligen Verfügungen widerrufe ich hiermit. Pflichterben habe ich keine. Lehen, den 1.Mai 1994 Schorsch Gfäller Zeugenunterschriften H. Kreisler / F. Stade"
<6>
<u>Mandant-Nachforschung bzgl Mara Betrucci</u>:
M.B. sucht planmäßig das Vertrauen vermögender Menschen zu gewinnen, um sich dann an ihnen zu bereichern. Vorzugsweise hat sie es auf allein lebende, vermögende, alte Bauern abgesehen, die ihrer scheinbaren Liebenswürdigkeit auf den Leim gehen. M.B. wusste seit Mai 94 von Testament zu ihren Gunsten. In BF April 96 bestreitet sie es.
                          - Ende der Gesprächsnotiz -

Happinger legte das Mikro zurück in die Halterung am Gerät, rief Fräulein Prezz herein und übergab ihr das Band. „Bitte lassen Sie das gleich schreiben. Einmal für die Akte und einmal für unseren Herrn Gfäller", trug er ihr auf.

„Und?" fragte der Gfäller, als Fräulein Prezz wieder draußen war.

Gerne hätte er jetzt sofort von Happinger gehört, dass das Amtsgericht bestimmt die Unwirksamkeit des Testaments feststellen und folglich der Betrucci keinen Erbschein erteilen würde. So einfach war die Sache aber nicht.

Happinger lehnte sich in seinem Sessel weit zurück, verschränkte die Arme und richtete seinen Blick auf die Maserung des dunklen Palisanderholzes, die der polierten Oberfläche seines Schreibtisches das lebendige Aussehen gab. Er dachte nach. „Er denkt nach!" das sah jetzt auch der Gfäller Lenz ganz genau. Während er darauf wartete, was dem Anwalt einfallen könnte, wanderte sein Blick zu den links von ihm auf den Marmor-Fensterbänken stehenden Topfpflanzen. „Calathea makoyana nennt man sie oder auch Korbmaranten", bemerkte Happinger beiläufig. Er liebte diese brasilianischen Pflanzen ganz besonders wegen der wie von Künstlerhand gezeichneten Blätter. Sie hatten die Form einer Zunge. Dazu hatte die Natur sich einfallen lassen, auf einem wie mit Deckweiß unter Beimischung von etwas

Grün gemalten Blattgrund in kräftig dunklem Grün einen Olivenzweig aufzumalen. Ein Mandant, dem das Schöne auffiel und der das anscheinend ähnlich empfand wie er, war ihm allein schon aus diesem Grund sympathisch.

Bei der verzwickten Rechtslage, die sich in dem Fall auftat, überlegte Happinger hin und her, wie er seinem Mandanten helfen konnte.
Mehrere Ansatzpunkte zog er in Betracht und verwarf sie wieder, weil es an gerichtsfesten Grundlagen fehlte; jedenfalls jetzt fehlten sie noch.
Der Gfäller Lenz übte sich inzwischen weiter in Geduld. Er hatte sich jetzt den drei Bildern an der gegenüber liegenden Wand zugewandt. Happingers Söhne hatten die lustigen Bilder mit Wachsmalstiften gemalt und der väterliche Stolz war wohl der Grund dafür gewesen, dass sie prächtig gerahmt hier hingen. „Das sind unverkäufliche Kunstwerke!" sagte er und erklärte dazu auch gleich, welche Künstler sie geschaffen hatten.
„Ja sowas", meinte der Gfäller Lenz, „alle Achtung!"   Small-Talk lag ihm nicht.
Inständig hoffte er wohl, dass sich Happingers Miene mit einem Mal aufhellen könnte, dass mit einem Lichtblitz der rettende Einfall direkt vom Himmel auf den Anwalt niedersausen würde. Nichts sehnlicher erwartete er als die Worte: „Ich hab`s! Wir werden Erfolg haben!"

Stattdessen resümierte Happinger nach einer weiteren spannenden Minute des Wartens: „Es reicht noch nicht!
Überlegen wir nochmals, was wir an trockener Munition zur Verfügung haben oder was wir noch brauchen, um im Falle einer Anfechtung des Testaments Erfolgsaussichten zu haben."
Er verwendete bewusst das Wort Munition.
Die martialische Ausdrucksweise war bei seinen Mandanten immer gut angekommen.
Sie regte die Phantasie der Mandanten an.
Diese waren meist verärgert über den Gegner, mit dem sie es zu tun hatten, und daher geneigt, der gegnerischen Seite eine Salve auf den Pelz zu brennen. Was dem Gfäller Lenz für die Frau Betrucci eingefallen wäre, mochte Happinger sich gar nicht erst vorstellen.
„Überlegen wir mal gemeinsam, wo wir gute Angriffspunkte finden können", sagte er.
„Urkundenfälschung?"
„Was meinen Sie, Herr Gfäller - hat Ihr Onkel das Testament mit eigener Hand geschrieben?"
„Schaugt so aus, aber glam ko i des net, weil da Onkel gar nia net ebbas g`schriebn hod!" meinte der Gfäller Lenz.
Happinger sah die Problematik dieser Worte.
„Wenn wir behaupten, dass es gefälscht ist, dann müssen wir das auch beweisen können.
Haben Sie nicht doch noch irgendwo ein Schriftstück mit der Handschrift Ihres Onkels?" wollte Happinger wissen. „Wir könnten dann

beantragen, dass ein Schriftsachverständiger beauftragt wird, die Schriften zu vergleichen."
Der Gfäller Lenz wischte sich schon wieder den Schweiß von der Stirn. Er war wütend, weil die Betrucci anscheinend auch hier sehr listig und blitzschnell gehandelt hatte.
„Schaugt schlecht aus!" sagte er und fügte geknickt hinzu:
„Glei nachdem i erfahrn hob, dass da Onkel tot is, war i aufm Hof, aber vor mia war scho ebba anderer do. I woid des Testament find`n, weil da Onkel doch gsogt hod, dass a an mi denga werd, aber es war überhaupt nix Geschriebns z`find`n."
„Fehlanzeige" dachte Happinger. Wenn nun überdies auch bei bisher unbekannten Dritten keine Briefe des Erblassers aufbewahrt wurden und allenfalls da und dort eine von ihm geleistete Unterschrift aufgefunden wurde, so wäre ein Schriftenvergleich zur Aufdeckung einer Fälschung schlicht unmöglich. „Ja, lieber Herr Gfäller, wenn nichts da ist zum Vergleichen, werden wir mit der Behauptung, das Testament sei gefälscht, voraussichtlich keinen Erfolg haben", belehrte er ihn, doch bevor ihm der Gfäller Lenz vor Enttäuschung vom Stuhl kippte, fügte Happinger hinzu: „Wahrscheinlicher als eine Urkundenfälschung ist aber doch, dass Frau Betrucci und ihre Helfer es darauf angelegt und geschafft haben, Ihren Onkel massiv zu beeinflussen, und zwar

so sehr, dass er vermutlich mit Hilfe dieser Leute das Testament geschrieben und es ihnen auch gleich zur Aufbewahrung anvertraut hatte. Wir sollten uns deshalb weniger von der Behauptung einer Urkundenfälschung etwas erhoffen und vielmehr mit der Behauptung auftreten, dass der Onkel nicht testierfähig war."

„Des vastäh i ned!" sagte der Gfäller Lenz.

Happinger erklärte: „Wenn Ihr Onkel wegen einer krankhaften Störung der Geistestätigkeit vom Einfluss Dritter so abhängig war, dass er einen freien Willen gar nicht mehr entfalten konnte, war er nicht testierfähig. In so einem Fall wäre das Testament ungültig."

Happinger musste freilich auch hier sofort wieder einschränkend hinzufügen, dass es im Nachhinein, also nach dem Tod des Onkels und zwei Jahre nach dem Entstehungsdatum des Testaments, sehr schwierig sein dürfte, eine Geistesstörung und damit die Nichtigkeit des Testaments zu beweisen.

„Wie war es denn vor etwa zwei Jahren? War Ihr Onkel da noch klar im Kopf oder war er schon öfter auch mal verwirrt?" wollte Happinger von seinem Mandanten wissen.

„Ja mei, a weng seltsam war des scho, wenn a zum Beispui bei da Mahd barfuassad und bloß in seiner gestrickt`n kurzn Hos`n in da Wies`n rumgrennt is. Weder kammped no rasiert hod a si` und do san hoid seine weißen Hoor oiwei länga worn. Es war eam aba wurscht, wiara ausschaugt, weil eam d`Leit wurscht warn. Er hod ja a kaum mit oam gredt. Aber dass a gspunna hätt`, na, des kannt`i ned sog`n", meinte der Gfäller Lenz und ergänzte noch: „A de Doktor hod a g`scheicht. De hom eam hächst`ns amoi an Verband oleg`n derfa oder deam a Pflaster, wenn a si`amoi g`schnittn hod; ja und oimoi hod a si s`Bluat obnehma lass`n, aber des war a scho ois."

Happinger notierte sich auch das. Er nahm sich vor, neben dem voraussichtlich nicht haltbaren Einwand der Fälschung auch den Einwand der Testierunfähigkeit zu erheben, auch wenn erhebliche Beweisschwierigkeiten abzusehen waren. Wie sollten Ärzte auch ein Gutachten erstellen können, welches aussagt, dass der verstorbene Erblasser an einer krankhaften Störung der Geistestätigkeit litt, als er Jahre zuvor das Testament schrieb. Wenn aber der Mandant gewillt war, einen Prozess zu wagen, bei dem aktuell noch kein Erfolg in Aussicht gestellt werden konnte, so mussten jedenfalls alle denkbaren Register gezogen werden.

Urkundenfälschung, Testierunfähigkeit oder.. ?

Sollte es in diesem Fall noch einen weiteren Einwand geben, mit dem er am Ende eine für seinen Mandanten günstige Entscheidung des Gerichts herbeiführen konnte?

Die Geschichte von der freundlichen Dame, die mit ihren Bekannten eigentlich nur Heilwasser an der Quelle holte, dann den alten Mann traf, für den sie aus reiner Nächstenliebe ab und an Besorgungen machte, und der der Alte dann aus reiner Sympathie, aus freien Stücken und ohne dass sie davon wusste, durch Testament seinen Besitz vermachte, stank zum Himmel. Happinger hatte einen besonders ausgeprägten Geruchssinn in solchen Sachen. Es stank hier aus der Tiefe; von da her, wo bisher noch nicht gegraben wurde. Wieder einmal bedauerte Happinger, dass er es nicht so einfach hatte, wie der Anwalt in den Fernseh-Sendungen „Ein Fall für Zwei". Diesem verschaffte der gewitzte Detektiv Josef Matula regelmäßig die für die Verteidigung dringend benötigten Beweise.

Doch anders als der Fernsehanwalt übernahm Happinger höchst selten Strafverteidigungen. Er hatte es weitgehend aufgegeben, seit er als junger, noch unerfahrener Anwalt selbst mitten in das Räderwerk der Justiz geraten war. Versuchte Strafvereitelung und versuchte Verleitung zur Falschaussage hatten sie ihm damals vorgeworfen, nachdem er sich erlaubt hatte, die Hauptbelastungszeugin in einem Strafverfahren außerhalb des Verfahrens zu befragen. Er hatte ganz einfach die Wahrheit herausfinden und die junge Frau der Lüge und der falschen Anschuldigung überführen wollen, nachdem sein Mandant ihm versicherte hatte, ihre Beschuldigungen seien die reine Phantasie und eine böswillige Verleumdung.

Der Staatsanwalt und mit ihm das Gericht hatten die Befragung mit Argwohn gesehen und sich nun auf ihn, den Strafverteidiger, gestürzt. Sie hatten ihn mit einer Anklage überzogen, und er hatte sich nun auch selbst verteidigen müssen. Obwohl das Verfahren für Happinger damals mit Freispruch endete, war es für ihn wie ein Spießrutenlauf gewesen, eine Feuertaufe, ein grausames Initiationsritual zu Beginn seiner Anwaltskarriere. „Nie wieder eine Strafverteidigung!" hatte er sich damals geschworen. Seitdem war er fast nur noch auf Spezialgebieten des Zivilrechts tätig gewesen. In Zivilsachen wurde nur selten ein Detektiv beauftragt. Es ging um Geldforderungen und Vermögenswerte. Selten waren sie so hoch, dass der Mandant sich zur Beschaffung von Beweisen einen Detektiv leistete.

Im vorliegenden Fall hatte Happinger dem Gfäller Lenz die Beauftragung eines Detektivs nahegelegt, denn für die formell erklärte Anfechtung des Testaments, die er als weiteres Angriffsmittel in Betracht zog, brauchte er einen handfesten Anfechtungsgrund, der dem Gericht dargelegt werden musste und der auch bewiesen werden musste.

Happinger erklärte es dem Gfäller Lenz: „Wenn Ihr Onkel durch Dritte, also etwa durch die Personen, die das Testament als Zeugen unterschrieben haben, massiv beeinflusst oder gar unter Druck gesetzt wurde – und diese

Vermutung haben Sie ja geäußert - dann könnten wir mit einer Testamentsanfechtung erreichen, dass das Testament am Ende durch Gerichtsurteil für ungültig erklärt wird.

Wir müssen dieses Vorgehen der Betrucci und ihrer Helfer freilich beweisen können, und darüber hinaus auch noch, dass Ihr Onkel ohne diese Beeinflussung die Betrucci nicht als Erbin eingesetzt hätte."

„Ja, dann mach ma so a Anfechtung! Beweise kriag i scho zsamm!" sagte der Gfäller Lenz. Happinger bewunderte die Zuversicht seines Mandanten. Von den vielen schlauen Büchern über die Wirkung des positiven Denkens hatte der Lenz vermutlich kein einziges gelesen, und doch glaubte er fest daran, dass am Ende die Betrucci vor Gericht unterliegen würde.

„Also, dann brauche ich eine Vollmacht von Ihnen". Happinger schob seinem Mandanten den Kugelschreiber und das Vollmachtformular über den Tisch. Der setzte schwungvoll zum Unterschreiben an, hielt aber nochmals kurz inne. „Wiavui Vorschuss muaß i Eana jetzt dann überweisen?" fragte er.

„Was geht denn?" fragte Happinger zurück. Schließlich einigten sie sich auf Tausend, was bei dem hohen Streitwert in dieser Sache wenig war. Der Gfäller Lenz schob das unterschriebene Formular zurück. Er wirkte sichtlich erleichtert.

Beim Hinausgehen sagte er noch: „I bring Eana no so vui Informationen und Zeugen, dass ma de Betrucci mitsamt ihram Testament und ihre Helfer a glei dazua zum Deifi schicka kenna."

Als der Gfäller Lenz gegangen war, fasste Happinger die Ergebnisse zusammen.

Es sah noch nicht erfolgversprechend aus. Es brauchte viel Mut und Kampfgeist, wenn man gegen das bestehende Testament ankämpfen wollte, denn es gab nur Verdachtsmomente.

Der Gfäller Lenz wusste sehr genau, dass es ein langwieriger, risikoreicher Kampf werden konnte, aber dazu war er bereit.

„Warum", dachte Happinger, „ist er mit diesem Fall ausgerechnet zu mir gekommen?" Es gab einige Anwälte in der Gegend, die sich auf das Erbrecht spezialisiert hatten, während er vor allem baurechtliche und bankrechtliche Mandate, und eben nur gelegentlich auch ein erbrechtliches Mandat übernahm, wenn es dafür ganz besondere Gründe gab.

Happinger wusste, dass der ihm anvertraute Erbrechtsfall beherrschbar war, und dass im Übrigen die wohlüberlegte Verfahrensstrategie, Durchhaltevermögen und gründliches Arbeiten, und das immer erforderliche Quäntchen Glück in der Sache zum Erfolg führen können.

Gelegentlich wollte er den Gfäller Lenz fragen, was ihn in seine Kanzlei geführt hatte.

<6>

Marinus liebte die berufliche Abwechslung. Der Anwaltsberuf bot ihm da schon einiges, aber es war ihm nicht genug. Er übernahm deshalb seit nunmehr schon zwanzig Jahren Lehraufträge. Die Vorlesungen vor angehenden Architekten, die mit dem Bau- und Architektenrecht zum ersten Mal in Berührung kamen, empfand er als erfrischend. Vor allem aber schätzte er es, dass er sowohl als Anwalt als auch bei dieser Lehrtätigkeit nahezu vollkommen frei war von Fremdbestimmung. Niemand schrieb ihm vor, wann und wo und wie er die übernommenen Rechtsfälle bearbeitete oder wie er seine Rechtsvorlesungen gestaltete. Es gab freilich Zeiten, zu denen er von früh bis spät ohne Unterbrechung in seiner Kanzlei saß und arbeitete, etwa um knifflige Rechtsfragen zu lösen. Das war dann der Preis der Freiheit.

Nach einem Tag, an dem er sich entspannt und nichts Berufliches an sich herangelassen hatte, stand Marinus ein Wochenende bevor, an dem er einen Stapel Akten „aufarbeiten" musste. Er fuhr gleich nach dem Sonntagsfrühstück in die Kanzlei. „Es muss leider sein. Mittags bin ich zurück!" versprach er Anna und schon war er dahin.

Nur fünf Minuten brauchte er von Zuhause bis in die Rosenheimer Innenstadt. Sonntags waren nur wenige Leute in der Stadt unterwegs.

In der Kanzlei umfing ihn absolute Ruhe. Tatsächlich schaffte er an diesem Vormittag ein weitaus größeres Arbeitspensum als an gewöhnlichen Arbeitstagen, an denen ständig Anrufe durchgestellt wurden und auch sonst alles sehr vom Zeitdruck beherrscht wurde. Schon gegen halb zwölf Uhr war er fertig. „Ich fahre jetzt los!" ließ er Anna wissen. Nur der Gaudi halber fügte er noch hinzu: „Butta gli !". Italienische Ehemänner pflegten damit ihren zuhause am Küchenherd stehenden Ehefrauen ungewöhnlich wortkarg anzukündigen, dass sie in etwa 5 Minuten nachhause kommen werden. Das „Butta gli !" bezog sich auf die Spaghetti, die nun in den Topf zu werfen waren, damit sie bei der Ankunft des padrone gerade rechtzeitig al dente auf den Tisch kommen konnten. „Alter Macho !" antwortete Anna. Marinus lachte und hängte ein. Im nächsten Moment war er im Aufzug und auf dem Weg zu seinem Auto, das er in der Kirchengasse geparkt hatte.

Mit Begegnungen hatte er nicht gerechnet, aber es kamen ihm nun doch auf halbem Weg viele Leute entgegen. Es waren Leute, die brav ihrer Christenpflicht nachgekommen waren und den sonntäglichen Gottesdienst in der nahen Stadtpfarrkirche St. Nikolaus besucht hatten.

„Du liebe Güte, hoffentlich treffe ich hier keine Bekannten!" schoss es ihm durch den Kopf. Sein schlechtes Namensgedächtnis hatte ihm schon manchen Streich gespielt, wenn er Leute in der Stadt traf, die ihm namentlich bekannt sein sollten. Er malte sich das aus. Und noch dazu war Sonntag. Was mussten sie sich denken, wenn sie ihn da aus seiner Kanzlei kommen sahen? Angesichts dieser gläubigen Schar kam er sich wie ein scheues, heidnisches Arbeitstier vor.

Tatsächlich hatte er sie – die Begegnung, die er gerne vermieden hätte. Dr. Püller - Richter am Amtsgericht und ebenfalls Dozent an der Fachhochschule - hatte offenbar den Sonntagsgottesdienst besucht und kam auf dem Nachhauseweg am Riedergarten entlang direkt auf Marinus zu. Vergeblich hatte der noch versucht, in aller Eile unbemerkt sein Auto zu erreichen. Doch der Richter hatte ihn längst gesehen. Ob er denn gar so viel arbeiten müsse? rief er Marinus zu.

Marinus hatte sich diese oder ähnliche Fragen immer wieder einmal anhören müssen. Er wäre ja auch lieber bei seiner Familie gewesen, aber über ihm schwebte eben allzu oft das „Fristen-Schwert". Besonders die von den Gerichten gesetzten Schriftsatzfristen mussten streng eingehalten werden, und da kam er sich zuweilen vor, wie der legendäre Damokles, dem Dionysios erlaubte, an der königlichen

Tafel zu sitzen, wobei er aber dem armen Damokles zugleich den quälenden Zustand allgegenwärtiger Bedrohung dadurch vor Augen führte, dass er genau über ihm an der Decke des Saales ein Schwert anbringen ließ, das nur mit einem Rosshaar befestigt war.
„Fristsache! Sie wissen ja!" rief Marinus zurück.   Der Richter nickte verständnisvoll. Die Fristen waren zweifellos eine Grausamkeit des Anwaltsberufes; aber gab es überhaupt einen Beruf, der von Grausamkeiten frei war?

Eine weitere Begegnung blieb Marinus zum Glück erspart. Er schwang sich ins Auto und beeilte sich, nachhause zu kommen. Als er fünf Minuten später zuhause eintraf, erwarteten ihn die beiden Mädchen schon vor dem Haus. „Papa ist da! – Papa ist da!" riefen sie, liefen ihm entgegen und umarmten ihn. Für Marinus war der herzliche Empfang, der ihn erwartete, wenn er von der Arbeit heimkam, wie eine Kraftquelle. Bei seiner großen Familie, die er so liebte, hatte er sich nie die Frage stellen müssen: „Wofür arbeite ich eigentlich?"
„Hallo, ich zieh mich nur noch rasch um!" rief er ins Haus. Er eilte in sein Zimmer, wo er Anzug, Hemd, Krawatte und Schuhe, also alles was ihn einengte, gegen bequeme Jeans, T-Shirt und offene Schlappen tauschte.   Als er nach unten kam, empfing Anna ihn mit einem dicken Kuss und mit der Nachricht, dass sie

beim Metzger ein ganz frisches Kalbsbries bekommen hatte. Für Marinus war das eine gute Nachricht. Kalbsbries stand auf seiner Leckerbissen-Skala ganz oben. So, wie es sich gehörte, hatte Anna das Bries zuvor einige Stunden gewässert, heiß überbrüht, die dünne Haut abgezogen und es in Röschen geteilt.

Marinus konnte nun zusehen, wie sie diese erst in verquirltem Ei und dann in Semmelbröseln wälzte und anschließend in der Pfanne auf zerlassener Butter goldbraun briet. Anna machte das nur ihm zuliebe. Sie konnte das im Rohzustand schlabbrige Zeug nicht ausstehen, und wenn es fertig gebraten war, erschien es ihr auch nicht appetitlicher, da sie es ja vorher hatte anschauen und in den Händen halten müssen. „Schmeckt ´s Dir, mein Lieber?" fragte sie Marinus, der sich gerade eines der knusprig braunen Bries-Röschen auf der Zunge zergehen ließ. Alle am Tisch erwarteten nun sein Urteil. Es dauerte, bis seine Antwort auf diese Kontrollfrage kam. „Ein Gedicht" sagte er und legte dabei eine Hand auf die ihre als Zeichen des Dankes dafür, dass sie sich wieder einmal für ihn aufgeopfert hatte.

Die Frage, ob sie sich wirklich nicht dafür begeistern könnte, stellte Marinus nicht, denn er kannte ja Annas ehrliche Antwort schon. Bevor er ein verlegenes „Ja – vielleicht irgendwann!" provozierte, wollte er lieber gar keine Antwort.

Als passenden Wein zum feinen Kalbsbries hatte Marinus eine Flasche Randersackerer Sonnenstuhl aus dem Keller geholt. Ein Winzer aus Franken lieferte ihm seit Jahren diesen weißen Burgunder, der ein wenig nach Quitte, Birne und Walnuss duftete. Wenn Anna schon das Kalbsbries verschmähte, so war jedenfalls der Wein auch nach ihrem Geschmack, das wusste Marinus. Für sich und die Kinder hatte sie Schnitzel mit Pommes aufgetischt, und es damit wieder einmal geschafft, alle glücklich zu machen.

Am Nachmittag waren die Kinder bei Freunden gewesen, Marinus hatte einen ungewöhnlich langen Mittagsschlaf gemacht, und Anna war endlich mit dem Lesen ihres Kriminalromans ein gutes Stück weitergekommen.

Niemand in der Familie legte Wert auf ein gemeinsames Abendessen, nachdem man ja mittags schon ausgiebig getafelt hatte. Jeder gestaltete sich den Abend so, wie er wollte.

Im Falle der Kinder bedeutete das, dass sie endlos telefonierten, Audio-Kassetten hörten oder mit einem spannenden Buch in einer Ecke verschwanden. Anna und Marinus suchten die kostbare Zeit für ein schönes Miteinander zu nutzen. Man hätte sie als „Harmonie-Junkies" bezeichnen können. Tatsächlich hatten die beiden in den bisher 22 Jahren ihrer Ehe noch nie gestritten. Warum das so war, konnten sie sich selbst nicht erklären.

Auch an diesem Abend hatten sie nicht die geringste Lust, das Geheimnis zu ergründen. Es genügte ihnen vollkommen, dass es in ihrer kleinen Welt friedlich zuging.

„Soll ich noch eine Flasche von dem guten Frankenwein öffnen?" fragte Marinus.

„Hhhmm", meinte Anna, „ein Glas Champagner wäre vielleicht auch eine gute Wahl, was meinst Du?"

Da war sie wieder, die Harmonie, das Suchen nach Übereinstimmung und das sich daraus ergebende gute Gefühl.

„Welchen Champagner haben wir denn heute?" fragte Marinus in den offenen Kühlschrank hinein. „Ahh, da hat sich doch Fürst Metternich wieder einmal nach vorne gedrängt! Dann geben wir ihm halt die Ehre!". Marinus nahm die schwere, dunkelgrün schimmernde Flasche mit dem fürstlichen Etikett vorsichtig heraus. Den Korken wollte er diesmal nicht mit lautem Knall aus dem Flaschenhals jagen, doch er unterschätzte den Druck in der Flasche.

Als er den Korken zur Hälfte gezogen hatte, kam ihm der Rest mit einer Ladung Sekt so abrupt entgegen, dass er mit durchnässtem Hemd da stand. Anna - vermutlich inspiriert von dem Namen „Fürst Metternich", der ein halbes Jahrhundert vor Bismarck die politische Weltbühne beherrschte - kommentierte das ungeschickte Öffnen der Flasche mit einem Witz.   „Kennst Du den schon?" fragte sie.

„Bismarck wurde auf einem Empfang von der Ehefrau des französischen Botschafters darauf angesprochen, wie schwierig doch die deutsche Sprache für einen Ausländer sei. Manchmal wisse man nicht, welches von mehreren in Frage kommenden Wörtern zu verwenden sei, etwa im Fall von <senden> und <schicken>. Und weißt Du, was Bismarck darauf sagte?" Marinus schüttelte den Kopf.

„Nun, er sagte: <Gnädige Frau, das ist in der Tat oft schwierig. Nehmen wir zum Beispiel Ihren Herrn Gemahl. Er ist ein Gesandter, aber eben kein Geschickter.>"

„Jetzt hab ich zu meinem nassen Hemd auch noch den Spott", gab Marinus sich klagend.

„Aber nein", beschwichtigte ihn Anna. „Du bist doch mein Geschicktester. Alles gut???"

„Alles gut!!!", antwortete er und hob das Glas.

„Prost" sagten sie gleichzeitig und mit einem hellen Klang stießen die Gläser fast ein wenig zu heftig gegeneinander.

<7>

Gleich nach der letzten Besprechung hatte der Gfäller Lenz noch die Vollmachten seiner drei Vettern und seiner zwei Basen vorbeigebracht. Tags darauf bestellte Happinger die beim Nachlassgericht Rosenheim geführte Akte zum Erbfall Gfäller. Er sah, dass das Testament bei Gericht eröffnet wurde und dass Frau Betrucci die Erteilung eines Erbscheines beantragt hatte. Den gesetzlichen Erben hatte das Gericht eine Frist bis 30.5.1996 gesetzt innerhalb derer sie Einwendungen bei Gericht vortragen konnten. Happinger machte sich sofort an die Arbeit. Zwei Tage vor Ablauf der Frist teilte er dem Gericht schriftlich mit, dass er für Lenz Gfäller und fünf weitere gesetzliche Erben die Unwirksamkeit des Testaments aus mehreren Gründen geltend mache.

Zum einen sei das Testament nicht vom Erblasser selbst geschrieben worden. Sollte sich wider Erwarten herausstellen, dass es seine Handschrift sei, so habe ihm jedenfalls der erforderliche ernsthafte Testierwille gefehlt. Auch sei der Erblasser zum damaligen Zeitpunkt längst testierunfähig gewesen. Er habe sich in einem Zustand erheblicher Willensschwäche und überdies in einer psychischen Zwangslage befunden, welche

Frau Betrucci oder deren Helfer herbeigeführt und ausnutzt hätten. Nach alledem sei das Testament deshalb auch nach § 138 BGB als sittenwidrig und nichtig anzusehen. Zur Begründung dieser Einwendungen verwies Happinger auf Erklärungen von Personen, die den verstorbenen Gfäller Schorsch in seinen letzten Lebensjahren gekannt hatten. Dem Lenz war es gelungen, dieses Material gerade noch rechtzeitig beizubringen. Daraus konnte nach Happingers Einschätzung durchaus der vorläufige Schluss gezogen werden, dass das Testament vom Erblasser in einem Zustand geschrieben wurde, in welchem eine freie Willensbildung ausgeschlossen war.

Der Schriftsatz hatte die erwünschte Wirkung. Fürs Erste erreichte Happinger, dass Frau Betrucci den Erbschein nicht bekam. Ohne diesen konnte sie den Gfäller-Hof weder verkaufen, noch konnte sie ihn beleihen, um an Bankdarlehen zu kommen. Happinger hatte starke Argumentations-Geschütze aufgefahren und sie so in Stellung gebracht, dass fürs Erste die Bedrohung abgewendet war. Aber reichte die Munition? Die Tatsachen und Beweise, welche gegen die Wirksamkeit des Testaments sprachen, hielt er noch nicht für ausreichend, aber der Gfäller Lenz wollte ja noch eine ganze Menge davon beschaffen. Vorerst jedenfalls war das Schlimmste verhindert.

Betruccis Anwalt verhielt sich so, wie es zu erwarten war. Unter Berufung auf mehrere von ihm vorgelegte Eidesstattliche Versicherungen hielt er dagegen, dass alles seine Ordnung habe, dass der Schorsch sehr wohl testierfähig gewesen sei und dass er die Betrucci aus reiner Sympathie als Alleinerbin eingesetzt habe. Weiter behauptete er, Happingers Mandanten hätten den Nachlasswert fälschlich mit nur 2,0 Mio DM angegeben, um das von ihnen sehr genau erkannte Prozesskostenrisiko zu vermindern. Der richtige Wert läge nach Expertenmeinung bei 5,75 Millionen DM.

„Anwaltsfreundliche Argumentation" dachte sich Happinger, als er das las, denn aus dem höheren Wert ergaben sich, wie er wusste, erheblich höhere Anwaltsgebühren für die beteiligten Anwälte. Er entschied sich, das streitig stehen zu lassen. Irgendwann würde sich der wahre Wert schon herausstellen. Spätestens am Ende des Verfahrens war ein Streitwertbeschluss des Gerichts zu erwarten.

Der gegnerische Anwalt, also Betruccis Anwalt, stellte seine Mandantin als rühmliches Beispiel der Nächstenliebe heraus. Zufällig habe sie im Frühjahr 1987 den Schorsch kennengelernt. Dieser habe auf der Bank vor seinem Haus gesessen, als sie ganz in der Nähe an der Quelle Wasser holte. Sie sei dann zu ihm rüber gegangen, habe sich zu ihm gesetzt und er sei darüber hoch erfreut gewesen. Später habe sie ihm bei jedem Quellenbesuch etwas zu essen gebracht und ihm etwas Gesellschaft geleistet. Seine Mandantin habe das über viele Jahre hinweg so gemacht, weil der Alte so einsam gewesen sei. An den Verwandten des Erblassers ließ der gegnerische Anwalt kein gutes Haar. Sie hätten sich nie bei ihrem Onkel blicken lassen. Dieser habe seine Verwandten auch nicht gemocht. „Wundert es uns dann", fragte er, „wenn der Erblasser sich dankbar erweisen wollte, als er im Mai 1994 sein Testament schrieb und meine Mandantin darin als Alleinerbin einsetzte?".

„Gut gebrüllt Löwe", dachte Happinger, „nur wusste der Alte halt nicht, dass die Betrucci einzig und allein im Sinn hatte, den Hof und damit auch die Quelle zu bekommen.

Die oberhalb von Anderdorf ganz in der Nähe des Gfäller-Hofes gelegene Wasserquelle war geheimnisvoll. Um sie rankte sich die höchst mysteriöse Geschichte der Wasser-Mari, die zu Beginn des neunzehnten Jahrhunderts als Bauerntochter auf dem Gfäller-Hof lebte. Der Gfäller Lenz hatte Happinger davon erzählt. In seiner Familie war oft darüber geredet worden, dass die Mari ein sehr frommes Kind gewesen sei. Sie habe die Schwarzen Blattern bekommen, sei aber daran nicht gestorben. Alle hätten damals geglaubt, die Mari wäre von der Muttergottes und dem Quellwasser geheilt worden. Und dann sei etwas geschehen, was sich überhaupt niemand mehr erklären konnte. Die Mari habe nur noch gebetet und außer dem Wasser von der Quelle nichts getrunken und auch nichts gegessen, und das über fünf Jahrzehnte hinweg. Eigentlich – so hatte der Gfäller Lenz gemeint – müsste Happinger doch davon schon gehört haben, da es sogar ein Buch dazu gebe. Happinger kannte das Buch. Der weit über den Chiemgau hinaus bekannte und beliebte Volksliedersammler und Musiker Wastl Fanderl hatte es in den 60er Jahren geschrieben und damit die Geschichte der Mari bei den Leuten wieder in Erinnerung gebracht. Aber Happinger hörte dem Gfäller Lenz gerne zu und so ließ er ihn weiter erzählen, wie seinerzeit sogar die Herzogin von Modena und seine Majestät, König Ludwig der Erste, von Schloss Wildenwart herüber kamen, um die Wasser-Mari zu besuchen, wie viele Jahre später die Mari ganz friedlich gestorben sei und wie sich bald schon niemand mehr an die wundersame Geschichte erinnerte. Erst seit Mitte der 60er Jahre, nachdem der Wastl Fanderl durch sein Buch das geheimnisvolle Leben der Wasser-Mari in Erinnerung brachte, sei die Quelle wieder für viele interessant geworden. Ein Quellenhaus habe man gebaut und dazu eine Mariengrotte.

Happinger konnte sich gut vorstellen, wie sich Mara Betrucci und ihre Bekannten in den 80er und 90er Jahren an dieser Mariengrotte das Wasser holten. Wie es aber der Frau Betrucci und ihren Helfern gelungen war, mit dem ganz in der Nähe allein auf seinem Hof lebenden Gfäller Schorsch ins Gespräch zu kommen, das blieb vorerst noch im Dunkeln. Die Geschichte, die der Gegenanwalt dem Gericht auftischte, erschien ihm nicht glaubhaft. Der Gfäller Lenz kannte seinen Onkel am besten, und er kannte ihn als ausgesprochen menschenscheu.

Als er den Schriftsatz des Gegenanwalts las, ärgerte er sich fürchterlich.

„Alles g`logn!" war sein Kommentar.

<8>

Anna war gut gelaunt. Heute kam Hanni zu Besuch. Hannelore Bergdold und deren Mann Horst waren etwa im gleichen Alter und mit den Happingers seit Jahren gut befreundet.

Horst hatte eine Zahnarzt-Praxis in Reding und war dort ähnlich viel beschäftigt wie Marinus in seiner Rosenheimer Anwaltskanzlei.

Kennengelernt hatten sie sich, nachdem die aus Niederbayern zugezogenen Bergdolds in Aufferberg mehrere Hektar Grund gekauft und darauf ein Bauernhaus mit Swimming-Pool und Pferdestall gebaut hatten. Marinus und Anna hatten sich darüber gewundert, bis sie später bemerkten, dass der rustikale Luxus zu den Bergdolds tatsächlich passte, denn Hanni liebte Pferde und Horst war eben nicht nur Zahnarzt, sondern nebenbei auch Landwirt aus Passion. Diese Kombination erwies sich als vorteilhaft. Das Ziehen und Reparieren von faulen Zähnen brachte Horst das Geld ein, das er nicht zuletzt zum Ausleben seiner bäuerlichen Wesensseite benötigte. Mit dieser wiederum machte er sich rasch beliebt. Die bodenständigen Leute der Umgebung mochten seine feine bayrische Art, und so kamen sie mit ihren Zahnschmerzen zu ihm. Horst hatte schon bald eine recht gut gehende Praxis. Er verdiente so gut, dass er sich den Hof in bester Seeblick-Lage im Laufe der Jahre buchstäblich „erbohren" konnte. So richtig glücklich war er aber erst, wenn er das Dentalbesteck weglegen, mit dem Traktor über seine Wiesen fahren, das Gras für seine Tiere mähen und es verfüttern konnte. Neben den Pferden hatten die Bergdolds noch Kühe, Schafe, Ziegen, Hühner, Enten, Gänse, Truthühner und vermutlich der besonderen Ästhetik wegen auch einen Pfau. Sie butterten mit einem Butterfass, machten Käse, und von Zeit zu Zeit gab es eine Hausschlachtung mit anschließendem Bauernschmaus.

Sogar Kartoffeln und Gemüse säte und erntete der passionierte „Doktor-Bauer". Zur sicheren Einlagerung seiner Ernte hatte er sich neben dem Haus extra einen Erdkeller gebaut. Mit den Naturalien, die sie aus dem Boden und aus ihren Nutztieren herausholten, waren die Bergdolds fast autark. Einer vorübergehenden Notzeit hätten sie gelassen entgegen sehen können, und vielleicht war das ja sogar ein Hintergedanke, der sie motivierte, sich die Bauernarbeit aufzuladen. Die Gefahr eines Atomkrieges war 1962 durch die Kuba-Krise deutlich geworden. Ängste lösten auch die anhaltend bewusste Zerstörung der Natur und der nie endende Unfrieden an allen Ecken und Enden der Welt aus, und als sich 1986 die Nuklearkatastrophe von Tschernobyl ereignete, war das eine weitere Bestätigung dafür, dass

es verdammt gefährlich zuging auf dieser Welt.
Im Rahmen ihrer Möglichkeiten hatten auch
Anna und Marinus vorgesorgt. Mit Horst und
Hanni hätten sie allerdings nicht konkurrieren
können, und sie hätten sich so viel auch nicht
aufladen wollen. Anna hatte genug zu tun mit
dem, was ihr die große Familie abforderte, und
Marinus zog es vor, seinen Anwaltsjob und
daneben den Dozentenjob gut zu machen.
Bauern wollten sie nicht auch noch sein.
Viel lieber schaute Marinus dem emsigen Horst
von der Terrasse aus bei der Arbeit zu. Horst
winkte herauf. Marinus winkte zurück. Jeder
war zufrieden.
Anna und Hanni verstanden sich gut. Ähnliche
Lebensmodelle und gemeinsame Interessen
lieferten ihnen genug Gesprächsstoff. Auch die
Bergdolds waren mit vielen Kindern gesegnet.
Wie Anna hatte auch Hannelore auf die
Ausübung des erlernten Berufes verzichtet.
Beide hatten sich voll und ganz der Familie
verschrieben. Damit ruderten sie eindeutig
gegen den Zeitgeist, der sich von dem Modell
der Großfamilie längst verabschiedet hatte.
Anna und Hanni war das ziemlich egal. Sie
wollten es so und sie lebten es so. Für beide
waren Pferde das große verbindende Thema.
So war es zu verstehen, dass sich Hanni und
Anna oft und gerne über Pferde unterhielten.
Weil es ein schöner Frühlingstag war, hatte
Anna das Kaffee-Geschirr draußen auf der

Terrasse aufgedeckt. Die Hälfte ihrer Back-Spezialität, des „Bobby-Kuchens", war noch übrig. Sie hatte ihn für das Wochenende gebacken. Der Rest kam jetzt gerade recht und er musste eben reichen. Wie Hanni, verspürte auch Anna keine Lust, sich für die kurzen gegenseitigen Besuche sonderlich abzumühen.

„Ein paar Minuten genieße ich noch die Sonne", sagte sie zu sich, klappte den Gartenstuhl in die Liegeposition und lehnte sich zurück.

Aber da sah sie Hanni schon die Straße herauf kommen. Anna stand auf und winkte ihr zu.

An der Haustür überreichte Hanni ihr einen Strauß selbstgepflückter Blumen.

„Grüß Dich Anna!", sagte sie mit dem etwas gequälten Lächeln, das sich nur mit den alltäglichen Belastungen erklären ließ, denen sie sich einerseits gewollt, dann aber auch wieder so gar nicht gern ausgesetzt sah.

„Komm herein! Gleich gibt´s Kaffee!" sagte Anna. Hanni blieb aber noch einen Moment an der Tür stehen. Sie genoss die Aussicht auf das Bergdold-Anwesen – ihr Anwesen. Sie hörte das Wiehern ihrer Pferde und sah ihren Pfau, der ihr seinen Hintern mit den aufgestellten Federn entgegenreckte.

„Schön ist´s bei uns, gell?" meinte Hanni.

Es war keine Frage, eher eine Feststellung, und es stimmte ja auch.

Zwei Stunden lang plauderten Anna und Hanni über die Pferde, über die Kinder, über die

Ehemänner und über dies und das. Wie bei zwanglosen Plaudereien üblich, war der Themenwechsel bisweilen abrupt und bizarr. Erzählte Hanni etwa von der Kolik, die eines ihrer Pferde sich beim Koppelgang wegen des noch recht kalten Windes zugezogen hatte, so fiel Anna gleich darauf ein, dass ihre beiden Mädchen sich vermutlich in der Schule eine bakterielle Darminfektion geholt hätten.

Daran direkt anknüpfend schilderte dann wieder Hanni, wie sich ihr Horst in der Praxis gegen die im Ort aktuelle Ansteckungsgefahr schützt, dass aber halt von überall her die Ansteckung droht, wie kürzlich als sie sich im Kino den Film „Rossini" ansahen und einer neben ihnen saß, der andauernd hustete. Damit war der Übergang zum Gespräch über den Film „Rossini - oder die mörderische Frage, wer mit wem schlief" geschaffen.

Schnell stellte sich heraus, dass sie beide den Film schon gesehen hatten. Beide fanden sie, dass Dietl und Süskind im „Rossini" die Münchner Schicki-Micki-Szene ähnlich überzeichnet hatten, wie Jahre zuvor in der Filmkomödie „Kir Royal". Wer in Aufferberg wohnte ließ sich gerne mal die dekadente Münchner Szene vorführen. Besonders gut fand Hanni im „Rossini"-Film die Szene, in der die als Frau in Rot bezeichnete und von Extremen zerrissene Valerie (Gudrun Landgrebe) ihre schmachtenden Liebhaber Oskar (Heiner

Lauterbach) und Bodo (Jan Josef Liefers) wissen lässt:
"Ich will
Lust bis zur Besinnungslosigkeit und Ruhe;
Leidenschaft bis zum Wahnsinn und Frieden".

„Geht`s noch dekadenter?" fragte Hanni.
„Na ja", meinte Anna, „in dem Edelschuppen des durchgeknallten Wirts Rossini (Mario Adorf) verkehrt ja auch die Dame in Weiß, eine Blondine namens Schneewittchen (Veronica Ferres), und die steht dieser Valerie sicher nicht nach."
„Wo in Aufferberg oder Reding könntest Du Dir Szenen und Leute wie diese vorstellen?" fragte Hanni. Anna meinte: „Im Chiemgau leben doch genug Film- und Theaterleute. Sicher werden die sich auch in unserer Gegend ausspinnen, und im Übrigen laufen Frauen, wie die Valerie und Männer wie der Rossini und wie sie im Film alle heißen, auch bei uns herum." Die Plauderei über den Film war für Anna und Hanni gerade so, als würden sie ihn ein zweites Mal sehen. Tatsächlich fanden sie ihn so gut, dass sie meinten, den könnte man sich glatt nochmals ansehen. Eine Kanne Kaffee, der Kuchen und darüber hinaus noch eine Flasche Sekt (alias Champagner) ging bei dem angeregten Gespräch am Nachmittag drauf und als sich die Frauen ein kleinwenig beschwipst voneinander verabschiedeten, war schon wieder Stallzeit.

<9>

Das Gericht hatte den am Verfahren beteiligten gesetzlichen Erben, welche durch Happinger vertreten waren, eine Frist gesetzt, innerhalb derer auf den Schriftsatz des Betrucci-Anwalts erwidert werden musste. Den Entwurf der Erwiderungsschrift hatte Happinger schon fertig. Um aber kein wichtiges Detail zu übersehen, bestellte er den Gfäller Lenz nochmals zu sich in die Kanzlei.

„Wir werden die Echtheit des Testaments prüfen lassen, müssen uns aber darauf einstellen, dass es Ihr Onkel tatsächlich mit eigener Hand geschrieben hat", eröffnete Happinger seinem Mandanten.

Nach allem, was bisher bekannt war, erschien es ihm sehr viel wahrscheinlicher, dass die Betrucci eine raffinierte Verstellungskünstlerin und der Erblasser eines ihrer Opfer war.

„Erzählen Sie mir bitte nochmals von Ihrem Onkel, von Ihrer Beziehung zu ihm und von allem, was Sie in den Jahren vor seinem Tod über ihn und über sein Leben auf dem Hof mitbekommen haben!"

„Ja", meinte der Gfäller Lenz, „do gibt`s freili vui zum Sog`n! Da Onkel hod drei Briada und fünf Schwestern g`habt. An Hof hod er kriagt. De Andern hom zrucksteh` miassn."

„I glaab, da Onkel is gern Bauer auf `m Leh`n-Hof g`wen", fuhr der Gfäller Lenz fort.

„Auf `s Zsammasei mid And`re hod a freili koan Wert g`legt, und er hod si a nia gern heîffa lass`n; ja und so is a hoid oaschichtig blieb`n und a weng eigenbrötlerisch word`n. Nach sei`m 75sten is dann gor nix mehr ganga.

S´ Zeig is runtakumma, weil a d`Arbat hoid nimma g`schafft hod, aber vom Hof hätt`nan koane zehn Ross`wegbracht."

„Und wer machte dann die Landwirtschaft?", wollte Happinger wissen.

„Ja mei", antwortete der Gfäller Lenz, „es is hoid dann as Viech weggeb`n worn, d`Wiesen san verpacht`worn und sonst hob eam hoid i ab und zua g`hoiffa, und vo mei`m Vetter, am Sepp, hod a si a manchmoi heîffa lass`n bei da Arbat."

„Zur Quell`n in da Näh`vom Leh`n-Hof homs domois de Mariengrott`n baut, de heid a no do is", erzählte der Lenz weiter, „und do is dann sie scho boid drauf erschiena".

„Die Muttergottes?", fragte Happinger.

„Na, de Betrucci!", antwortete sein Mandant.

„Woher wissen Sie denn das? Sind Sie ihr begegnet?", wollte Happinger wissen.

„Na, des ned. De is ma sauber aus`m Weg ganga! Aber d` Nachbarn hom g`seng, wias oiwei nach`m Wasserhoin um an Schorsch sei Haus rumg`schlicha is!"

„Die Betrucci will aber den Schorsch nur aus Hilfsbereitschaft besucht haben. Wir müssten schon beweisen können, dass die Betrucci Ihren Onkel systematisch getäuscht und ihn in sittenwidriger Weise dazu gebracht hat, sie im Testament als seine Alleinerbin einzusetzen", stellte Happinger klar.

Resümierend fügte er hinzu:

„Was haben wir da bis jetzt aufzubieten? Ihr Onkel war ein geradezu ideales Opfer für eine Erbschleicherin vom Kaliber der Betrucci. Er war alt und auch schon gebrechlich, hatte keine Frau und keine Kinder, also keine Pflichterben. Er mied nahezu jeden Kontakt zu anderen Menschen und zog sich deshalb in sein Haus zurück. Mit einem langen Leben war bei ihm nicht mehr zu rechnen und vor allem war absehbar, dass er ein beträchtliches Vermögen hinterlassen würde. Da konnte sich doch ein von Geldgier getriebener Mensch durchaus Hoffnung auf eine Erbschaft machen, wenn er es nur richtig anstellte."

Der Gfäller Lenz verzog angewidert das Gesicht und Happinger fuhr fort: „Zum anderen wissen wir nun schon einiges über die ausgesprochen raffinierte, arbeitsteilige Vorgehensweise der Betrucci und ihrer Helfer. Sie selbst spielte die Rolle der liebenswürdigen, hilfsbereiten Frau; einer Frau, die im Laufe ihres Lebens viel Bitteres erleiden musste und die daher würdig erscheinen sollte, durch ein ganz unverhofftes

Erbe noch ein wenig Glück zu erfahren. Damit bereitete sie den fruchtbaren Boden vor, auf den nur noch von geschickten Helfern der Same ausgestreut werden musste, aus dem dann das Testament hervorsprießen sollte. Ja und da traf es sich doch gut, dass die Betrucci gleich mehrere Bekannte hatte, die skrupellos genug waren, ihr bei dem Vorhaben zu helfen, indem sie den Schorsch vollends darauf einstimmten, der Betrucci sein gesamtes Hab und Gut zu überlassen. Sie waren es schließlich auch, die ihm die Anleitung zur Erstellung eines gültigen Testaments gaben, damit die Sache nicht am Ende noch wegen eines Formfehlers scheitern musste. Irgendwie schafften sie es, dass der Schorsch sie in das Haus ließ und in ihrer Gegenwart das zu Papier brachte, was sie ihm einredeten. Die Helfer der Betrucci waren natürlich schlau genug, den Schorsch dazu zu bringen, dass er ihnen das Testament zur Verwahrung mitgab. Dadurch verhinderten sie, dass ein Verwandter des Schorsch noch vor dessen Tod auf das Dokument stößt, und überdies erreichten sie, dass der zunehmend demente Schorsch das Testament vergaß und dass es keiner mehr durch einen dummen Zufall wieder in die Hand bekommen konnte."
Der Gfäller Lenz nickte zustimmend. Schon wieder lag er mit verschränkten Armen vom Gürtel aufwärts über Happingers Schreibtisch.

Happinger beherrschte sich und fuhr fort:
„Helfen kann uns, dass sich die Betrucci bereits in diverse Widersprüche verstrickt hat. Was uns aber vor allem noch fehlt, sind – wie schon gesagt - die Beweise dafür, dass diese Frau und ihre Helfer den Schorsch durch massive Beeinflussung und Täuschung dazu gebracht haben, das Testament zu schreiben.“

Dem Gfäller Lenz platzte schon fast der Kragen. „Wos braucht`s denn do no Beweise? De war doch nur scharf auf den Hof“, legte er los und hob bedrohlich den Arm. Es fehlte nicht viel und seine Holzfäller-Faust wäre auf die fein polierte Schreibtischplatte niedergesaust, die Happinger bisher stets vor derlei Bedrohungen hatte schützen können. Er war bemüht, seinen aufgeregten Mandanten zu beruhigen. „Wir brauchen Beweise“, wiederholte er, „da führt kein Weg dran vorbei.“ Der Gfäller Lenz war davon schwer zu überzeugen. „Beweise – Beweise“, brummelte er vor sich hin und kam dann wieder auf Betruccis Gier zu sprechen.
„S`Bauernhaus is oid und baufällig, aber do san an de dreihundert Doogwerk Grund dabei. Gschätzt worn is ois mitnand auf mindestens zwoa Milliona. De Betrucci war hinter oade Männer mit so vui Zeig her. Des is bekannt, weil sa si scho öfter oin greit und dann be`rbt hod.“
Happinger spitzte die Ohren.

„Wie? - andere auch ?", fragte er, und der Lenz rückte nun mit dem Allerneuesten heraus, das ihm der Verwandte eines Bergbauern, namens Lichtl aus der Traunsteiner Gegend erzählt hatte. „Beim Liachtl wars wia beim Schorsch. Oid war a, oaschichtig, an Haufa Zeig hod a ghabt, und a er hod ned gspannt, dass des Weib bloß auf sei Sach scharf war. Sie hod eam g`hoiffa wiara am Rand von da Straß` neba seim Radl g`leng is, weil`s eam highaut hod, und wias g`spannt hod, dass da Liachtl an schena Hof hod, war`s hinter eam her, wia da Deifi hinter da arm Seel`; ja und z`letzt hod sie sein Hof g`erbt, glei drauf vakafft und s`Geld war dann a schnell weg. An Liachtl seine Erben san laar ausganga. S`Prozessiern homs bleib`n lass`n, weil`s ghoaßn hod, d`Betrucci is pleite, und do waradn dem Liachtl seina Vawandtschaft dann bloß an Hauffa Prozeßkosten entstand`n."

„Bleiben Sie da dran und liefern Sie mir Tatsachen und handfeste Beweise, falls sie mehr über diesen Fall und vielleicht noch von anderen Betrügereien der Betrucci erfahren", riet Happinger dem Gfäller Lenz. „Vielleicht wissen wir ja beim nächsten Mal schon mehr. Für unseren nächsten Schriftsatz habe ich jetzt jedenfalls genug beieinander und die Sache wird sich ja voraussichtlich noch lange Zeit hinziehen."

Mit diesen Worten verabschiedete Happinger seinen Mandanten, der eigentlich noch gerne ein Weilchen geblieben wäre.

Während er ihn bis zur Kanzleieingangstüre begleitete, schob er noch nach:

„Kopf hoch, Herr Gfäller! Werd` scho werd`n!"

Als Happinger wieder allein an seinem Schreibtisch saß und über den Gfäller Lenz, die Betrucci und den so ganz besonderen Fall nachdachte, spürte er die Herausforderung, die da auf ihn, den Anwalt, zukam. Nicht zuletzt von seinem Fleiß, seiner Hartnäckigkeit und von seinem Können würde es abhängen, dass die Richter, die in der Sache zu entscheiden hatten, genau das zu hören und zu sehen bekamen, was seinem Mandanten nützte.

Er hatte Respekt vor dem Gfäller Lenz, der so anständig und geradeheraus war. Dieser Mann hatte ein gutes Gespür dafür, dass es bei dem Testament seines Onkels nicht mit rechten Dingen zugegangen sein kann. Happinger bewunderte auch den Mut, ja das geradezu Draufgängerische an seinem Mandanten, dem er solche Sprüche hatte sagen müssen, wie: „Recht haben und Recht bekommen ist Zweierlei!" oder „Auf hoher See und vor Gericht ist man in Gottes Hand!".

Das waren in diesem Fall keine leeren Floskeln, denn die Frau Betrucci hatte nun einmal das Testament und unbestreitbar stand da drin, dass sie allein die Erbin ist. Absehbar war, dass sie es mit allen Mittel und bis zur letzten Instanz verteidigen würde. Zu einer gütlichen Einigung würde man sie nicht bewegen können. Damit ging sein Mandant ein großes Kostenrisiko ein.

Happinger hatte das Risiko dem Gfäller Lenz schonungslos aufgezeigt. Der aber gab nicht klein bei. Den Nachlass seines Onkels, mit dem er sich bis zuletzt gut verstand, wollte er nicht kampflos der Betrucci überlassen. Mehrmals hatte der Onkel zu anderen gesagt, dass er einmal ihm, seinem Neffen, alles geben wolle.

Die Betrucci hatte das offenbar sehr bald herausgefunden, weshalb sie äußerst raffiniert – sozusagen prophylaktisch – gegensteuerte und bis zum Tod des Schorsch das Gerücht streute, der Schorsch habe ein Testament gemacht und darin den Lenz als seinen Erben eingesetzt, und ihr habe er das anvertraut.

„Betrug vom Feinsten", hatte Happinger sich gedacht, als der Gfäller Lenz ihm das schon beim ersten Mal erzählt hatte. Alles deutete darauf hin, dass die Betrucci das Testament gleich nach der Niederschrift am 1.5.1994 an sich genommen hatte und nicht erst, wie behauptet, durch das Gericht von dessen Existenz erfahren hatte. Mit dem von ihr gestreuten Gerücht, dass der Neffe erbt, schützte sie das von ihr ergaunerte Testament. Sie wusste, dass niemand an einem Testament zugunsten seines Neffen Lenz Anstoß nehmen würde und sie hoffte, dass wegen der von ihr verbreiteten Lüge niemand nachfragen würde und am Ende der verwirrte Schorsch vielleicht selbst glauben könnte, seinen Neffen Lenz als Alleinerben bestimmt zu haben.

Und tatsächlich war ihr Plan ja zunächst aufgegangen. Bis zum Tod des Schorsch hatte sie sich die Verwandten des Schorsch vom Hals halten können und der Testamentseröffnung in aller Ruhe entgegengesehen. Kein Verdacht war aufgekommen. Alle waren überrascht, als das Testament nach Schorschs Tod eröffnet wurde und die Betrucci darin als Alleinerbin genannt war.

Zusammenfassend musste auch Happinger feststellen, dass es ganz und gar nicht gerecht wäre, der Betrucci das Erbe zufallen zu lassen.

<10>

„Anna, hast Du meine Krawatte gesehen?" rief Marinus Happinger seiner Frau zu, die in ihrem schwarzen Kostüm im Flur stand und wartete, bis endlich auch er fertig angezogen war. Sie wollten oder besser gesagt, sie hatten die traurige Pflicht, zur Beerdigung eines guten Freundes nach München fahren. „Auf dem Bügelbrett!" rief Anna zurück. „Und bitte beeil' Dich, wir müssen los!"
Beerdigungen waren Marinus ein Graus.
Zwei Jahre zuvor war sein Cousin Wilfried durch einen Treppensturz im eigenen Haus ums Leben gekommen. Vor einem Jahr hatte er sich von Stefan verabschieden müssen, der ihm in der Jugend ein guter Freund gewesen war und später auch sein Trauzeuge wurde. Stefan war an einem Gehirntumor gestorben. Kurz darauf musste Marinus dann auch noch erfahren, dass Dieter, mit dem er seinerzeit in München das Abitur gemacht und dann Jura studiert hatte, verstorben war. Ihn hatte der Lungenkrebs hinweggerafft, obwohl er nie Raucher war. Und jetzt Franz, der sich beim Tennisspiel plötzlich ans Herz gegriffen hatte, zusammenbrach und auf dem roten Sand sein Leben aushauchte. Alle waren sie, wie Marinus, Mitte Fünfzig gewesen.

Der Tod hatte sie nacheinander so früh und so überraschend aus dem Leben gerissen, dass es Marinus gar nicht fassen konnte. Bei den Beerdigungen war er gewesen, weil man seinen Freunden nun einmal die letzte Ehre erweist. Auch jetzt ging er mit Anna einzig aus diesem Grund auf die Beerdigung. „Steht Dir gut - der dunkle Anzug mit der schwarzen Krawatte auf dem leuchtend weißen Hemd", meinte Anna. Marinus winkte ab. „Zum Glück muss ich dieses Trauergewand nur hin und wieder mal tragen", sagte er.

Während der Fahrt sprach er mit Anna über das Phänomen, dass man kurz hintereinander mehrere gleichaltrige Freunde verliert. „Ich komme mir vor, wie ein Soldat an der Front, der erlebt, wie erst der Kamerad an seiner Linken und dann der an seiner Rechten von Kugeln und Granaten getroffen tot zu Boden sinken. Du kennst doch das Lied <Ich hatt` einen Kameraden, einen bess`ren find`st Du nit> ?"

Marinus sang es leise weiter vor sich hin.

Eine Kugel kam geflogen:
Gilt' s mir oder gilt es dir?
Ihn hat es weggerissen,
Er liegt mir vor den Füßen
|: als wär's ein Stück von mir :|

Der letzte Krieg in Deutschland war mehr als fünfzig Jahre vorbei. Das Lied aber hatte die Zeit überdauert. Auch Anna kannte es.

Die Beerdigung war am Münchner Südfriedhof nahe bei Neuperlach.

Man hätte sich über die Schönheit dieses hügelig angelegten Friedhofs mit den Wegen rund um einen idyllischen See freuen können, wenn der Anlass des Besuchs nicht so traurig gewesen wäre.

Agnes, die Witwe, und die drei Kinder, die jetzt Halbwaisen waren, weinten bitterlich, als die schwarz uniformierten Friedhofsangestellten die Urne mit Franz` Asche im Grab versenkten. Der Pfarrer las aus der Bibel (2. Samuel 14,14), dass wir am Ende alle sterben müssen und nur wie das Wasser sind, welches auf die Erde gegossen wird und nicht wieder eingesammelt werden kann; dass wir aber in Gott weiter leben werden. Marinus dachte bei diesen Worten an Thich Nhat Hanh, den Dichter und buddhistischen Lehrer, der das Leben mit einer Welle verglich, welche aus der Stille des Ozeans entsteht, vom Wind gepeitscht mächtig heranwächst und dann kleiner und schwächer werdend nach einer gewissen Zeitspanne wieder in der Stille des Ozeans aufgeht.

Wie ähnlich doch die Vorstellungen waren, mit denen sich hier die Christen und dort die Buddhisten trösteten, wenn es ans Sterben ging. Hier wie dort wurde daran geglaubt, dass das den Frieden und zugleich das Leben symbolisierende ruhige Wasser ewig bleibt, während die die Wirren der irdischen Existenz und die zeitliche Begrenzung symbolisierende Welle nur kurz entsteht und wieder vergeht.

Marinus dachte zurück an die Erlebnisse, die ihn mit seinem Freund Franz verbanden. Leben und Sterben gehörten untrennbar zusammen, waren lediglich zwei Seiten einer Medaille.

Es war nur eine Frage der Zeit, wann auch er sich als Welle wieder im großen stillen Wasser verlaufen und darin aufgehen würde.

Die am Grab gesprochenen Worte aus der Bibel fand Marinus durchaus stimmig. Am Grab des Freundes hätte er freilich andere Worte des Trostes gewählt. Mit dem von ihm so sehr geschätzten Benediktinerpater und Zen-Meister Willigis Jäger hätte er davon gesprochen, dass der Tod uns zurück in unser wahres Sein führt, welches Geburt und Tod nicht kennt, und dass Sterben letztlich nichts weiter ist, als das Ablegen der Form, in der wir jetzt existieren.

Aber Marinus war sprachlos in dieser Stunde. Sobald das Sterben eine ihm nahestehende Person betraf, wenn dieses Sterben also sein Herz zu sehr berührte, blieb er stumm, so wie jetzt am Grab seines Freundes Franz.

Der Pfarrer war inzwischen am Ende seiner Ansprache angelangt. „Wir beten für uns selber und alle Lebenden, und besonders für den Menschen aus unserer Mitte, der als erster dem Verstorbenen vor das Angesicht Gottes folgen wird", sprach er. Vermutlich hoffte ein jeder, er möge nicht der nächste sein. Marinus drückte Annas Hand, fühlte, wie sie den Druck sanft erwiderte. Einen Abschied von dieser

Welt – jetzt schon? Nein – das konnten sie sich beide nicht vorstellen, schon ihrer Kinder wegen nicht.

\<11\>

Das Besondere an dem Fall, mit dem der Gfäller Lenz und einige seiner Vettern und Basen den Rechtsanwalt Marinus Happinger beauftragt hatten, war, abgesehen von dem ungewöhnlich hohen Streitwert, die schillernde Hauptfigur – Frau Betrucci.

Um den Fall zu gewinnen, musste Happinger sich auf diese Frau einschießen. Wenn es ihm gelänge, sie als Betrügerin zu entlarven, würde das Gericht die Ungültigkeit des Testaments feststellen und die gesetzlichen Erben wären am Ziel.

Als Anwalt hatte er schon oft den Geruch der Lüge in den Gerichtssälen wahrgenommen. In Strafprozessen haftete er besonders jenen Beschuldigten an, die keine Reue zeigten, die zu Geständnissen nicht bereit waren und die sich geschickt herauszureden versuchten.

In Zivilverfahren logen nicht selten sämtliche Beteiligte (Kläger, Beklagte, Zeugen) trotz der prozessualen Wahrheitspflicht nach § 138 ZPO. Die Wahrheit wurde mal hier, mal da jeweils in die Form gebogen, die zum gewünschten Prozessergebnis passte. Zum Glück nicht immer, aber doch viel zu oft, war hier der Ehrliche der Dumme, und wer keinen Zeugen, aber die Beweislast hatte, dem half auch ein in allen Punkten der Wahrheit entsprechender Tatsachenvortrag nicht, wenn ein unredlicher Prozessgegner diesen bestritt.

Der aktuelle Erbrechtsfall, also die Betrucci-Sache, war nach Happingers Einschätzung geradezu durchdrungen von Lügen. Schon der Weg, auf dem sich die Betrucci das Testament erschlich, war mit Lügen gepflastert, und jetzt häufte diese Frau im Gerichtsverfahren weiter Lüge auf Lüge, um dem Gericht weis zu machen, dass an der Rechtsgültigkeit des Testaments nicht im Geringsten gezweifelt werden könne.

Erschreckend lebendig kamen Happinger diese Lügen vor, wie Metastasen eines inmitten der Gerechtigkeit wild wuchernden bösartigen Geschwürs. Verschiedene Motive und Arten von Lügen gingen ihm durch den Kopf. Was gab es da nicht alles?! Die Lügen der Politiker, die vor der Wahl viel versprachen, was sie dann nicht wirklich einzuhalten gedachten, die Lügen untreuer Lebenspartner, die Lügen skrupelloser Geschäftsleute, die Lügen aus Höflichkeit, die Lügen aus Rache, die Lügen zur Manipulation, die Lügen zur Selbstdarstellung, die Lügen zum Selbstschutz. Vieles traf auf Frau Betrucci zu. Sie belog die Leute vor allem aus Gier und jetzt log sie aus Angst vor dem Verlust des erschwindelten Testaments und aus Angst vor Bestrafung.

Aber war Lügen strafbar?

Und wenn es keine Straftat war, konnte es dann wenigstens zur Unwirksamkeit des Testaments führen?

Happinger wusste, dass das Lügen an sich nicht strafbar ist, dass im Strafprozess straffrei gelogen werden kann, wenn man sich in der Rolle des Angeklagten befindet, und dass das Strafrecht auch einen Straftatbestand der „Erbschleicherei" nicht kennt. Aber da gab es auch Grenzen, die dort lagen, wo das Lügen und die arglistige Täuschung Anderer von strafbaren Handlungen begleitet wird, wie etwa bei einer Urkundenfälschung, einer Nötigung, einer Erpressung oder bei einem Betrug. Der Betrüger lügt und täuscht nicht nur, er hat auch die Absicht, sich oder einem Dritten rechtswidrig Vermögensvorteile zu verschaffen. Möglicherweise handelte die Betrucci genau so, und war deshalb eine Betrügerin, aber konnte es ihr auch bewiesen werden? Es war Sache der Staatsanwaltschaft, das herauszufinden. Sie musste nur dazu gebracht werden, gegen Frau Betrucci zu ermitteln.

Happinger nahm sich vor, zur rechten Zeit eine Strafanzeige zu verfassen. Der Staatsanwalt würde dann sicher dies und das zusätzlich ans Licht befördern, was die im Nachlassverfahren erklärte Anfechtung des Testaments stützen und die Unwirksamkeit des Testaments bestätigen könnte. Er war überzeugt, dass das Testament auf einem Irrtum beruhte, welcher durch eine arglistige Täuschung herbeigeführt wurde, und dass es demzufolge nichtig war. Vorerst musste er freilich noch ohne die Staatsanwaltschaft zurechtkommen. Er musste alles darlegen und beweisen, und genau das war der Knackpunkt.

Immerhin war es ihm gelungen, in seinem letzten Schriftsatz so viele Zweifel an der Gültigkeit des Testaments zu säen, dass die mit der Sache befasste Richterin nach Abwägung des Vortrags beider Seiten den für die gesetzlichen Erben günstigen Beschluss fasste, dass zur Frage der Testierfähigkeit des Erblassers ein Gutachten einzuholen sei. Ferner ordnete sie die Beiziehung der Akten an, welche die frühere Betreuung des Gfäller Schorsch betrafen. Happinger versprach sich davon wichtige weitere Erkenntnisse, wenn nicht gar die Bestätigung der Ungültigkeit des Testaments.

Die Betrucci indessen befürchtete genau dies, weshalb sie sofort einen Brief an die Richterin verfasste, in welchem sie die Verwandten des Erblassers als gierig, schamlos und würdelos bezeichnete. Betruccis Anwalt schloss sich den Ausführungen seiner Mandantin an und führte noch aus, das Gutachten wäre sinnlos, weil ein zwei Jahre früher vorliegender Geisteszustand des Erblassers unmöglich im Nachhinein von einem Gutachter festgestellt werden könne. Im Übrigen, so fügte er hinzu, liege ihm die

Eidesstattliche Versicherung des Kronfeldener Zahnarztes Dr. Rochus vor, aus der eindeutig hervorgehe, dass der Erblasser jedenfalls im Mai 1994 noch im Vollbesitz seiner geistigen Kräfte gewesen sei. Happinger wusste, dass der Gutachter aus der Betreuungsakte keine gesicherten Rückschlüsse auf den damaligen Gesundheitszustand des Erblassers ziehen konnte. Wenn diese Akte nicht genug hergab, war tatsächlich nicht viel von einem Gutachten zu erwarten.

Und nun zog die Gegenseite diesen Dr. Rochus wie ein Ass aus dem Ärmel.   Wer war er? Wie sollte er als Zahnarzt bestätigen können, dass der Gfäller Schorsch im Mai 1994 noch testierfähig war? Wie kam er überhaupt dazu, es an Eides statt zu versichern?

Happinger schickte dem Gfäller Lenz Kopien der eingegangenen Schreiben und bat ihn, zu einer weiteren Besprechung in die Kanzlei zu kommen.

Eine Woche später kam der Lenz, und wieder hatte er Wichtiges herausgefunden.

„Oana vo de Liachtl hod ma vazählt, dass da Rochus scho in eanam Fall mit da Betrucci zsammghängt is. Zwischen de Zwoa is um Kredite ganga, de mit Grundschuidna gsichert g`wen sei soll´n."

„Das war es also", dachte Happinger. Dieser Dr. Rochus gehörte offenbar zum Helferkreis der Betrucci. Die Frage, ob sein Onkel ein

Patient des Dr. Rochus gewesen sei, hatte der Lenz schon verneint. Wenn dieser Zahnarzt den Gfäller Schorsch überhaupt je gesehen hatte, so konnte das nur bei einem dieser Quellenbesuche gewesen sein. Vielleicht hatte er die Betrucci begleitet; jedenfalls spielte nun auch der Zahnarzt in der Erbschaftsgeschichte eine höchst obskure Rolle.

Happinger nahm sich vor, das mit den Krediten und den Grundschulden weiter aufzuklären und dem Gericht später den Grund zu liefern, welcher diesen Dr. Rochus zur Niederschrift einer für die Betrucci nützlichen Versicherung an Eides Statt bewegt haben dürfte.

<12>

„Kaum zu glauben, jetzt ist unsere Kleinste auch schon acht Jahre alt", sagte Marinus, und Greta, die er damit meinte, strahlte übers ganze Gesicht. Anna hatte ihr das blonde Haar an diesem Tag kunstvoll zu Zöpfen gebunden. Zum Frühstück war wenig Zeit gewesen, denn der Geburtstag war leider ein ganz normaler Schultag. Immerhin hatten sie alle der kleinen Greta gratuliert, hatten ihr lustig verpackte kleine Geschenke überreicht, ja und natürlich sangen sie wie bei jedem Geburtstag für sie so laut sie konnten: „Tanti auguri a te, tanti auguri a te, tanti auguri, cara Greta, tanti auguri a te !"

Es ging schon auf halb acht Uhr zu, als sie alle miteinander das Haus verließen. Anna brachte die Mädchen im Auto zur Schule. Marinus beeilte sich, in die Anwaltskanzlei zu kommen. Hannes, Ferdi und Schorsch fuhren wie immer mit den Fahrrädern zur Schule. Für sie war es im Sommer die bevorzugte Fortbewegungsart – egal ob sie an den See zum Baden oder in die Stadt oder sonst wohin unterwegs waren. Am Nachmittag durfte Greta ihre Freundinnen zum Kindergeburtstag einladen. Natürlich war auch Schwesterchen Ina mit von der Partie. Hannes, Ferdi und Schorsch konnten dieser

Veranstaltung nicht das Geringste abgewinnen, was ja auch irgendwie zu verstehen war. Längst waren sie aus dem Alter heraus, in dem sie sich mit den Mädchen einen Wettstreit im Topfschlagen, Wurstschnappen und Ähnlichem liefern wollten. Ja und dann hatte Greta zu ihrer Geburtstagsfeier nur ihre Freundinnen eingeladen.

Anna hatte es so eingerichtet, dass Marinus noch seinen Mittagsschlaf beenden konnte, bevor die ersten kleinen Gäste in Begleitung ihrer Mütter eintrafen. Bunte mit Gas gefüllte Luftballons hingen an einer langen Leine. An kleinen Tischen standen Becher für süße Getränke bereit. Jeden Moment würden sie eintreffen. Das Haus wäre dann von dem Freudengeschrei erfüllt, das Marinus bei aller Liebe zu seinen Kindern nur schwer ertragen konnte. Nach seinem Schläfchen fand er, dass es höchste Zeit war, das Feld zu räumen.

Rasch nahm er noch einen heißen Espresso zu sich, gab Anna und dem Geburtstagskind Greta einen dicken Kuss und verließ das Haus.

Als Marinus am späten Abend wieder heim kam, war der Trubel vorbei. Er schaute noch in die Zimmer der Kinder. Die Buben winkten ihm kurz zu. Sie hatten vom „Mädchen-Geburtstag" doch noch ein wenig mitbekommen; jetzt waren sie froh, dass sie wieder in aller Ruhe tun konnten, was ihnen gefiel.

Hannes zerlegte gerade ein altes Radiogerät. „Mach Dir doch mehr Licht!" sagte Marinus, aber Hannes hörte ihn nicht. Zu sehr war er in seine Aufgabe vertieft. Ferdi lag bäuchlings mit aufgestützten Armen auf den honigfarbenen Polstern in der hintersten Ecke des Zimmers. Er las gerade in einem Duck-Tales-Heft. Anscheinend war er auf eine besonders lustige Stelle gestoßen, denn er lachte so laut, dass es fast ansteckend war. Marinus schaute ihm über die Schulter. Er kannte die Geschichte, in der die geldgeile Ente Dagobert Duck mit den schlauen Enkeln Tick, Trick und Track und mit Onkel Donald, dem braven Tollpatsch und Pechvogel, auf der abenteuerlichen Suche nach der Harfe von Troia war. Und er kannte auch das unverwechselbare, reflexartige Lachen seines Sohnes. Es musste so etwas wie ein genetisches Erbe sein, wie übrigens auch die Lust am Lesen dieser lustigen Comic-Hefte. Schon Opa Hans hatte mit seiner kräftigen, durch das ganze Haus hallenden Stimme herzhaft gelacht, wenn er solche Geschichten las, und auch bei Marinus war es so gewesen. Schorsch hatte es nicht so sehr mit dem Lesen. Er hing mit den Händen und mit den Augen an einem eiförmigen Plastikgerät, auf dessen Pixel-Digitalanzeige ein kleines, rundliches Wesen zu sehen war, das lautstark Nahrung, Medikamente und Liebe forderte. Tamagotchi hieß das Ding. Schorsch fütterte es gerade virtuell per Knopfdruck. Das Tamagotchi gab ihm durch lautes Piepen zu verstehen, dass es noch lange nicht satt war.

Seine Buben!!!

Marinus war stolz auf sie.

Im Mädchenzimmer wurde er von Greta und Ina freudig begrüßt. Er ließ sich von den beiden erzählen, wie es denn am Nachmittag gewesen war. „Gaaaanz schön war es!" rief Greta begeistert. Mama hat wieder das kleine Kasperltheater aufgebaut und uns eine Geschichte vorgespielt. Kasperl und die Gretl waren auf einer Reise. Da haben sie furchtbar schlimme Sachen erlebt, mit dem Krokodil und so, und zuletzt waren sie froh, wieder zuhause zu sein."

War hier Annas Reise-Unlust in die von ihr erfundene Kasperl-Geschichte eingeflossen? Marinus konnte sich das recht gut vorstellen.

„Ja und was war sonst noch?" fragte er Ina.

„Das Sackhüpfen war ganz schön. Ich bin die Schnellste gewesen und habe eine große Tafel Schokolade bekommen!" erzählte Ina, und Greta ergänzte: „Und ich hab` gaaaanz viele Geschenke bekommen!"

„Nun, so gehört sich das am Geburtstag. Jetzt schlaft gut und träumt was Schönes!" flüsterte Marinus. Er hatte schon die Hand auf der Türklinke, doch so leicht kam er diesmal nicht davon. „Bitte erzähl` uns noch eine Geschichte!"

Ina und Greta riefen es ihm so flehend nach,
dass er nochmals umkehrte. Es fiel ihm keine
gute Ausrede ein, mit welcher er sich jetzt
noch hätte davonmachen können. Schließlich
war immer noch Gretas Geburtstag.
Er drehte also auf dem Absatz um, griff sich
aus dem Regal ein Märchenbuch, schlug es auf
und setzte sich in den Sessel neben den beiden
Kinderbetten. „Nein, kein Märchen!" riefen sie
wie aus einem Mund. „Denk Dir doch bitte eine
Geschichte aus!"
Seine Prinzessinnen waren wählerisch.
„Gut", sagte Marinus, „aber nur, wenn ihr mir
sagen könnt, in welchem Märchen vier von
ihren bösen Besitzern verstoßene Tiere sich
zusammentun und bis ans Ende ihrer Tage
glücklich in einem Haus leben, nachdem sie
eine ganze Räuberbande daraus hatten
vertreiben können."
„Wissen wir nicht!" sagte Ina.   Greta nickte.
„Denkt nach! Da waren ein Esel, eine Katze,
ein Hund und ein Hahn. Was taten die Vier, um
die Räuber zu vertreiben?" wollte Marinus
wissen. Ina hob schnell den Arm und schnippte
mit den Fingern.
„Ja", fragte Marinus. „Krach machen!"   „Gut!
Aber wie heißt das Märchen."
„Wissen wir nicht!" war die immer gleiche
Antwort. „Ja dann sollt ihr jetzt etwas über die
Bremer Stadtmusikanten erfahren. Es ist ein
lustiges Märchen; also passt gut auf."

Er las es ihnen vor bis zum glücklichen Ende der Geschichte:

> *„........ Von nun an getrauten sich die Räuber nicht weiter in das Haus, den vier Bremer Musikanten gefiel' s aber so wohl darin, dass sie nicht wieder heraus wollten."*

„Also, klug sein und zusammenhalten!" sagte Marinus. Er drückte seinen Töchtern noch einen Kuss auf die Stirn und überließ sie mit einem ganz leise gesprochenen „Gute Nacht - meine Prinzessinnen!" den schönen Träumen.
„Ich gönn` mir noch ein heißes Bad!" rief er nach oben, wo Anna es sich schon auf der breiten Liege bequem gemacht hatte. In dieses „Turmzimmer", wie sie es nannten, zogen sie sich abends oft zurück. Jetzt lief der Fernseher. Schüsse fielen und Schreie waren zu hören. Anna sah sich gerade einen Krimi an, den sie offenbar recht spannend fand. Sie antwortete nur mit einem knappen: „Ja, ja!"
Sein entspannendes Bad und ihr spannender Krimi waren fast gleichzeitig vorüber und so konnten sich Marinus und Anna zum Abschluss des Tages noch bei einem Glas Champagner liebe Worte ins Ohr flüstern. Auf einer von Marinus noch extra erfundenen Geschichte vor dem Einschlafen bestand Anna zum Glück nicht.

<13>

Die Mandanten im aktuellen Erbrechtsfall, allen voran der Gfäller Lenz, versorgten Happinger nach und nach mit weiteren Informationen, die auf die Person der Betrucci und ihrer Helfer ein schlechtes Licht warfen.

So legten sie ihm Annoncen vor, hinter denen sich, wie sie meinten, die Betrucci verbarg.

In diesen im Sommer 1996 unter Chiffre aufgegebenen Zeitungsannoncen suchte eine angeblich warmherzige Witwe nach braven, älteren Männern. Landwirte sollten sie sein, und bereit, ihr finanziell beizustehen.

Zu diesem Zeitpunkt ahnte noch niemand, dass diese Anzeigen wenige Jahre später nach der schrittweisen Aufdeckung von Betruccis Machenschaften die Presse veranlassten, nur noch von der „Schwarzen Witwe" zu sprechen, wenn sie über den Fall berichteten.

Happinger bedauerte wieder einmal, dass er in der Vergangenheit kein großes Beziehungsnetz aufgebaut und gepflegt hatte, wie es seine Kollegen gerne taten. Dieses oder jenes hätte er dadurch sicher sehr viel schneller zu seinem Fall erfahren. Die Idee, bei der Redaktion der hiesigen Tageszeitung anzurufen, verwarf er. Es machte keinen Sinn. Sie würden den Namen der Person, welche die Anzeige bestellte, nicht preisgeben. Im Übrigen war auch nicht sicher, dass die schlaue Betrucci die Inserate auf ihren Namen bestellte. Sie hatte ja ihre Helfer. Happinger wollte zumindest das Gericht von den anrüchigen Anzeigen informieren, wenn er schon nicht selbst die Möglichkeit hatte, die Betrucci damit in Zusammenhang zu bringen. Es war abzusehen, dass sie ihre Urheberschaft, jedenfalls aber die mit der Anzeige verfolgte unlautere Absicht leugnen würde. Und so war es dann auch.

Happingers nächster Schriftsatz löste bei der Betrucci die erwartete Empörung aus. Nur eine der beiden Anzeigen habe sie aufgegeben, und in ganz redlicher Absicht, denn es stünden ihr aus dem Nachlass ihres verstorbenen Mannes hohe Forderungen gegen die Vatikan-Bank zu. Diese habe das Vermögen ihres Mannes in betrügerischer Weise veruntreut und ihren Mann durch Todesdrohungen dazu bewegt, von großen Schadensersatzforderungen Abstand zu nehmen. Sie – Betrucci - werde aber gegen die Vatikan-Bank klagen. Über die Zeitungsanzeige habe sie lediglich versucht, einen Geldgeber für die Finanzierung der Forderungsbeitreibung zu finden. Bezüglich der weiteren Anzeigen behauptete sie, diese nicht bestellt zu haben. Ganz bestimmt hätten das Leute aus dem Kreis der gesetzlichen Erben getan und dabei offenbar ihren – Betruccis - Namen bei der Bestellung angegeben. Damit, so behauptete sie, würde nur versucht, sie zu diskreditieren. Eine Frechheit sei es, ihr zu unterstellen, sie habe die weiteren Anzeigen aufgegeben; Hinz und Kunz könnten sie aufgegeben haben, sie jedenfalls sei es nicht gewesen.

Betruccis Pech war nun, dass der Gfäller Lenz schon kurz darauf zwei ältere Männer ausfindig machen konnte, die auf eben diese Anzeigen geantwortet hatten. Sie bestätigten, dass sich nach ihren Antworten die Betrucci gemeldet habe. Einer der beiden Männer war schon drauf und dran, ihr ein recht beachtliches Darlehen zur Prozessfinanzierung zu geben, weil sie ihm hohe Zinsen versprochen und sich durch das Testament als Alleinerbin des Gfäller-Hofes ausgewiesen hatte. Es war ihr gelungen, ihm weis zu machen, die Erlangung des Erbscheins sei nur noch Formsache und anschließend bekomme er sein Geld zurück und dazu die hohen Zinsen.

Es ging jetzt Schlag auf Schlag. Happinger trug die Neuigkeit dem Gericht vor und benannte die von den Inseraten angelockten Männer als Zeugen.

Betruccis Anwalt sah den Schatten, der damit auf die Glaubwürdigkeit seiner Mandantin fiel. Er versuchte mit dem Gerücht dagegen zu halten, dass der Gfäller Lenz und die anderen Verwandten des Erblassers wegen geringer Erfolgsaussichten und hoher Verfahrenskosten aus dem Verfahren ausscheiden wollten. Dem widersprach Happinger sofort, nachdem seine Mandanten versicherten, dass das nicht zutraf. In seinem nächsten Schriftsatz bekräftigte er nach Sichtung der Betreuungsakte und nach weiteren Informationen seiner Mandanten den Vortrag, dass der Erblasser ausdrücklich seinen Neffen Lenz als Alleinerben vorgesehen hatte. Entsprechende Äußerungen des Erblassers waren in der Betreuungsakte dokumentiert.

Zwischenzeitlich hatte Happinger auch zum Fall des Bergbauern Lichtl aus der Traunsteiner Gegend weiteres erfahren. Tatsächlich war es der Betrucci Mitte der 80er Jahre gelungen, den schon alten, alleinstehenden Landwirt aus Bergen zum Widerruf eines schon bestehenden Testaments zu bewegen. Der Bergbauer Lichtl enterbte seine Verwandten, indem er ein neues Testament verfasste und darin Mara Betrucci zu seiner Alleinerbin einsetzte. Im Mai 1987 hatte die Betrucci ihr Ziel erreicht. Sie beerbte den alten Lichtl und war damit um mehrere Millionen reicher geworden. Die Hintergründe dieses Erbfalls waren ähnlich obskur, wie im Fall des verstorbenen Gfäller Schorsch. Happinger war klar, dass es sich hier um das erprobte Strickmuster der Betrucci handelte. Er wollte dafür sorgen, dass dieser ähnlich gelagerte alte Fall dem Amtsgericht Rosenheim bekannt wird, das aktuell mit dem Fall befasst war, der den Gfäller-Nachlass betraf. Er wies das Gericht also in einem weiteren Schriftsatz ausdrücklich darauf hin, stellte den Antrag, die beim Amtsgericht Traunstein liegenden Lichtl-Akten beizuziehen und hoffte, auch damit die Abweisung des von Frau Betrucci gestellten Antrags auf Erteilung eines Erbscheins zu erreichen.

<14>

Die alten Happingers, die Eltern von Marinus, hatten sich für das Wochenende zu Besuch angesagt. Es hatte sich im Laufe der Zeit so eingespielt, dass Opa Hans und Oma Maria alle zwei Wochen kamen, in die Turbulenz der Großfamilie eintauchten, um dann wieder umso bewusster die Ruhe ihres trauten Heims am Münchner Stadtrand zu genießen.
Es war schönstes Sommerwetter an diesem Samstag im Juli 1996. Anna hatte schon am Morgen die Pferde auf die Koppel gelassen und jetzt war sie mit der Vorbereitung des Mittagessens beschäftigt. Die Fanny-Oma, ihre Mutter, stand hilfsbereit in der Küche herum, war aber nicht wirklich eine große Hilfe.
Sie war schon achtzig Jahre alt und seit über fünfzehn Jahren wohnte sie jetzt schon in einer extra für sie eingerichteten Wohnung im Haus. Für sie war es eine willkommene Abwechslung, wenn Hans und Maria aus München kamen, der Stadt, die früher auch ihre Heimatstadt war.

Marinus schob den Motorrasenmäher durch den Garten. Wie immer hinderten ihn dabei die an allen vier Seiten des Hauses stehenden Bäume und Sträucher, die Ränder der beiden Teiche und vor allem das hügelige Gelände an einer zügigen Fahrt. Die Mädchen, Ina und Greta, liefen Ball spielend hinter ihm her, was ihn nicht weiter störte. Rollte ihm der Ball zu dicht vor die Füße, schoss er ihn weit über die Wiese, ohne die Mähmaschine anzuhalten. Hannes, Ferdi und Schorsch, die Buben, waren mit dem Rad zum nahen Simssee gefahren. Sie wollten rechtzeitig zurück sein, wenn Opa Hans und Oma Maria ankamen. Nicht zuletzt spürte auch Sira, die weiße Hirtenhündin, die Marinus drei Jahre zuvor aus einem Mailänder Tierasyl geholt hatte, dass die Ankunft der alten Happingers kurz bevorstand. Sie lag in der Nähe des Gartentores und beobachtete die Straße, denn von dort mussten sie ja kommen.

Als vom Stellplatz vor der Garteneinfahrt ein mehrmaliges Aufheulen des Motors zu hören war, wussten alle, dass sie angekommen waren. Opa Hans liebte es, wenn daraufhin die Enkelkinder als „Begrüßungskommando" zum Tor eilten. Als sie noch kleiner waren, traten sie noch vollzählig an; jetzt war es immerhin noch die kleine Abordnung der Mädchen, die mit hoch gereckten Köpfen hinter dem Einfahrtstor stehend auf die Ankunft der Großeltern warteten. Den Kindern ging es dabei nicht um den bei dieser Gelegenheit üblichen Austausch von Küsschen. Vor allem waren sie gespannt darauf, was Opa und Oma diesmal wieder an Süßigkeiten oder gar an

Spielsachen mitbrachten. Aber sie freuten sich auch darauf, dass wieder einmal mehr los war zuhause als sonst.

Auch Sira freute sich, denn Opa Hans kam nie ohne seinen Rauhhaardackel Charly. Außerdem hatte er immer eine Plastiktüte dabei, in der sich die Fleisch- und Wurstreste befanden, die er sich vor den Besuchen von seinem Metzger geben ließ – zur „Raubtierfütterung", wie er gerne sagte.

Marinus hatte beim Aufheulen des Motors die Schaufel beiseitegelegt und war zum Tor gegangen, um seine Eltern zu begrüßen. Als dann auch noch Anna und die Fanny-Oma dazukamen, hätte man als außenstehender Beobachter fast annehmen können, es gäbe bei den Happingers schon wieder ein Gartenfest.

„Wie war die Fahrt?" fragte die Fanny-Oma. „Nach dem Irschenberg ging`s eigentlich ganz gut voran. Vorher gab es immer wieder dichten Verkehr, aber das kennen wir ja zur Genüge", antwortete der Opa Hans und Oma Maria merkte noch an, dass sie wieder einmal die kalte durch das Autofenster hereinziehende Luft ertragen musste, weshalb sie jetzt wie gerädert sei. Schuld daran sei Hans, der das Fenster einfach nicht hatte schließen wollen.

Opa Hans mochte keine Übertreibungen und der Vergleich eines schmerzenden Nackens mit der mittelalterlichen Folter des Räderns ging ihm erheblich zu weit. Normalerweise hätte er das seiner Maria gesagt, doch in diesem Moment lenkte Charly, der Dackel, alle seine Aufmerksamkeit auf sich. Wie besessen rannte er hin und her, bellte unentwegt und pinkelte gegen alles, was aus der Erde ragte. Charly war mindestens fünf Nummern kleiner als Sira, dafür aber fünfmal so temperamentvoll wie sie. Es ging nicht in seinen kleinen Kopf, dass Sira nur ruhig dastand, den Duft der Fleischtüte einatmete und so gar nicht auf seine heftigen Annäherungsversuche einging.

Gegessen wurde drinnen.

„Mag jemand einen Aperitif?" fragte Marinus.

„Sempre!" antwortete Opa Hans, der sich irgendwann ein Dutzend italienische Wörter gut gemerkt hatte. Seitdem streute er sie bei jeder Gelegenheit ein, wie ein mediterranes Gewürz in eine bayerische Hausmachersuppe.

„Ecco come sempre!" also wie immer.

Marinus spielte die Worte gerne zurück.

Auch er mochte das Italienische. Bei seinen schwarzen welligen Haaren, die in der Familie Happinger auffallend verbreitet waren, und dazu den braunen Augen und der gesunden Bräune seiner Haut, wirkte er auf viele ohnehin wie ein etwas zu groß und zu stämmig geratener Italiener; ja und dass er seinem Vater sehr ähnlich sah, war sicher auch den Genen der Ahnen geschuldet, die irgendwann in ferner Vergangenheit den Weg über die

Alpen nach Bayern gefunden hatten. Marinus mischte Prosecco, Holunderblütensirup und Mineralwasser direkt in den Gläsern und reichte diese herum, nachdem er jeweils noch ein Blatt frische Minze darauf platziert hatte.

„Salute!" Klar, worauf konnte man besser anstoßen als auf die Gesundheit.

Als Opa Hans seinen „Hugo" ausgeschlürft hatte, machte er zu den beiden Hunden hin eine bedeutungsvolle Miene. „So, jetzt kommt die Raubtierfütterung!" sagte er, griff in die mitgebrachte Tüte mit den Fleischresten und zauberte daraus zwei Wurstabschnitte hervor. Er zeigte sie den Hunden, wartete, freute sich an der Spannung, die er bei ihnen hervorrufen konnte. Mit großen Augen hingen sie an den Bissen, die er ihnen zeigte, und Wasser tropfte von ihren Lefzen auf den Boden. Opa Hans entwickelte dabei eine unglaubliche Empathie. Diese Fresslust der Hunde, ihre Abhängigkeit von seiner Gunst – das gefiel ihm. Er warf ihnen die Fleisch- und Wurstreste zu. Sie schnappten die Leckerbissen mit offenem Maul im Flug auf und verschlangen sie mit einer solchen Hast, dass man sie als ein dem Genuss des Essens zugetaner Mensch bedauerte.

Sira hatte den für Hunde aus der Maremma typischen, kräftigen Kiefer mit Scherengebiss. Opa Hans beeindruckte diese Ausstattung. „Schau hin! Die haut das weg wie ein Reißwolf" sagte er anerkennend.

Anna hatte inzwischen in der Wohnstube das Essen aufgetragen. Am großen runden Tisch hätte sie durchaus für die ganze Familie aufdecken können. Aber es gab auch einen weiteren kleinen Tisch, und den stellte sie heute für die jüngsten Kinder dazu. Mit den Zinntellern, Geweihen und Krickerln über der holzvertäfelten Wand, dem Kruzifix in der Ecke, dem Lohberger-Herd an der Seite und halt auch wegen der vielen Personen hätte man den Raum zu dieser mittäglichen Stunde auch für die Wirtsstube einer bayrischen Dorfwirtschaft halten können.

Es gab gebratenen Rehschlegel und als Beilagen Spätzle und Blaukraut. Weil aber der Magen erst einmal eingestimmt werden musste, servierte Anna der Familie vorab eine Leberknödelsuppe. Zur Nachspeise gab es dann noch ein Tiramisu.

Nach dem Essen plauderten und lachten die einen munter weiter, während die anderen sich nach einer Ruhemöglichkeit umsahen.

Marinus gehörte zu den letzteren. Er zog sich rasch in sein Zimmer zurück. Sein „pisolino" brauchte er so dringend, wie andere die berühmten tausend Schritte nach dem Essen.

Für Opa Hans war der große Ohrenbacken-Sessel in der Wohnstube der bevorzugte Ort für das Nickerchen, das „pisolino", das auch er einer lieben Gewohnheit folgend unmittelbar nach dem Essen zu machen pflegte.

Weil er dabei ziemlich laut schnarchte, wurde es schnell einsam um ihn herum.
Die Buben zogen sich für eine Weile zurück.
Anna schaute kurz mal nach den Pferden. Ja, und die älteren Damen machten mit den Mädchen einen Waldspaziergang und schworen darauf, dass die Gesundheit das erfordere.

Am Nachmittag gab es Käsekuchen mit Kaffee. „Ach übernachtet doch bei uns!" bestürmten die Kinder die Großeltern. Nicht immer gelang es ihnen, sie dazu zu überreden. Diesmal aber stimmten sie zu.

<15>

Am 15.10.1996 ordnete das Gericht an, dass zunächst die Personen zu vernehmen seien, die am 1.5.1994 auf dem Testament als Zeugen unterschrieben hatten. Besonders für den Zeugen Kreisler hatte sich Happinger beißende Fragen zurechtgelegt. Im Termin am 15.11.1996 wurde erst Frau Stade als Zeugin vernommen. Sie sagte aus, mit Kreisler und Betrucci seit Jahren gut bekannt zu sein. Am 1.5.1994 sei sie kurz von Herrn Kreisler in das Haus gerufen worden, da sei das Testament schon geschrieben gewesen. Sie hätte lediglich ihre Unterschrift auf das Papier gesetzt und dann habe sie nur noch gesehen, wie Herr Kreisler das Testament in einen Umschlag steckte. Sie habe dann das Haus verlassen und draußen auf Herrn Kreisler gewartet.

Bei der gleich im Anschluss durchgeführten Vernehmung des Zeugen Kreisler wurde die Sache schon spannender. Er sagte aus, dass er dem Gfäller Schorsch zu einer Zeit, als die Betrucci im Krankenhaus war, das Essen gebracht habe. Der Gfäller Schorsch habe ihm gesagt, wie sehr er sich über seine Verwandten mit Ausnahme von einem (den Namen nannte er nicht) ärgere, dass sie nichts bekommen sollen und dass er deshalb ein Testament errichten wolle. Weil der Schorsch partout keinen Notar hinzuziehen wollte, habe er – Kreisler – ihm am 1.5.1994 ein beim Gericht ausliegendes Merkblatt gebracht und ihm dann zugesehen, als er das Testament schrieb. Frau Stade, also die Zeugin vor ihm, sei da gerade beim Wasserholen gewesen. Sie sei dann zufällig dazugekommen und so hätte auch sie noch unterschrieben. Niemand außer ihm, der Frau Stade und dem Schorsch hätte zunächst von dem Testament gewusst, auch die Betrucci nicht, denn er – Kreisler – habe das Testament eine Zeitlang verwahrt und es der Betrucci erst wesentlich später gegeben und ihr auch erst bei dieser Übergabe gesagt, dass der Gfäller Schorsch sie in dem Testament als Erbin eingesetzt habe.

Happinger stieg bei dieser Zeugenaussage der üble Geruch in die Nase, der sich im Gerichtssaal stets breit machte, wenn gelogen wurde. Er hatte den dringlichen Wunsch, den Zeugen Kreisler der Lüge zu überführen. Der aktuelle Fall gab dazu noch nicht genug her, also griff er auf Informationen zurück, die er von seinen Mandanten erhalten hatte, und die auf Kreisler ein schlechtes Licht warfen. „Haben Sie sich schon mal als Heilpraktiker ausgegeben, obwohl Sie nie einer waren?", fragte er. Kreisler bestritt das sofort und beging damit einen entscheidenden Fehler. Happinger präsentierte nämlich daraufhin dem

Gericht ein behördliches Schreiben aus dem Jahr 1987, aus welchem sich Kreislers Heilpraktiker-Auftritt klar ergab. Kreisler bot als Zeuge aber noch weit mehr Angriffspunkte. Happinger wusste mittlerweile von einigen früheren Machenschaften der Betrucci, an denen Kreisler aktiv beteiligt war.

Verschiedenen schriftlichen Unterlagen hatte er entnehmen können, dass Kreisler spätestens seit 1987 mit der Betrucci gut bekannt war. Damals hatte er bei einem Gerichtsprozess der Betrucci „geholfen". Um ein malerisch am Chiemsee gelegenes Gasthaus ging es damals, aus dem die Betrucci ihre ehemalige Freundin, eine gewisse Frau Lambacher, hinausklagen wollte, um selbst in den Besitz der wertvollen Immobilie zu kommen. Doch darum ging es jetzt nicht. Happinger kam es darauf an, den Zeugen Kreisler als Erfüllungsgehilfen der Betrucci zu entlarven. Das gelang ihm, denn Kreisler räumte schließlich auf Vorhalt ein, dass er im Prozess Betrucci/ Lambacher „eine gewisse Koordination zwischen Zeugen" hergestellt hatte. „Hört, hört!" rief Happinger und fragte weiter, ob er – Kreisler - auch von dem verstorbenen Bauern Lichtl wisse, und davon dass dieser Frau Betrucci sein Vermögen vererbte. Kreisler bejahte das und ergänzte, Frau Betrucci habe das Lichtl-Vermögen zum Erwerb der am Chiemsee gelegenen Gaststätte verwenden wollen. Er, Kreisler, sei damals im

Auftrag der Betrucci mit einem Herrn Fritsche, dem Inhaber eines Sicherheitsdienstes, zum Hof des Bauern Lichtl gefahren, um mit ihm in der Angelegenheit Betrucci zu reden. Als Happinger das hörte, ging ihm durch den Kopf, was da wohl an Einschüchterung und Drohung gelaufen sein mochte. Überall taten sich Abgründe auf. Es reizte ihn, tiefer in den vermuteten Sumpf hinein zu leuchten. Er hatte gerichtlich protokollierte Zeugenaussagen aus einem früheren Verfahren. Laut Protokoll hatten die Zeugen damals ausgesagt, dass Kreisler sie im Auftrag der Betrucci aufgesucht und so eine Art Interview durchgeführt habe. Happinger hielt das dem Zeugen Kreisler vor. Der versuchte sich herauszureden. „Ich habe nur aufgeschrieben, was gesagt wurde."

„Im Sinne der Betrucci aufgeschrieben, hätte er besser sagen sollen", dachte Happinger, behielt das aber für sich. Stattdessen holte er zu einem weiteren Schlag gegen Kreisler aus. „Stimmt es, dass Sie sich als Gerichtsvollzieher ausgegeben haben, als Sie damals im Auftrag von Frau Betrucci mit den Zeugen sprachen?" fragte er und winkte dabei mit einem Schriftstück, als wäre es das Beweisstück dazu. Es wirkte. Kreisler rang sich daraufhin zumindest zu einer Halbwahrheit durch. Es sei richtig, meinte er, dass man ihn wegen der vorgezeigten notariell beglaubigten Betrucci-Vollmacht für einen Gerichtsvollzieher gehalten habe, und dass er die betreffenden Personen in diesem Glauben beließ.

„Da schau mal an", dachte Happinger. Er sah die Richterin an und bemerkte, wie sich ihre Miene verfinsterte. Offenbar hatte sie langsam genug von Kreislers Auftritt. Happinger war jetzt so richtig in Fahrt. Noch bevor er zu Wort kam, fragte die Richterin, welche weiteren Aufträge Kreisler für die Betrucci zu erledigen hatte. Betruccis Anwalt widersprach der Fragestellung; sie gehöre nicht zur Sache. Die Richterin ignorierte ihn und wies Kreisler an, zu antworten. „Nun, Ende 1993 war da noch ein Rechtsstreit zwischen Frau Betrucci und dem prominenten Gastwirt Anton Schellbach aus Wagendorf. Frau Betrucci beauftragte mich damals nach Venezuela, Brasilien und Paraguay zu reisen, wo ich Recherchen für den Rechtsstreit durchführen sollte."

„Na also, da haben wir es ja wieder", dachte Happinger. Immer deutlicher sichtbar wurde die Handlanger-Rolle, die dieser Zeuge Kreisler bei den Beutezügen der Betrucci gespielt hatte. Wenn die Gegenseite durch Kreislers Aussagen beweisen wollte, dass bei der Errichtung des Testaments alles mit rechten Dingen zugegangen sei, so war ihr Plan gescheitert. Dies jedenfalls hoffte Happinger.

<16>

Marinus hatte Anna nicht zu einer Wanderung auf dem Chiemsee-Rundweg bewegen können. Allein war er mit dem Auto nach Prien gefahren und von dort weiter mit dem Fahrrad am See entlang nach Osternach, Rimsting, Hochstätt, zur Keilbacher Bucht, zum Mühlner Winkel und ab dem Mühlner Hafen hinauf zum Höhenweg und zum Aussichtsberg Gstadt. Hier saß er auf einer Bank und hatte den wohl schönsten Ausblick auf den Chiemsee und die Berge. Die Tatsache, dass er hier allein saß, obwohl er sich gewünscht hätte, dass Anna neben ihm säße, dass er die augenblickliche Empfindung mit ihr hätte teilen können, minderte sein Glücksgefühl beträchtlich. Länger schon hatte sich bei ihm eine Einsamkeit breit gemacht, die zu seiner ansonsten glücklichen Ehe irgendwie so gar nicht passte. Was hatte sich verändert? Wie war es mit Anna in den ersten Ehejahren? Und wie war das mit der Zweisamkeit als er Anna noch nicht kannte? Damals war ihm die Liebe in immer wieder neuer Gestalt begegnet. In seinen „wilden Münchner Jahren" hatte er den zarten Charme introvertierter Frauen mit gleichem Eifer studiert, wie das Feuer und die Verrücktheit extrovertierter Frauen. Übungen in Zweisamkeit waren ihm wichtiger gewesen als jene, die ihm von seinen Jura-Professoren aufgegeben worden waren. Die Kommilitonen, die ihr Studium fleißig betrieben, wurden mit den guten Noten belohnt, während er von den Frauen überreich mit Liebe beschenkt wurde. Wie eine Biene war er von Blüte zu Blüte geflogen, hatte ihren betörenden Duft und ihre vielfältige Schönheit kennengelernt und dabei den meist süßen, manchmal aber auch bitteren Honig an Erfahrungen gesammelt, die er mit ihnen in der meist kurzen Zeit zwischen dem Kennenlernen und der Trennung machte. Bei Trennungen hatte er die Verschuldensfrage gestellt bis er endlich erkannte, dass es kein Verschulden gab. Es war entweder nicht der richtige Zeitpunkt oder es passte der Deckel nicht zum Topf, wie man so treffend sagt. Immer hatte er aber darauf vertraut, dass eines Tages schon die Richtige kommen würde. Schließlich war er Anna begegnet. Abiturientin war sie und fast zehn Jahre jünger als er. Ihr Wesen hatte ihn bezaubert, und auch ihr Äußeres - das blonde Haar, die wasserblauen Augen, der süße Mund, die wohl geformten Beine und alles an ihr, was sie so mädchenhaft aussehen ließ, fand er hinreißend. War sie die Richtige und war es auch an der Zeit, sich fest an eine Frau zu binden? Er hatte bei ihr aufgehört, sich das zu fragen. Dreißig war er und angehender Referendar. Die Unsicherheit war verflogen. Er wusste - sie war die Richtige.

Die Frage, ob sie seine Frau werden wolle, hatte er ihr im Sommer 1973 in Morcote am Luganer See gestellt. Sie war erst Zwanzig und sie kannten sich gerade mal ein Jahr. Von dem aus ihrer Sicht zu früh gestellten Heiratsantrag war sie so überrascht, dass sie erst zögerte, bevor sie Ja sagte.

Hier auf der Bank mit der schönen Aussicht auf den Chiemsee und auf die Kampenwand fiel es Marinus leicht, die Erinnerungen an den Tag wachzurufen, als sie die Treppen zur Chiesa San Maria del Sasso hinaufkletterten, weil sie wussten, dass man von dort oben einen der schönsten Ausblicke auf den See genießen konnte. An einer Treppenkehre, in der sie von süßen, schweren Düften blühender Sträucher förmlich eingelullt wurden, hatten sie sich eng aneinandergeschmiegt. Orpheus und Eurydike. Wie ein goldener Rahmen hatte dieser Ort ihr junges Glück umspannt.

Schon im Jahr darauf hatten sie geheiratet. Die folgenden Jahre waren ein einziges Fest der Liebe - ein Dauerzustand des Verliebtseins gewesen. Die Kraft der Jugend hatte ihre Liebe durchströmt. Dann war aus der Zweisamkeit mehr geworden. Kinder waren aus ihr hervorgegangen – drei Buben und zwei Mädchen - und damit wechselte ihre Liebe die Farben. Nun war da auch die Elternliebe. Es begannen sich die Erwartungen und die Lebensziele zu ändern.

Marinus saß nun schon eine geschlagene halbe Stunde auf der Bank, von der aus er so tief ins Land sehen und zugleich in die Vergangenheit zurückblicken konnte. Er betrachtete den See, den der Wind mit leichten Wellen überzog. Stattliche Segelboote kreuzten vor den Inseln. Die Fraueninsel mit der Benediktinerinnen-Abtei und die Herreninsel, auf der König Ludwig II. eines seiner schönsten Schlösser errichten ließ, waren auch für die Chiemsee-Passagierschiffe und deren Gäste die wohl attraktivsten Ziele. Auf ihren immer gleichen Fahrten wurden die Schiffe von kreischenden Möwen begleitet.

Marinus war in Gedanken immer noch bei Anna und bei der Frage, warum sie jetzt – in diesem schönen Moment - nicht neben ihm saß.

Im Grunde wusste er ja, dass alles seine Zeit hat, und dass die Zeit eben vieles verändert. Abgesehen von der romantischen Anwandlung, die ihn an diesem Tag ins Grübeln geraten ließ, war ja auch er längst nicht mehr auf ständige Nähe erpicht, wie am Anfang ihrer Ehe.

Ja und bei Anna war es halt auch nicht anders. Als sie über 35 Jahre alt war und an ihre fünf Kinder dachte, die sie bis dahin schon zur Welt gebracht hatte, vernahm sie vermutlich eine innere Stimme, die ihr dringend empfahl, den Wunsch nach Kindern zu modifizieren. Wie wär`s zur Abwechslung mal mit einem Fohlen? – könnte die Stimme ihr damals konspirativ zugeflüstert haben.

Anna hatte den Gedanken gegenüber Marinus nie geäußert, und doch lag die Frage ab dieser Zeit immer irgendwie in der Luft.
Sieben Jahre vergingen bis es soweit war. Marinus hatte sich nicht dagegen gestellt; schließlich lag ihm daran, dass Anna glücklich war. Im April 1995 war ein Hengstfohlen zur Welt gekommen. Wegen seiner arabischen Abstammung hatten sie ihm den Namen „Wesir" gegeben. Annas Freude über den Zuwachs war derart groß gewesen, dass sie jetzt – ein Jahr später – erneut mit dem Gedanken spielte, ihre weiße Araber-Stute „Rashima" decken zu lassen. Dem Hengst wollte sie den Wunsch ins Ohr flüstern, dass es diesmal doch bitte ein Stutfohlen werden möge. Marinus hingegen hatte sie ins Ohr geflüstert, dass da, wo für e i n Fohlen Platz sei, wohl auch für ein zweites noch ein Plätzchen zu finden sein müsste.
Derlei Argumente waren schon früher bei den Happingers im Gespräch aufgetaucht, als es noch darum ging, ob sie sich noch ein viertes oder ein fünftes Kind wünschen sollten. Anna hatte immer die richtigen Worte gefunden und Marinus hatte sich bei derlei Entscheidungen stets mehr vom Herzen als vom Verstand leiten lassen. Es war ihm durchaus bewusst gewesen, dass seine und Annas Verantwortung mit jedem Zuwachs, gleich ob Mensch, Tier oder Pflanze, größeren Umfang annimmt, und

wenn er es zwischendurch einmal vergaß, kam
ihm sicher rein zufällig das Buch „Der kleine
Prinz" von Antoine de Saint Exupéry in die
Finger, und darin die Stelle, wo der Fuchs zum
kleinen Prinzen sagt:
"Du bist zeitlebens für das verantwortlich, was
Du Dir vertraut gemacht hast".
Da hatte Marinus sich natürlich schon gefragt,
ob denn unbedingt noch ein weiteres Fohlen
sein musste, und es klug von ihm war, gegen
Annas Wunsch so gar nichts einzuwenden,
denn schließlich lud sie sich mit einem zweiten
Pferd ja noch mehr Lasten auf. Sie hatten die
Kinder - jetzt 16, 14, 12, 9 und 7 Jahre alt -,
und es lebte bei den Happingers ja auch noch
Annas Mutter. Die war mit ihren 80 Jahren
noch rüstig, aber es zeigten sich bei ihr schon
die ersten Anzeichen einer Demenz. Ein klarer
Fall von Alzheimer, hatte der Arzt gesagt.
Waren bei diesem Riesenhaushalt die Pferde
für Anna eine zusätzliche Bürde oder waren sie
vielleicht doch ein unverzichtbarer Ausgleich,
ein lebenserhaltendes Elixier, das sie brauchte,
um sich bei all den Lasten am Ende immer
noch wohl zu fühlen?
Derlei Fragen gingen Marinus durch den Kopf.
Mittlerweile saß er schon eine Stunde auf der
Bank. Aber es tat ihm gut, seine Beziehung zu
Anna auszuleuchten. Er liebte sie und er sah ja
auch ein, dass sie aus der Freude, die ihr der
Umgang mit den Pferden verschaffte, die Kraft

schöpfte, die sie für alles andere brauchte. Eben deshalb hatte er auch nie die Frage nach den Kosten oder die ebenfalls interessante Frage nach dem mit einer Pferdehaltung verbundenen Zeitaufwand gestellt. Marinus kannte seine Anna. Sie war mit Herz und Seele Pferde-Frau. Von Haus und Stall entfernte sie sich meist nur in einem Umkreis von wenigen Kilometern, und immer nur dann, wenn es dafür zwingende Gründe gab. Da war es nur logisch, dass Urlaubsreisen oder auch nur Tagesausflüge für Anna kein zwingender Grund waren, eine Ausnahme zu machen. Marinus hingegen liebte es zu reisen, und hin und wieder machte er auch gerne einen Ausflug, so wie an diesem Tag mit dem Fahrrad am See entlang. Der Kulissenwechsel war ihm wichtig; er hielt ihn für unverzichtbar. Die Pferde mochte er zwar auch, aber eben auf eine andere Art als Anna. Während Anna ihre Rashima und dann auch ihren Wesir derart liebevoll versorgte und behandelte, dass der König im Reich der Pferde ihr sicher wegen großer Verdienste einen Orden erster Klasse verliehen hätte, war Marinus schon mit einem Ausritt so ab und zu zufrieden.
Nur e i n Pferd hätte dafür seines Erachtens vollkommen gereicht. Rashima wäre sicher in einem Stall mit Vollpension gut unterzubringen gewesen. Genau an diesem Punkt schieden sich aber die Geister von Anna und Marinus.

Wenn beide dem jeweils eigenen Standpunkt treu bleiben wollten, steuerten sie nolens volens auf eine gelegentlich unterschiedliche Lebensgestaltung zu, wobei sie noch nicht wussten, ob die sich daraus ergebenden Zeiten der Trennung ihre Ehe gefährden oder stärken würden. Sie riskierten es ganz einfach.

Als Marinus nach seinem Chiemsee-Ausflug wieder zuhause ankam, war er bestens gelaunt und Anna, die wie immer ein paar Stunden bei ihren Pferden verbracht hatte, erzählte, wie schön es im Stall war.

<17>

Das Gericht hatte den Verfahrensbeteiligten die Protokolle der Aussagen vom 15.11.1996 übersandt. Die Betrucci schrieb daraufhin direkt an Happinger, dass sie dem „sauberen Koch" Anton Schellbach keine 8,9 Millionen DM schulde, wie behauptet werde, sondern dass dieser sie um sage und schreibe 640.000 DM betrogen habe. Das war zwar, wie man so schön sagt, nicht Happingers Baustelle, aber irgendwie warf der inzwischen auch in der Presse wiederholt groß aufgemachte Fall des Starkochs ein grelles Licht nicht nur auf diesen, sondern ebenso auf die Betrucci. Gelegentlich wollte Happinger dazu Genaueres in Erfahrung bringen.

Mit Schriftsatz vom 10.12.1996 legte er dem Gericht aus Sicht der gesetzlichen Erben dar, was sich aus den bisherigen Zeugenaussagen ergab. Auch den Brief, den die Betrucci anlässlich der Testamentseröffnung an die Verwandten des Gfäller Schorsch zu deren Ruhigstellung geschrieben hatte, übergab er dem Gericht. Und noch etwas legte er vor – einen mehrere Seiten umfassenden Auszug aus dem zentralen Strafregister. Irgendwer hatte das Schriftstück seinen Mandanten zugespielt und diese hatten es ihm gegeben.

In diesem Strafregister waren bis weit vor das Jahr 1960 zurück reichende Verurteilungen der Betrucci erfasst. Die Urteile betrafen Straftaten wie Anstiftung zum Meineid, Diebstahl, Betrug, Nötigung, versuchte Erpressung, Verleumdung, Urkundenfälschung, Beleidigung und Delikte ähnlicher Art. Die dunkle Seite der Betrucci war damit vollends ins Licht gerückt.

Happinger hoffte, dass das Gericht vor dem Hintergrund dieser Straftatenliste Betruccis Geldgier erkennen möge. „Ausgeschlossen, dass ihr ein Gericht jetzt noch abnimmt, sie sei unwissentlich zu dem Testament gekommen, wie die Jungfrau zum Kind", dachte er.

Doch die Betrucci wäre nicht die Betrucci gewesen, wenn sie jetzt schon aufgegeben hätte. Ihr Anwalt hielt munter mit weiteren Schriftsätzen dagegen. Er drehte den Spieß einfach um und trug vor, die Neffen und Nichten des Erblassers würden von der „Gier nach dem Nachlass des Erblassers" getrieben.

Gegen Happinger und dessen Mandanten erstattete er Strafanzeige wegen Verletzung des Datenschutzes, wegen Verletzung von Privatgeheimnissen, wegen des Verdachtes der Urkundenfälschung, wegen Prozessbetruges, wegen Verleumdung und wegen Beleidigung. Besonders empört zeigten sich die Betrucci und ihr Anwalt darüber, dass Happinger diesen Auszug aus dem zentralen Strafregister dem Gericht vorgelegt hatte. Happinger hielt dem

Anwalt der Betrucci entgegen, die Vorlage sei legitim gewesen; schließlich ergäben sich aus dem Strafregister viele Anhaltspunkte für die Erbunwürdigkeit der bedachten Frau Betrucci und damit entscheidungsrelevante Tatsachen. Von den gegen ihn geschleuderten Vorwürfen zeigte sich Happinger unbeeindruckt. Er setzte auf den Erfolg der Testamentsanfechtung, die er nicht nur wegen arglistiger Täuschung des Erblassers und ihm nahe stehender Personen erklärt hatte, sondern zusätzlich wegen eines Irrtums des Erblassers über die Person der von ihm als Erbin bedachten Frau Betrucci. Es war ja nun wirklich an allen Ecken und Enden deutlich sichtbar geworden, dass der Erblasser sich von dieser Frau ein ganz anderes Bild gemacht hatte. Happinger kannte die im Erbrecht geltende Ausnahmeregelung, wonach auch ein Irrtum dieser Art bei Anfechtung des Testaments zu dessen Unwirksamkeit führen kann. Die Frage der Nichtigkeit wegen Testierunfähigkeit geriet damit zunehmend zu einem Nebenschauplatz.

Happinger hatte den aktuellen Stand der Sache am Vormittag nochmals ausführlich mit dem Gfäller Lenz erörtert. Der war wieder einmal unangemeldet in die Kanzlei gekommen und hatte damit den Terminplan des Anwalts gründlich durcheinandergebracht. „Fräulein Prezz, bitte rufen Sie bei mir zuhause an und geben Sie Bescheid, dass ich heute mittags durcharbeiten muss und frühestens nach der Nachmittagsvorlesung nachhause kommen werde", sagte er zu seiner Sekretärin nachdem er Herrn Gfäller endlich hatte verabschieden können. „Und bitte jetzt keine Telefonate mehr durchstellen", ergänzte er noch und zog die Tür zu seinem Arbeitszimmer demonstrativ hinter sich zu.

Er hatte jetzt für den brandeiligen Schriftsatz, mit dem auf eine Werklohnklage erwidert werden musste, nur noch zwei Stunden Zeit, anschließend war eine Besprechung vorgemerkt, bei der es um einen gescheiterten Grundstückskauf ging. Sie durfte nur eine halbe Stunde dauern, denn pünktlich um 16:45 Uhr musste er in der Hochschule am Vorlesungspult stehen und mit der Vorlesung beginnen.

Auch das Gespräch mit dem Mandanten, der mit seinem Grundstückskauf Pech hatte, dauerte etwas länger als geplant. Bis zum Vorlesungsbeginn war kaum mehr eine halbe Stunde Zeit. Fräulein Prezz drängte, weil die in drei Mappen zur Unterschrift bereitliegenden Schriftstücke von Happinger noch unterschrieben werden mussten.

„Also geben Sie schon her!" sagte er, las die nach Diktat geschriebenen Seiten jeweils von der linken oberen Ecke der Seite in diagonalen Sprüngen zur rechten unteren Ecke und setzte im Schnellgang seine Unterschriften darunter.

„Das war`s! Ich bin dann weg! Und morgen vor 10 Uhr bitte keine Termine!" rief er Fräulein Prezz im Weggehen noch zu. Kurz darauf war er schon im Auto unterwegs zur Fachhochschule. Mit allenfalls fünf Minuten Fahrzeit rechnete er, vorausgesetzt, dass es keinen Stau gab.

Es hatte keinen Stau gegeben und so konnte Happinger mit Pünktlichkeit kokettieren, als er um 16:45 Uhr den Vorlesungssaal betrat. Die Studenten waren noch in lebhafte Unterhaltungen vertieft. Happinger kannte das. Er wusste, dass er lediglich ruhig dazustehen brauchte; spätestens nach einer Minute würde ihm die volle Aufmerksamkeit der Studenten zu Teil werden. Darauf war er stolz, denn an der Hochschule galten die Innenarchitektur-Studenten als ein besonders unruhiges Völkchen. Er konnte gut verstehen, dass sie an architekturtypischen Fächern, wie Farbenlehre, Raumgestaltung, Baustatik, Perspektivisches Zeichnen und dergleichen eher interessiert waren, als an Bau- und Architektenrecht. Für sie war das ein exotisches Fach, dessen Bedeutung für die Praxis sie erst einmal in Frage stellten. Happinger machte deshalb den Studenten schon zu Beginn eines Semesters und auch während des Semesters immer wieder deutlich, dass sie später im beruflichen Alltag oft mit den baurechtlichen Vorschriften konfrontiert würden, weshalb der Umgang mit diesen Vorschriften erlernt werden müsse. Es erleichterte ihm die Überzeugungsarbeit, dass es ein Pflichtfach war, und dass für das Diplom eine ausreichende Note erreicht werden musste.

An diesem Mittwoch waren etwa achtzig Studenten im Hörsaal. Bei einer Semester-Stärke von etwa hundert war es eine gute Beteiligung. Es ging um „Architektenhaftung".

Drastische Haftungsfälle aus der Praxis hatte Happinger sich als Thema dieser Vorlesung vorgenommen, darunter der Fall eines von ihm Jahre zuvor vertretenen Architekten, der auf Schadensersatz in sechsstelliger Höhe verklagt wurde, nachdem das Dach einer Markthalle unter einer außergewöhnlich hohen Schneelast eingestürzt war. Grobe Fahrlässigkeit bei der Bauplanung und Bauüberwachung hatte man nicht nur dem Statiker, sondern eben auch dem Architekten vorgeworfen und dessen Berufshaftpflicht-Versicherung hatte sofort erklärt, dass sie in diesem Fall nicht leisten werde.

Bei Fällen dieser Art kam Spannung auf. Kaum einer der Studenten konnte sich vorstellen, dass ausreichend versicherte Architekten bei ihrer Berufsausübung Risiken eingehen, bei denen sie schlimmstenfalls ihre berufliche Existenz und ihr Vermögen verlieren könnten. Viele Fragen wurden gestellt und beantwortet und wenn doch die Aufmerksamkeit nachließ, weil halt alles sehr, sehr juristisch und damit anstrengend war, suchte Happinger während des Sprechens vermehrt den Blickkontakt zu seinen Studenten. Ohnehin liebte er es, in die Gesichter der jungen Leute zu schauen. Sie alterten nie. Während er sich in den bisher zwanzig Jahren seiner Lehrtätigkeit zu einem Mittfünfziger mit Bäuchlein und ersten grauen Haaren an den Schläfen verändert hatte, saßen Jahr für Jahr immer wieder junge Leute vor ihm. Neunzig Prozent der Studierenden dieses Fachs waren weiblich und fast alle waren sie hübsch. So wie die Schönheit untrennbar zur Innenarchitektur gehörte, so gehörte sie auch zu ihren Repräsentantinnen.

<18>

Die Rolle des Ehemannes und Familienvaters spielte Marinus gerne, und auch Anna war mit der von ihr übernommenen Rolle als Ehefrau und Mutter zufrieden. Wirklich ernste Probleme waren ihnen in all den Jahren, die sie als Paar und als Eltern erlebt hatten, erspart geblieben. Nicht zuletzt hatte dazu ihr Harmoniebedürfnis beigetragen und ein wenig wohl auch die Vernunft, mit der sie ihr Leben den gegebenen Umständen anzupassen wussten.

Oft glaubten sie an Wunder, wenn irgendwo irgendwer immer gerade im rechten Moment für sie die Weichen so stellte, dass es gut voran ging. Darüber staunten sie dann so, wie Kinder staunen, wenn etwas passiert, was sie nicht begreifen können. Die Zuversicht, dass das immer so gehen würde, war bei Marinus so sehr in das Bewusstsein eingedrungen, dass er übermütig wurde.

Eines schönen Tages im August 1997 wurde er von einem Drang nach Veränderung erfasst. Welches Erlebnisfeld bot sich da in seiner Lage besser an, als jenes der starken Motoren? Hier wurde man nicht als Bigamist gescholten, wenn man sich ein zweites Auto oder ein Motorrad zulegte. Nein, es war einem sogar die Anerkennung Dritter sicher. Kaum war der

Gedanke so weit gediehen, dass Marinus den Kauf eines sportlicheren Gefährts erwog, traf es sich, dass ihn ein neuer Mandant aufsuchte, nämlich der Autohändler Schwalbenberger. Anlässlich einer Besprechung in dessen Firma sah er im Ausstellungsraum den neuen Mazda stehen, einen RX-7 in der turboaufgeladenen Version des 13-B-Wankel-Motors. „Gefällt er Ihnen?" fragte Schwalbenberger und grinste. Als erfahrener Händler hatte er sofort bemerkt, dass Marinus auffallend lang zu dem Fahrzeug hinsah, und tatsächlich war es ja auch das glänzende Schmuckstück in Schwalbenbergers Ausstellungshalle. Marinus schmunzelte. Die Geschäftstüchtigkeit seines Mandanten gefiel ihm. Aber es gefiel ihm auch die Idee, jetzt, wo er in der Mitte seines Lebens stand und wo er beruflich alle Ziele erreicht hatte, den Pfad der Vernunft zu verlassen und einmal eine ganz irrationale Entscheidung zu treffen. Das wollte er aber seinem Mandanten erstmal nicht auf die Nase binden. „Ja, sieht ganz gut aus", war seine knappe Antwort.
„Wenn Sie soweit sind, besprechen wir jetzt die Sache, zu der Sie Rechtsfragen haben", fügte er hinzu. Marinus hatte sich angewöhnt, nie ein auffallendes Interesse an einem Kauf zu zeigen, weil sich dies, wie er meinte, mit dem Aushandeln eines günstigen Kaufpreises nicht verträgt. Sie gingen in Schwalbenbergers Büro und sprachen erst einmal über das

Rechtsproblem, mit dem der Autohändler sich konfrontiert sah.

Auch bei der Verabschiedung kam Marinus nicht mehr auf den Wagen zu sprechen, der ihm auf Anhieb gefallen hatte.

Jede Wette hätte er darauf abgeschlossen, dass Schwalbenberger ihn so einfach nicht gehen lassen würde. Er war schon draußen und ging zu seinem Auto, als Schwalbenberger ihm hinterherrief: „Haben Sie noch einen Moment Zeit? Setzen Sie sich doch mal rein in unseren RX-7!" „Wette gewonnen", dachte Marinus und machte auf der Stelle kehrt.

Im Ausstellungsraum standen herausgeputzt und mit Hochglanz prangend die neuesten Fahrzeugmodelle. Von allen Seiten her waberte Marinus der Neuwagenduft entgegen, mit dem Autohändler zusätzlich zum optischen Anreiz die olfaktorischen Sinneszellen ihrer Kunden anzuregen wussten. Der RX 7 stand erhöht auf einem Podest, sodass man zu ihm aufschauen musste. Keines der anderen Fahrzeuge reizte Marinus` Sinne so sehr, wie dieser RX-7.

„Kommen Sie, kommen Sie nur herauf!" ermunterte Schwalbenberger Marinus. Dieser überwand die kleine Stufe zum Podest mit sportlich-elegantem Schwung. Amerikanische Präsidenten machten es ähnlich, wenn sie nach Staatsbesuchen die Treppe zur Air-Force-One förmlich hinaufstürmten, um zu zeigen, dass sie fit und in Form waren.

Marinus stand nun dicht neben dem Objekt seiner Begierde. Schwalbenberger öffnete die Türe des Wagens, hielt Marinus den Schlüssel hin und sagte: „Lassen Sie ihn doch mal an!" Marinus zögerte. Auch das gehörte zu seiner Taktik, nach der sein Gegenüber nur ja keine aufkommende Begeisterung erkennen sollte. „Verdammt niedrig", stellte er fest, als er ins Innere des Wagens eintauchte und mit Mühe sein Gesäß in den Recaro-Schalensitz hievte. Es fühlte sich für ihn an, als säße er auf der Bodenmatte. Die Unterkante der riesigen Windschutzscheibe war gerade tief genug, dass er freien Blick über die weit nach vorn flach verlaufende Fronthaube hatte.

„In einem Red-Jaguar E-Typ kann der Ausblick nicht viel anders sein", dachte Marinus. Ihm gefiel die extravagante Form der in kräftigem Kirschrot lackierten Karosserie. Warum gefiel ihm die Farbe Rot bei anderen Autos nicht so sehr? Marinus konnte sich das in diesem Moment nicht erklären. Vielleicht lag es daran, dass nur ein Ferrari, ein Jaguar oder eben ein RX-7 das kräftige Rot vertrug.

Marinus steckte den Schlüssel ins Zündschloss, drehte ihn und hörte nun das tiefe Dröhnen des 185 PS-Wankelmotors.

„Ein Fest für die Ohren", dachte er, drückte übermütig aufs Gaspedal und sah, wie Schwalbenberger sich zufrieden das Kinn rieb und grinste.

Damit hatte Marinus schon dreifach Sinnenlust verspürt. Aber der RX-7, dieses faszinierend schöne Gefährt – oder war es gar eine Gefährtin? – bot noch viele weitere sinnliche Reize. Griffig und doch samtweich fühlte sich das mit echtem Leder bezogene Lenkrad an. Der kurze, phallisch geformte Schaltknüppel lag gut angepasst in der Hand. Ja und da waren für den Tastsinn auch noch die faszinierenden Rundungen der Karosserie. Der Gedanke an die langen, schlanken Beine einer attraktiven Frau lag nahe. Marinus nahm sich vor, diese bei ihm aufkommenden Phantasien geheim zu halten, trotzdem aber genau zu beobachten, welche Wirkung das Auto auf seine Freunde und auf all jene haben würde, denen er es schon bald vorzuführen gedachte.

Er stellte sich vor, wie sie die im Innenraum des Sportwagens phosphorgrün leuchteten Instrumente bestaunen würden. Der Clou aber waren die Klappscheinwerfer, die vom Cockpit aus zu öffnen und zu schließen waren.

Marinus gönnte sich zur Probe auch dieses Spiel bevor er sich aus den Wangen des Schalensitzes hob und seinen Körper in einer fast hockenden Haltung durch die weit geöffnete Wagentüre wieder nach draußen manövrierte.

Jugendlicher Elan sah anders aus.

„Das ist noch gewöhnungsbedürftig", meinte Marinus. Schwalbenberger grinste abermals.

„Überlegen Sie es sich. Ich mache Ihnen ein unschlagbares Angebot", sagte er.

„Ich werde darüber nachdenken", antwortete Marinus, doch er hatte sich im Grunde längst entschieden, den RX 7 zu kaufen.

<19>

Die Mühlen der Justiz drehen sich bekanntlich langsam. In dem Verfahren, das den Antrag der Betrucci auf Erteilung eines Erbscheins betraf, fand ein weiterer Gerichtstermin erst am 28.11.1997 statt.

Zwischenzeitlich wechselte die Betrucci den Anwalt. Über die Gründe, die sie dazu bewegten, konnte trefflich spekuliert werden. Gut vorstellbar war, dass sie dem bisherigen Anwalt das Honorar schuldig blieb. Vielleicht hatte sie den Anwalt aber auch in eine Komplizenschaft drängen wollen, die er ablehnte. Schließlich konnte es auch ganz einfach ihr Frust darüber gewesen sein, dass es ihm nicht gelungen war, ihr in kurzer Zeit den Erbschein zu beschaffen. Der neue Anwalt schrieb neue Schriftsätze, die allerdings wenig Neues enthielten. Das Gericht hatte inzwischen ein Gutachten bestellt, das darüber Auskunft geben sollte, ob der Gfäller Schorsch bei der Testamentserrichtung ausreichend gesund, bei klarem Verstand und somit testierfähig war. Auch die gesetzlichen Erben hatten die Zeit genützt. Sie hatten weiter recherchiert, sodass Happinger den Standpunkt seiner Mandanten in mehreren Schriftsätzen noch zusätzlich untermauern konnte.

Über die lange Zeit hinweg konnte der nächste Richterwechsel nicht ausbleiben.

Nach der Richterin Feil-Korff war jetzt Richter Scheffzig mit der Sache befasst. Dieser lud für den Termin 28.11.1997 mehrere Zeugen vor, die von den Anwälten benannt wurden.

Es waren Zeugen, die den Gfäller Schorsch gekannt hatten. Den Aussagen dieser Zeugen wollte das Gericht weiteres zur Testierfähigkeit des Erblassers entnehmen. Im Termin schlug der für seine Vergleichsbemühungen bekannte Richter den Beteiligten zunächst vor, sich darauf zu einigen, dass der Nachlass zur Hälfte an die Betrucci und zur anderen Hälfte entsprechend den gesetzlichen Quoten an die gesetzlichen Erben gehen sollte. Betruccis Anwalt lehnte das so klar ab, dass Happinger sich zu diesem richterlichen Vorschlag gar nicht mehr äußern musste.

Es folgte die Vernehmung der Zeugen.

Eine Hausfrau (45) erklärte, die Betrucci habe ihr gegenüber bekundet, sie sei mit einem Anwalt beim Gfäller Schorsch gewesen, als der ein Testament zugunsten seines Neffen Lenz geschrieben habe und sie – die Betrucci - hätte den Schorsch schon zuvor dazu überredet.

Ein Bürgermeister (54) sagte aus, die Betrucci habe ihm bei einem persönlichen Gespräch erklärt, dass sich ein Testament des Gfäller Schorsch bei einem Anwalt befinde, und dass sein Neffe Lenz der Erbe sei.

Ein Landwirt (33) sagte aus, er habe dem Schorsch mehrfach geholfen, die Betrucci habe er nie auf dem Hof gesehen. Bezüglich des Neffen Lenz habe er immer wieder vom Schorsch gehört, der kriege einmal alles.

Ein Arzt(44) sagte aus, der Gfäller Schorsch sei so misstrauisch gewesen, dass er ihn nicht habe ärztlich behandeln können. Betruccis Anwalt hätte ihn um Bestätigungen gebeten, die er so nicht habe abgeben können.

Der von Betrucci benannte Zeuge Zahnarzt Dr. Rochus sagte aus, er müsse einräumen, dass er entgegen einer früher von ihm abgegebenen eidesstattlichen Versicherung doch nicht wisse, ob und wie intensiv die Betrucci sich um den Gfäller Schorsch gekümmert habe.

Ein Landwirt (76) sagte aus, zuletzt habe er den Schorsch im Sommer 1993 gesehen und da sei er gschlampert beinand und abweisend gewesen. Er habe gesagt, seine Verwandten seien alles Lumpen und sie würden auf sein Sach' losgehen.

Ein Pensionist (51) sagte aus, der Gfäller Schorsch sei sein Nachbar gewesen. Seit 1989, als die Grotte gebaut wurde, sei der Schorsch seltsam geworden. Manchmal hätte er sich vor den Leuten versteckt.

Ein Schlossermeister (37) sagte aus, er habe den Schorsch nur ganz selten gesehen. Seit 1989/1990 die Grotte gebaut wurde, sei der Schorsch irgendwie anders geworden.

Der vom Gericht beauftragte Sachverständige erklärte, er könne noch nichts sagen; erst sei noch die Einvernahme des Priener Arztes erforderlich, der den Gfäller Schorsch einmal behandelt habe.
Nach dieser Beweisaufnahme erließ der Richter am 4.12.1997 einen Hinweisbeschluss.
Er meinte, ein abschließendes Urteil über die Testierfähigkeit des Erblassers zum damaligen Zeitpunkt 1.5.1994 sei noch nicht möglich. Es müssten noch die weiter benannten 22 Zeugen und Frau Betrucci selbst vernommen werden, und abschließend müsse dann auch der Sachverständige noch gehört werden.
Im Übrigen, so meinte der Richter, müssten sich die Streitparteien auf ein langes Verfahren über mehrere Instanzen einstellen, und völlig offen sei, wie das am Ende ausgehen würde.
Mit einem Vergleich, so meinte er, sei deshalb den Streitparteien doch am besten gedient.
Der Richter meinte es sicher so, wie er es sagte, aber klar war auch, dass ein Vergleich immer auch für den Richter eine Wohltat ist, da es zumal in komplizierten Rechtsfällen Mühe macht, ein Urteil zu fällen und es ausführlich zu begründen.
Happingers Mandanten und auch die weiteren gesetzlichen Erben, welche ohnehin das Risiko scheuten, waren zu dem Vergleich bereit, falls die Betrucci zustimmen würde. Es begann ein anwaltlicher Schriftverkehr, bei dem immer

deutlicher wurde, dass die Betrucci keinesfalls zustimmen würde. Durch ihren Anwalt ließ sie schließlich am 9.2.1998 erklären, sie sehe sich einer beispiellosen Hetzkampagne und üblen Verleumdungen ausgesetzt und sie denke nicht daran, das auch noch zu belohnen. Im Übrigen würde bei einem solchen Vergleich das Erbe wirtschaftlich zerschlagen, und es wäre auch gegen den Willen des Erblassers, wenn seine Verwandten etwas bekämen. Nicht zuletzt aber, so lamentierte sie, könne und wolle sie nicht auf Ansprüche verzichten, welche sie eindeutig habe, und daher lehne sie den Vergleich ab.

Das Gericht und ebenso Happinger nahmen es zur Kenntnis. Termin zur Anhörung der Frau Betrucci wurde bestimmt auf den 6.4.1998.

<20>

Marinus sprach mit Anna eher beiläufig darüber, dass er sich einen sportlicheren Wagen zulegen wollte. Die Mobilität der Familie betraf es nicht wirklich, denn sie hatten ja den Mitsubishi L300 BUS mit Schiebetüren. Dieser praktische Allrounder stand Anna jederzeit zur Verfügung. Den Geschäftswagen nutzten sie privat nur selten, und wenn, dann immer nur zu zweit, also ohne ihre Kinderschar. „Was meinst Du, soll ich mir als Geschäftswagen mal einen sportlichen Zweisitzer zulegen?" fragte Marinus. Damit stieß er nicht gerade auf Annas Zustimmung. „Was jetzt schon? Können wir uns das denn leisten?" wollte sie wissen, obwohl sie eigentlich einen recht guten Überblick hatte, was Marinus die Tätigkeiten als Anwalt und Dozent einbrachten. Es war recht gut gelaufen im Jahr zuvor und entsprechend hoch war der erzielte Gewinn. Anna war das nicht entgangen.

Sie, die diplomierte Innenarchitektin, die ihren Beruf nie ausüben wollte, war in der Kanzlei in Teilzeit angestellt. Die Kanzlei-Buchhaltung war nicht gerade ihre Lieblingsbeschäftigung, aber bei Anna wusste Marinus das Intimste seiner Kanzlei in besten Händen. „Wir haben genug auf den Konten", meinte Marinus. Anna zweifelte nicht daran. Sie vertraute Marinus, und wenn er sich diesen Wunsch unbedingt erfüllen wollte, würde sie sich nicht dagegenstellen wollen. Sollte er doch seine Freude mit dem Auto haben. Sie und die Kinder würden sich mit ihm freuen.

Marinus hatte in der folgenden Nacht einen Traum. In einem uralten, klapprigen Auto fuhr er eine von Kastanien gesäumte Allee entlang und direkt auf eine Anhöhe zu, auf der ein Gebäude stand, welches dem zu dieser Zeit im spanischen Bilbao gerade im Bau befindlichen Guggenheim-Museum glich. Bilder davon hatte Marinus in einer Architekturzeitschrift gesehen. Organische und geometrische Formen wies der Bau auf und er hatte eine metallisch glänzende Fassade. Je näher Marinus dem Bauwerk kam, desto ausgeprägter erschienen dessen Formen. Ein riesiges silberfarbenes Schiff reflektierte grelle Lichteffekte. Schließlich verwandelte sich der ganze Bau in eine ausgestreckte, nach oben eingerollte Zunge, wie er sie früher schon einmal auf einem Album der Rolling Stones gesehen hatte. In den 70er Jahren war das. Marinus versuchte anzuhalten, aber die Bremsen seines klapprigen Autos versagten. Es wurde immer schneller. Die Zunge sog es jetzt gewaltig an. Mit einem Mal schnellte sie vor, erfasste Marinus mitsamt seinem Auto und rollte sich wieder ein. Er war gefangen. Sein Auto begann sich jetzt zu verwandeln. Es verströmte nun den angenehmen Geruch, den Marinus in Schwalbenbergers Halle gerochen hatte. Phosphorgrünes Licht erhellte den Innenraum des Autos, das nun nicht mehr uralt und klapprig war. Es hatte die Form eines McLaren-Rennwagens. Marinus trat auf das Gaspedal. Tief dröhnend heulte der Motor auf und der neben ihm wie ein erigierter Phallus aus der Mittelkonsole aufragende Schaltknauf begann heftig zu vibrieren. „Gefällt Dir das?" fragte er seine Beifahrerin, die er in seinem im Traum verwandelten Auto neben sich fand. Sie war Teil der Verwandlung und entsprach exakt dem Typ Frau, den die Autohersteller auf den alljährlichen Autosalons neben ihren Neuheiten posieren lassen - Beine bis zum Hals und jede Menge Busen. Kein Wort kam über ihre leicht geöffneten vollen Lippen. Sie lächelte nur, als sie ihre Hand lässig auf den Schaltknauf legte. Ihre von schulterlangen, blonden Haaren fast verdeckten Augenlider klappten auf und zu. Und dann sah Marinus, dass es nicht ihre Augenlider waren. Nein, die Scheinwerfer an seinem Auto waren es, die sich leise surrend öffneten und schlossen. Plötzlich tauchte Schwalbenbergers Kopf auf. Abgetrennt vom Hals schwebte er direkt vor der Frontscheibe des Wagens. „Alles zu Ihrer Zufriedenheit?" fragte anzüglich grinsend der Kopf. Die Frage löste bei Marinus einen inneren Widerstand aus und damit eine neue Traum-Sequenz. Die riesige Zunge gab ihn jetzt samt seinem uralten, klapprigen Auto wieder frei, schleuderte ihn in hohem Bogen zurück auf die Allee. Der Sitz neben ihm war leer.

Am nächsten Morgen hatte Marinus einen rauen Hals und eine pelzige Zunge. Er führte das auf ein durch den Traum ausgelöstes besonders kräftiges Schnarchen zurück. „Nun, wenigstens habe ich Anna nicht um den Schlaf gebracht", dachte er. Anna und er hatten sich schon vor Jahren auf getrennte Schlafzimmer geeinigt. Sein Schnarchen hörte Anna seitdem nur noch selten. In der vergangenen Nacht aber war es buchstäblich durch die Wände gedrungen.

„Du hattest wieder einmal wilde Träume! „Was war`s denn diesmal?" fragte Anna ganz nebenbei, während sie frühstückten. Marinus erzählte von seinem Traum, wobei er die erotischen Traumsequenzen nicht ausließ. Anna war nicht prüde, und auf Traumfrauen war sie noch nie eifersüchtig gewesen.

„Das Auto geht Dir ja mächtig im Kopf rum", meinte Sie. Marinus nickte. „Ein paar Tage werde ich noch darüber nachdenken und dann den RX-7 wohl kaufen", sagte er, gab ihr noch einen Kuss auf die Stirn und fuhr in die Kanzlei. Einige Tage später war der Entschluss gereift. Schwalbenberger kam Marinus mit seinem Anruf zuvor. „Wie wär`s mit einer Probefahrt im RX-7. Morgen nach Büroschluss vielleicht?" wollte er wissen.

„Hhm – lassen Sie mich überlegen", sagte Marinus, während er in seinem Terminkalender gut hörbar blätterte. Er stellte fest, dass der vorgeschlagene Termin mit keinem anderen Termin kollidierte. Auf den Vorschlag ging er dennoch nicht ein. Er ließ einige Sekunden vergehen und sagte dann: „Übermorgen gegen 18 Uhr". Schwalbenberger war einverstanden.

Mit weit geöffneter Fahrertür stand der RX-7 schon auf dem Hof des Autohändlers, als Marinus zur vereinbarten Probefahrt kam. Schwalbenberger kam aus seinem Büro - wie immer grinste er. Marinus war aufgeregt, ließ sich aber nichts anmerken. So, als wäre das Ganze hier ein gerichtlicher Ortstermin zur Baumängelfeststellung in einem Bauprozess, begrüßte er den Händler, ließ sich in das Fahrzeug einweisen und fuhr dann los. Die Probefahrt erfüllte alle seine Erwartungen. Als er nach einer halben Stunde zurückkam, und Schwalbenberger wissen wollte, wie es gewesen sei, antwortete er ihm nur knapp: „Könnte mir gefallen!". Bei einer ehrlichen Antwort wäre Marinus unweigerlich ins Schwärmen geraten, hätte für das schöne Gefährt womöglich Metaphern gefunden, wie jene persischen Dichter im Mittelalter, von denen bekannt ist, dass sie die Beine ihrer Angebeteten schwärmerisch mit den grazilen Läufen einer Wüstengazelle verglichen.

„Wie sähe denn Ihr Angebot aus?" fragte Marinus. Schwalbenberger hatte die Antwort sofort parat. Marinus, der den Listenpreis kannte und auch bei anderen Händlern schon angefragt hatte, war angenehm überrascht, doch er ließ es sich nicht anmerken.

Der vom Händler genannte Preis lag deutlich unter dem Listenpreis. Sie redeten davon, dass es ein Vorführwagen und ein Ausstellungsstück sei, und am Ende waren es weitere 5 % Nachlass, die Marinus erreicht hatte. Auf Schwalbenbergers Frage: „Lassen Sie bei Ihren Honoraren auch so mit sich handeln?" antwortete Marinus wahrheitsgemäß: „Nein! Bei Anwälten gibt es eine Honorarordnung und nach der wird ermittelt, was zu bezahlen ist."

Diesmal grinste Marinus.

Den RX- 7 kaufte er noch am gleichen Tag.

<21>

Einer unbekannten Gesetzmäßigkeit folgend brachte der Jahreswechsel am Nachlassgericht wieder einen Richterwechsel. Am 6.4.1998 wurde Frau Betrucci von dem nun zuständigen Richter Adler zum Nachlassverfahren angehört.
Ruhig, ja fast bedächtig betrat sie den Raum, in dem sich nur der Richter, die beiden Anwälte und einige der gesetzlichen Erben befanden. Happinger sah Frau Betrucci hier zum ersten Mal. Bei allen bisherigen Terminen war immer nur ihr Anwalt da gewesen.
Die etwa 60jährige Frau war mittelgroß und schlank. Ihr gewelltes graues Haar, das früher blond gewesen sein mochte, trug sie kurz geschnitten. Ihre Gesichtszüge waren durchaus angenehm und von freundlicher Ausstrahlung. Warmherzigkeit und eine wache Intelligenz ließen sie vermuten. Die feine Goldrandbrille, die sie trug, wirkte seriös.
Für ihren Auftritt vor Gericht hatte sie ein schlichtes, dunkles Kostüm mit weißer Bluse und dazu passende Accessoires gewählt. Alles in allem entsprach diese Frau ganz und gar nicht dem Bild, das Happinger sich von ihr gemacht hatte, nachdem ihm ihre Vita und vor allem auch ihre Vorstrafen bekannt geworden waren.

Kein Wunder- dachte er, dass so viele dieser Frau Vertrauen entgegen brachten.

Ihrer Hauptrolle in diesem Verfahren war sie sich durchaus bewusst. Sie spielte sie mit der Professionalität einer Schauspielerin, die schon viele Aufführungen hinter sich und damit große Bühnenerfahrung hatte. Die im Gerichtssaal anwesenden Juristen bedachte sie mit einem Lächeln. Den Verwandten des Erblassers warf sie nur einen müden Blick des Bedauerns zu.

Der Richter gab ihr zu verstehen, dass sie neben ihrem Anwalt Platz nehmen könne.

Sie setzte sich.

Nach den üblichen richterlichen Belehrungen und den Fragen zur Person wurde sie gebeten, erst einmal zu schildern, wie und wo sie den Erblasser kennenlernte, wie die Bekanntschaft sich entwickelte und wie es dann schließlich zu dem Testament kam, um das es ja gehe. „Die Märchenstunde beginnt!" flüsterte Happinger so leise, dass es außer seinem Mandanten niemand hören konnte.

Frau Betrucci zeigte nicht die geringste Aufregung, als sie zu sprechen begann.

Im Jahr 1986 habe sie von dem Anderdorfer Heilwasser erfahren. Wegen ihrer Krankheit, einem Magenleiden, habe sie im Februar 1987 erstmals die Quelle aufgesucht. Dem Gfäller Schorsch sei sie schon an diesem ersten Tag begegnet und es habe gleich ein vertrautes Verhältnis bestanden. Er habe sie in sein Haus eintreten lassen und dort habe sie sich aufgewärmt und nett mit ihm geplaudert.

„Ja gar nia net!" raunte der Lenz hinter vorgehaltener Hand Happinger zu.

Die Betrucci erzählte dann ausführlich, wie gut der Gfäller Schorsch und sie sich die ganze Zeit über bis zu seinem Tod verstanden hätten.

Der Richter fragte sie, ob sie zu Zeugen gesagt habe, dass es ein Testament gebe, in welchem der Schorsch seinen Neffen Lenz zum Erben eingesetzt habe. Happinger rechnete eigentlich damit, dass die Betrucci es leugnen würde. Aber sie ahnte wohl, dass ihr im Falle des Bestreitens einige der schon protokollierten Zeugenaussagen um die Ohren fliegen würden, und so hatte sie die Antwort schon parat. „Ja", sagte sie ungerührt. Wie ein Schachspieler achtete sie auf die jeweils möglichen nächsten Züge des Gegners und so war sie auch auf die Fragen des Richters schon eingestellt.

Der wollte nun weiter wissen, warum sie den Personen, die dem Schorsch nahe standen, das Märchen vom Testament zugunsten des Neffen aufgetischt habe. „Darum hatte mich der Gfäller Schorsch gebeten, weil er von seinen Verwandten nicht bedrängt werden wollte", war ihre Antwort.

„Des gibt`s ja ned!" entfuhr es dem Lenz.

„Ruhe da hinten!" rügte sofort der Richter.

Happinger hatte die Aussage als Pluspunkt für seinen Mandanten registriert, denn er sah die

Betrucci schon jetzt in unlösbare Widersprüche verwickelt, hatte sie doch früher erklärt, vom Testament überhaupt erst durch das Gericht erfahren zu haben.

„Nur die Ruhe – es läuft gut!" flüsterte Happinger deshalb seinem Mandanten zu, der redlich bemüht war, nicht die Fassung zu verlieren.

Der Richter hatte sich auf die Befragung gut vorbereitet. Er konfrontierte die Betrucci als nächstes mit den Zeitungsannoncen, die im Sommer 1996 erschienen waren.

Happinger hatte sie dem Gericht rechtzeitig zur Kenntnis gegeben.

Die eine <Blatt 86 GA> hatte folgenden Wortlaut:

Hallo!!! Welcher ältere Herr (Landwirt) hilft alleinst. warmherz. Witwe, schnell u. unbürokratisch mit 120TDM aus – um ererbtes Vermögen von mehreren Mios zurückzuholen? (Notar.Vertrag). Wenn alles abgeschlossen ist, erfolgt eine Rückzahl. von 500TDM, evt. auch mehr. Erbitte nur seriöse Zuschr. mit streng vertr. Charakter. Chiffre ……..

„Dieses Inserat hat mit dem Fall hier überhaupt nichts zu tun", entrüstete sich Frau Betrucci und führte dann weiter aus, ihr verstorbener Mann habe 1972 ein großes Geldvermögen bei der Vatikanbank angelegt; nun müsse sie die Bank auf Zahlung verklagen und die dafür nötigen finanziellen Mittel hätte sie über das Inserat beschaffen wollen.

Der Richter las ihr sodann ein weiteres von den Verwandten des Erblassers entdecktes Inserat vor <Blatt 91 GA>, das folgenden Wortlaut hatte:

> Bitte melden! Ich, junggebliebene, warmherzige Witwe suche ält. Mann, gerne Landwirt, - 75 J., der mir mit 150.000 beisteht zum Kauf einer sehr schön gelegenen EW am Chiemsee. Persönliche Sympathie ist für mich ausschlaggebend. Vertrauensvolle Zuschriften erbeten unter Chiffre ………

Frau Betrucci war auf diesen Vorhalt schon gefasst, weil die Inserate ja zuvor schon als Anlage zu Happingers Schriftsätzen übergeben worden waren und so Betruccis Anwalt und über diesen sofort auch ihr bekannt wurden. Sie hatte also genug Zeit, sich eine Antwort zurechtzulegen. Diese fiel kurz aus:
„Das Inserat Blatt 91 stammt nicht von mir. Ich kann auch überhaupt nicht sagen, von wem dieses Inserat stammt", erklärte sie.
Der Richter konfrontierte Frau Betrucci sodann mit weiteren Schriftstücken und Aussagen der schon vernommenen Zeugen.
Sie hielt Punkt für Punkt dagegen.
Betreffend Kontovollmacht für Lenz Gfäller:
„Schorsch hat zu mir gesagt, er habe nichts unterschrieben. Seinem Neffen, dem Säufer, hätte er nie eine Vollmacht gegeben."
Betreffend leer geräumtes Haus:
„Es stimmt nicht, dass ich vor dem Tode des Erblassers sein Haus leer geräumt haben soll.

Die Papiere, die ich vom Erblasser erhielt, habe ich ja bereits 1994 von ihm bekommen.``

Betreffend den Brief, den sie zwei Monate nach Schorschs Tod dessen Neffen, dem Gfäller Lenz am 25.4.1996 geschrieben hatte:

„Dieses Schreiben war total verkehrt. Das Kuvert mit dem Testament des Erblassers habe ich schon zu Pfingsten 1994 von Herrn Kreisler erhalten. Von ihm habe ich erfahren, dass der Schorsch mich als Erbin eingesetzt hat. Der Schorsch sagte mir dann, ich solle es nicht bei Gericht abgeben, sondern besser bei meinem Anwalt aufbewahren lassen.``

Betreffend den Strafregisterauszug konnte die Betrucci nur einräumen, dass alles so zutreffe. Sie sei ein schwer kranker Mensch gewesen, schob sie hier entschuldigend nach.

Betreffend den Fall Lichtl erklärte sie, dass sie den alten Mann von 1980 bis 1987 immer gut versorgt habe, und da sei es ja nur recht und billig gewesen, dass er ihr seinen Hof vererbt habe.

Îm Fall des braven Schorsch Gfäller sei das Testament zu ihren Gunsten obendrein auch sinnvoll gewesen, denn die Verwandten des Schorsch würden den Bergbauernhof wegen der vielen Anteile doch nur verkaufen können, während sie selbst das geerbte Anwesen sinnvoll nutzen und dafür in Stand setzen wolle.

„Aber Sie haben doch beträchtliche Schulden!"
hielt der Richter ihr daraufhin vor.
„Das ist doch so nicht richtig", meinte sie.
„Meine Schulden belaufen sich auf 1,7 bis 1,8
Millionen; aber drei- bis viermal so hoch ist
mein Geld- und Immobilienvermögen."

Happinger staunte über die Kühnheit, mit der
die Betrucci dieses potemkinsche Dorf in den
Raum stellte. Immer noch pokerte sie hoch.
Noch immer spielte sie die vornehme, nur
vorübergehend in finanzielle Not geratene
Dame, und bei oberflächlicher Betrachtung
wies nichts darauf hin, dass in ihr eine enorme
kriminelle Energie wirkte. Bei genauerem
Hinsehen aber nahm das Bild von der feinen
Frau mehr und mehr fratzenhafte Züge an. Die
gegen sie sprechenden Zeugenaussagen, die
Widersprüche, in die sie sich verwickelte, und
die von ihr aufgegebenen Zeitungsanzeigen
waren nicht wegzudiskutieren.
Happinger wusste inzwischen auch Genaueres
über die Gläubiger-Schuldner-Beziehung, die
zwischen der Betrucci und dem Dr. Rochus
bestand. Wie viele andere war dieser Zahnarzt
auf die von der Betrucci erdachten Märchen
hereingefallen. Auch er hatte an die angeblich
hohen Millionenbeträge geglaubt, an die leicht
heranzukommen sei, wenn man nur genug
finanzielle Mittel für die Prozesse einsetze. Wie
viele andere hatte auch er darauf gehofft, bei

relativ geringem Einsatz einen übertrieben hohen Gewinn machen zu können.

Auf Happingers Frage nach ihrer Beziehung zu Dr. Rochus räumte Frau Betrucci ein, er sei mit ihr in der Weise wirtschaftlich verbunden, dass er ihr einen Kredit zur Führung von zwei Prozessen gegeben habe. Dafür habe sie zu Lasten ihres Grundbesitzes eine Grundschuld in Höhe von 600.000 DM eintragen lassen. Das sei 1997 gewesen.

Die an Frau Betrucci gestellten Fragen waren teilweise schon weit entfernt vom zentralen Thema, nämlich der Frage, ob das Testament als rechtlich einwandfrei oder als ungültig anzusehen war. Auf dieses Thema kam der Richter abschließend nochmals zu sprechen.

Die Erklärungen der Betrucci gipfelten hier in der schlichten Aussage: „Ich habe von der Testamentserrichtung nichts gewusst, nicht das geringste!"

Auf ein gläubiges Publikum stieß sie damit nicht mehr. Happinger ließ ein lautes „Ach ja!" vernehmen.

Sie hatte verspielt, da war er sich sicher.

<22>

Der Sportwagenkauf hatte Auswirkungen der verschiedensten Art. War der Geschäftswagen für Marinus bisher hauptsächlich ein Hilfsmittel gewesen, um bequem die Orte zu erreichen, an denen er als Anwalt zu tun hatte, so war es jetzt darüber hinaus ein Luxusgegenstand, der sein Image veränderte, so ähnlich wie die Kleidung das vermag. Mit seinen bisherigen Autos war Marinus nie besonders aufgefallen, auch dann nicht, wenn er sich von Zeit zu Zeit einen neuen Wagen gekauft hatte. Jetzt hatte er sich von der Normalität entfernt. Man kannte ihn als Anwalt, Dozent, Mitfünfziger, Familienvater, kurzum als einen eher biederen Mann, zu dem schon seiner vielen Kinder wegen dieser RX-7- Sportwagen mit nur zwei Sitzen nicht passte. Bei einer Limousine der Oberklasse, etwa einem Mercedes, hätte sich gewiss keiner erstaunt am Hinterkopf gekratzt, aber der zu allem Überfluss noch kirschrot lackierte, schnittige RX-7-Zweisitzer löste doch Verwunderung aus.
Nicht Verwunderung, sondern Bewunderung erntete Marinus bei seinen Buben, als er mit dem RX-7 zuhause ankam. Alle drei waren in der Nähe der Hofeinfahrt des Hauses. Anna hatte ihnen die Ankunft angekündigt.

„Papa hat ein neues Auto und mit dem kommt er jetzt gleich heim!" hatte sie ihnen gesagt. Als Marinus dann mit dem RX-7 ankam, warteten sie schon alle gespannt.

Hannes, der mit seinen siebzehn Jahren längst schon der eigenen Fahrerlaubnis entgegen fieberte, stand dem Anschein nach recht ruhig da, doch das täuschte. Dass er aufgeregt war, sah man bei ihm an den Lippenbewegungen. Abwechselnd presste er in kurzen Sequenzen die Unterlippe auf die Oberlippe, dann wieder die Oberlippe auf die Unterlippe, wie er es schon als Kind immer getan hatte, wenn er innerlich bewegt war.

Anders Ferdi; der drückte seine Bewunderung für den zum Sportwagenfahrer mutierten Papa und seine Freude an der so überraschenden Veränderung durch gekonnte Stunts aus, die er nahe der Zufahrt zum Haus mit seinem Fahrrad vorführte.

Schorsch, der jüngste von den drei Buben, war schon in Partylaune geraten, als Anna die Ankunft des neuen Autos angekündigt hatte. Jetzt, wo es jeden Moment ankommen sollte, zog und zupfte er abwechselnd an Ina und an Greta herum, die sich an die Holzlatten des Tores klammerten, durch das Papa mit dem Auto hoffentlich bald kommen würde.

Kurz darauf kam das knallrote, auf Hochglanz polierte Auto in Sichtweite. Mit sattem Dröhnen des Motors bog es in die Einfahrt ein.

Anna stand etwas abseits und ließ die Szene auf sich wirken. Ihre Begeisterung hielt sich zwar beim Anblick des kirschrot leuchtenden Superautos in Grenzen, aber sie lächelte. Marinus brachte den Wagen in der Einfahrt zum Stehen. Er ließ den Motor laut aufheulen, worauf die Kinder begeistert jubelten. Dann hievte er sich – inzwischen schon etwas behänder – aus dem Wagen und rief ihnen zu: „Also, jetzt schaut Euch das gute Stück mal genau an!" Die Buben ließen sich das nicht zweimal sagen. Wie ein Trupp Mechaniker während des Boxenstopps bei einem Autorennen machten sie sich sogleich am RX-7 zu schaffen. Marinus stand mit Anna und den Mädchen daneben. So ganz wohl war ihm dabei nicht, aber er beschränkte sich auf die eine oder andere als Hinweis getarnte Ermahnung. Was schön anzusehen ist, will man meistens auch berühren. Hannes, Ferdi und Schorsch waren dafür der lebende Beweis. Sie tasteten alles ab, was sie erreichen konnten. Besonders die schnittig geformte Karosserie und das relativ kleine Lederlenkrad schienen ihnen zu gefallen. Die Mädchen krabbelten ins Fahrzeuginnere, versanken in den Recaro-Sitzen und bestaunten die vor ihren Augen in geheimnisvollem Phosphorgrün leuchtenden Fahrzeugarmaturen. Bald schon sah sich Marinus schwierigsten Fragen seiner Buben zur Fahrzeugtechnik ausgesetzt.

Er musste passen. Würden sie womöglich nach kurzem Studium des Heftes, in dem Technik und Funktion des Fahrzeugs beschrieben war, besser informiert sein als er? Für sie war das Drum und Dran bei diesem Auto kolossal beeindruckend. Absolut Spitze fanden sie es, wenn sich auf Knopfdruck leise surrend die „Schlafaugen" des Autos öffneten und schlossen. Anerkennend betasteten sie auch die überbreiten Reifen, von denen einer nach vorne rechts ausgestellt war. Anna konnte sich angesichts der Beachtung, die das Auto bei Marinus und seinen drei Söhnen fand, den Spruch des Tages nicht verkneifen: „Männer und Knaben unterscheiden sich doch wirklich nur durch die Preisdifferenz ihrer Spielsachen." Marinus konnte ihr da nicht widersprechen; aber die Replik „Was dem einen sein flottes Auto, ist dem andern sein edles Pferd" musste er dann doch loswerden.

In den folgenden Wochen und Monaten sahen nach und nach auch Freunde und Bekannte das neue „Spielzeug", das sich Marinus zugelegt hatte. Sie hielten sich mit Äußerungen sehr zurück - dachten sich wohl ihren Teil.

Bei den Kollegen, die Marinus bei seinen Fahrten zum Gericht oder zur Hochschule auf den Parkplätzen traf, war es das Gleiche.

In ihren Augen war Marinus mit diesem Auto ein anderer; vielleicht neuerdings ein Angeber, ein närrischer Ästhet oder womöglich gar einer, der an einem Aufmerksamkeits-Defizit-Syndrom litt. Marinus war auf jedes Feedback eingestellt. Wer ein solches Auto fährt, so sagte er sich, wird anders wahrgenommen. Auffallend schöne Sachen erregen nun mal Aufsehen. Ihre Besitzer werden vielleicht bewundert, oft werden sie aber auch beneidet. Man muss es so oder so aushalten. Marinus hatte da jedenfalls kein Problem. Die Sicht der anderen war ihm letztlich nicht wichtig. Er war es sich wert, einen Geschäftswagen wie diesen zu fahren.

Doch, wie schon gesagt, hatte für Marinus der aus Lust und Laune geborene Entschluss, den so schönen RX-7 zu kaufen, unvorhergesehene Folgen. Er machte eine bitterböse Erfahrung, die ihn in seinen späteren Lebensabschnitten viel vorsichtiger werden ließ.

Es war ihm ja bekannt gewesen, dass das Finanzamt von erzielten Gewinnen erhebliche Teile abschöpft, und dass genug Rücklagen gebildet werden müssen, um die Steuerschuld am Ende begleichen zu können.

Vor lauter Freude am Autokauf hatte er das einfach verdrängt.   Dann passierte es.

Schon einige Wochen nach dem Autokauf traf der Steuerbescheid ein, demzufolge Marinus etwa so viel nachzahlen musste, wie der neue Sportwagen gekostet hatte. Er hatte sich durch den Kauf voll verausgabt und sah sich plötzlich vor einem riesigen Schuldenberg.

Warum in aller Welt hatte er sich nicht vor dem Kauf mit Irmengard Liesegang beraten, seiner Steuerberaterin, und vor allem, warum hatte er vollkommen ausgeblendet, dass sie ihm eine Steuernachzahlung in etwa dieser Höhe vorhergesagt hatte?

Jetzt fand er das unbegreiflich.

Es war klar - er brauchte Kredit und sah sich plötzlich in der Rolle eines Bittstellers.

Die Bank vergab auch an ihn, den Anwalt mit eigener Kanzlei am Ort, nicht so einfach einen Kredit in dieser Größenordnung. „Ziehen Sie sich aus bis aufs Hemd und lassen Sie bitte auch die Unterhose runter" forderten sie zwar nicht von ihm, aber die Auskünfte, die sie von ihm verlangten, waren genau so zu verstehen.

Plötzlich war er für die Bank ein Risikokunde geworden und von so einem mussten sie alles wissen, ja und dass sie obendrein hohe Zinsen wollten, war sowieso klar.

Marinus war in der Realität angekommen.

Er suchte und fand Hilfe in der eigenen Familie.

Schneller als gedacht konnte er den privaten Überbrückungskredit zurückzahlen. Die Konten bei seiner Bank waren im Haben geblieben.

Eines aber nahm er sich fest vor:

Einen drohenden finanziellen Engpass, der ihn zum Bittsteller bei einer Bank werden lassen könnte, wollte er nie wieder übersehen.

<23>

Am 27.05.1998 traf in Happingers Kanzlei ein die Nachlasssache betreffender richterlicher Aktenvermerk ein. Ein um sein Geld besorgter Landwirt aus der Oberpfalz hatte direkt beim Amtsgericht angerufen und sich bei Richter Adler über eine gewisse Frau Betrucci beklagt. Sie habe durch Zeitungsinserat den Gfäller-Hof zum Verkauf ausgeschrieben. Er habe sich daran interessiert gezeigt und das Anwesen schon zweimal mit ihr besichtigt. Frau Betrucci habe von einem Prozess gesprochen, den sie derzeit noch führen müsse, um den Erbschein zu bekommen. Sie habe erklärt, es sei dies eine reine Formsache. Allerdings hätte sie schon 200.000 DM Anwaltskosten aufwenden müssen und weitere 130.000 DM würde sie noch benötigen. Er habe ihr dann 130.000 DM als Darlehen gegeben. Da sie auf ihn einen vertrauenserweckenden Eindruck gemacht und gesagt habe, alles sei binnen vier Wochen in trockenen Tüchern, habe er auf die üblichen Sicherheiten verzichtet. Wichtig sei ihm ihr Versprechen gewesen, mit ihm zum Notar zu gehen und den Hof an ihn zu verkaufen, sobald sie den Erbschein habe. Von Richter Adler wollte er jetzt näheres über diese Frau Betrucci und die Nachlasssache erfahren.

Der Aktenvermerk schloss mit der Bemerkung, dass der Richter dem Landwirt empfahl, sich schriftlich an das Gericht zu wenden und gegebenenfalls einen Anwalt aufzusuchen.

„Wieder ein von der Betrucci Geprellter", dachte Happinger, als er das gelesen hatte.

Da warf diese anscheinend so liebenswürdige Frau ihre Vertrauen erweckend getexteten Inserate im Bayerischen Landwirtschaftlichen Wochenblatt und in anderen Zeitungen aus, wie ein Fischer seine mit Blinkern bestückten Angeln in einem Gewässer, und wie sich nun herausstellte, gelang es ihr tatsächlich, so an erhebliche Geldbeträge zu kommen.

Wie unkritisch und vertrauensselig waren doch die Leute, die ihr Geld dieser Frau gaben?

Oder waren am Ende auch sie nur gierig?

Happinger berichtete davon dem Gfäller Lenz, der sich nicht besonders überrascht zeigte.

„Do sengsas!" war sein äußerst knapper Kommentar. „I hob a wos Neichs", ergänzte er und begann von einem Zeitungsartikel zu erzählen, der ihm noch zugespielt worden war.

In diesem Artikel wurde ausführlich über eine sensationelle Erpressungsgeschichte berichtet, an der die damals 48-jährige Mara Marx (später Mara Betrucci) beteiligt war. Man hatte sie seinerzeit wegen Unzurechnungsfähigkeit freigesprochen, aber zugleich ihre Einweisung in eine Heil- und Pflegeanstalt angeordnet.

Allmählich kam immer mehr Licht in Frau Betruccis kriminelle Vergangenheit.

Vielleicht waren all die von ihr ausgeheckten Machenschaften tatsächlich durch psychische Krankheitszustände zu erklären. Für Marinus war die Klärung dieser Frage zweitrangig.

Im Nachlassverfahren waren vor allem die Täuschungshandlungen entscheidend und die in deren Folge irrige Vorstellung, welche der Gfäller Schorsch in Bezug auf die Betrucci hatte.

Vieles deutete jetzt schon darauf hin, dass der Erblasser, wenn er denn überhaupt selbst das Testament geschrieben hatte, niemals Frau Betrucci als seine Alleinerbin eingesetzt hätte, wenn ihm ihre dunkle Vergangenheit bekannt gewesen wäre.

Der Gfäller Lenz wurde immer zuversichtlicher.

„De kriagn ma scho!" sagte er.

Die Anwälte kreuzten weiter die Klingen. Der Ton verschärfte sich. Fast schon beleidigende Schriftsätze gingen jetzt bei Happinger ein. Der konterte mit scharfen Zurückweisungen.

Das Gericht hatte inzwischen die nächsten Beweisaufnahmetermine auf den 22.7.1998 und auf den 24.7.1998 anberaumt. Über zwanzig Zeugen und Beteiligte wurden geladen. Sie sollten - jeder aus eigener Sicht - schildern, welchen Eindruck der Gfäller Schorsch so etwa zwei Jahre vor seinem Tod auf sie machte.

Der 22. Juli drohte nicht nur wegen der vielen Zeugenvernehmungen eine Tortur zu werden; es hatte seit Wochenbeginn Temperaturen von über 30° C und dieser Mittwoch zeigte schon frühmorgens, dass es wieder heiß werden würde. Der Gerichtssaal war nicht klimatisiert und lag nach Süden. Happinger wusste, dass er spätestens nach einer Stunde den ersten Schweißausbruch unter seiner Robe erleiden würde. Er packte deshalb in seinen Aktenkoffer vorsorglich ein Handtuch und ein Ersatzhemd, um in einer Verhandlungspause die Rüstung wechseln zu können. Auf dem Weg quer durch den Riedergarten zum Gericht ließ er sich Zeit. Er stellte sich vor, wie schön es wäre, hier unter freiem Himmel im Schatten einer großen Buche den Gerichtstermin abzuhalten. Dann sah er auf der Turmuhr von St. Nikolaus, dass es schon kurz vor Neun war. Er beeilte sich.

Vor dem Gerichtssaal warteten schon seine Mandanten, die Betrucci und ihr Anwalt und die ersten Zeugen. Vom anderen Ende des Flurs näherte sich Richter Adler mit eiligem Schritt und fliegender Robe. Die Protokollführerin war bereits im Saal an ihrem Platz. Es ging los.

Der Richter kam zuerst auf den Landwirt aus der Oberpfalz zu sprechen, der bei Gericht angerufen und inzwischen dem Gericht auch schriftlich mitgeteilt hatte, was er mit Frau Betrucci erlebt hatte. Der Richter las den Brief vor und fragte dann Frau Betrucci, was sie dazu zu sagen habe. Sie erklärte mit dem feinen Lächeln, das ihr offenbar auch in den unbequemsten Lagen nicht abhandenkam: „Den Landwirt kenne ich. Wir haben uns gut verstanden. Wir haben aber weder über ein Darlehen gesprochen, noch darüber, dass das Gfäller-Anwesen verkauft werden soll, und wenn der Landwirt Ihnen das so geschrieben hat, so ist das falsch." Happinger beantragte daraufhin die Ladung und Vernehmung des Landwirts in einem späteren Termin.

Nacheinander wurden jetzt die Zeugen hereingerufen und vernommen.

Eine Betreuerin (48) sagte aus, sie hätte nur die letzten drei Monate Kontakt zum Erblasser gehabt.

Ein Betreuungsrichter (42) erklärte, er könne sich an den Vorgang nicht mehr erinnern.

Eine Witwe (88) sagte aus, sie habe dem Schorsch Gfäller zweimal die Woche Essen gebracht. Von einer Mara Betrucci habe er nie gesprochen und sie habe weder diese noch eine andere Person in den letzten Jahren in seinem Haus angetroffen.

Ein Maurermeister (60) sagte aus, dass er für den Schorsch noch einen Bauplan angefertigt habe. Von einer Mara Betrucci habe ihm der Schorsch nie erzählt.

Betruccis Sohn (30) sagte aus, er und seine Mutter hätten etwa 25 Kilometer entfernt vom Gfäller-Hof in Frodersham gewohnt.

Fast jeden Abend hätte seine Mutter für den alten Schorsch gekocht und ihm tags darauf das Essen gebracht. Bei der Rückfahrt hätte sie jedes Mal in Kanistern Wasser von der Quelle mitgebracht. Oft sei der Schorsch auch bei ihnen in Frodersham gewesen.

Eine Witwe (61) sagte aus, einer der Neffen des Erblassers sei ihr Hauswirt. Mit ihm sei sie Anfang Oktober 1994 zum Gfäller-Hof hinauf gefahren. Der Neffe habe dort recht angeregt und freundlich mit dem Onkel geredet. Nachher bei der Rückfahrt habe der Neffe zu ihr gesagt, dass der Onkel zu ihm gesagt habe: „Halte mir das Weib vom Leib". Der Neffe hätte aber damals nicht gewusst, wen der Onkel damit meinte.

Ein pensionierter Baupolier (62) sagte aus, er habe vor etwa zwei Jahren auf eine Kontakt-Anzeige geantwortet, und daraufhin sei ein Brief von Mara Betrucci gekommen. Sie habe ihn in ihr Haus nach Frodersham eingeladen, das sehr schön sei. Dort hätte sie ihn dann gebeten, ihr 120.000 DM zu geben, da sie irgendwo ein Haus geerbt habe und es nun Schwierigkeiten mit den Verwandten des Erblassers gäbe. In einem Jahr wollte sie ihm das Geld mit 30.000 DM Aufschlag, also 150.000 DM zurückzahlen. Er habe sich darauf aber nicht eingelassen.

Ein Rentner (63) sagte aus, er habe mit seiner Frau oft Wasser von der Quelle geholt und so zufällig auch den Schorsch kennengelernt. Grob geschätzt habe er ihn in fünf Jahren etwa 50mal gesehen. Der habe allein sein wollen.

An eine Frau Mara Betrucci könne er sich nicht erinnern.

Ein Rentner (71) sagte aus, er und seine Frau hätten seit fünf Jahren Wasser von der Quelle geholt und dabei seien sie etwa ein Dutzend Male auch dem Schorsch an dessen Haus begegnet. Frau Mara Betrucci habe er dort nie gesehen.

Ein Postbeamter (58) sagte aus, er sei seit 1989 oft in Lehen bei Anderdorf gewesen. Den Schorsch habe er gelegentlich angetroffen. Eine Frau Kiesweck habe ihm öfter zu Essen gebracht. Die Frau Mara Betrucci – hier im Gerichtssaal – habe er droben beim Schorsch nie gesehen. Der Schorsch sei misstrauisch, aber freundlich gewesen.

Eine Hausfrau (45) sagte aus, sie sei seit rund 12 Jahren Wasserholerin. Mit dem Schorsch habe sie gelegentlich ein schönes Gespräch geführt. Er habe ihr erzählt, dass er sich selbst kocht, beispielsweise Brotsuppe, und sein Haus selber sauber hält. Frau Mara Betrucci kenne sie nicht. Beim Wasserholen sei sie ihr nie begegnet.

Eine Hausfrau (54) sagte aus, sie und ihr Mann hätten eine Ferienwohnung. Jahrelang seien sie zum Wasserholen gefahren. Dem Schorsch hätten sie öfter mal Brezen und Katzenfutter mitgebracht, weil der darum gebeten hatte. Frau Mara Betrucci würden sie beide nicht kennen. Beim Wasserholen seien sie ihr nie begegnet. Der Schorsch sei kontaktscheu gewesen und im Herbst 1995 habe er schon recht angeschlagen gewirkt und zu ihnen gesagt, dass er nicht mehr ins Tal runter fahren wolle.

Eine Verkäuferin (58) sagte aus, sie und ihr Mann würden seit fünf Jahren alle 2-3 Wochen Wasser von der Quelle holen. Frau Mara Betrucci kenne sie nicht näher. Nur 2-3mal sei sie ihr oben an der Quelle begegnet. Nach dem Tod des Schorsch habe Frau Betrucci per Inserat Zeugen gesucht, die bestätigen sollten, dass der Schorsch normal gewesen sei. Dabei hätte sie gesagt, dass sie nur die Ehre des Schorsch wieder herstellen wolle.

Ein Krankenhausarzt (55) sagte aus, er habe Herrn Gfäller nur bei drei 5-Minuten-Visiten gesehen und ihn als störrisch, eigenbrötlerisch, aber geistig normal eingeschätzt.

Eine Altenheim-Ärztin (47) sagte aus, sie hätte Herrn Gfäller Ende 1995 etwa 8-mal gesehen. Frau Betrucci hätte von ihr eine eidesstattliche Versicherung erbeten und erhalten. Ihr Eindruck sei gewesen, dass Herr Gfäller zu Frau Betrucci Vertrauen hatte.

Ein Kraftfahrer (50) sagte aus, er habe seit seiner Kindheit den Herrn Gfäller gekannt. Auch er gehöre zu den Wassergehern.

Alle 2-3 Wochen sei er oben gewesen. Frau Betrucci – hier im Gerichtssaal – sei ihm unbekannt. Es sei erzählt worden, dass eine Frau Kiesweck ihm öfter Essen heraufgebracht habe.

Der letzte Zeuge an diesem Tag war ein Landwirt (35), der aussagte, der Hof seiner Familie sei nur etwa 200 m oberhalb vom Gfäller-Hof. Die Frau Betrucci habe er erst nach dem Tod des Schorsch kennengelernt, und zwar auf ein Inserat hin. Frau Betrucci habe Leute gesucht, die bestätigen sollten, dass der Schorsch normal gewesen sei.

„Damit ist die heutige Sitzung beendet", verkündete der Richter sichtlich erleichtert, und schon im nächsten Moment schwebte er davon, gefolgt von der mit einem Packen Gerichtsakten beladenen Protokollführerin. Verständlich – es war ja schon Mittagszeit.

Der Gfäller Lenz und diejenigen seiner Vettern und Basen, die sich am Verfahren beteiligt hatten und ebenfalls zum Termin gekommen waren, wussten nicht mehr, wo ihnen der Kopf stand. „Ko ma scho wos sog`n?" wollten sie von Happinger wissen. Der aber hütete sich vor voreiligen Prognosen. Das Verfahren war ja immer noch in einem relativ frühen Stadium. Während sie gemeinsam das Gerichtsgebäude verließen, erläuterte er ihnen noch einige der gehörten Aussagen. „Wenn wir übermorgen nach dem weiteren Termin alle Aussagen beieinander haben werden, können wir ja mal eine Zwischenbilanz ziehen. Sie müssen sich aber auch weiterhin darauf einstellen, dass dieses Verfahren noch lange dauern wird", sagte Happinger.

Er konnte die Ungeduld seiner Mandanten gut verstehen. „Bedenken Sie, dass die lange Verfahrensdauer auch Vorteile gerade für Sie hat", besänftigte er sie. „Es sieht doch jetzt schon sehr viel besser aus, als zu Beginn des Verfahrens". Sie nickten zustimmend.

Happinger verabschiedete sich von allen und machte sich auf den Rückweg zu seiner Kanzlei.

Im Riedergarten spendeten die mächtigen Laubbäume Schatten, doch den durften andere genießen.

<24>

Marinus hatte es schon während der ersten Vorlesungen in diesem Sommersemester 1998 bemerkt. Eine seiner Studentinnen, die im Hörsaal immer ganz vorn saß, war nicht so richtig bei der Sache. Er hatte über den Vorrang der Nachbesserungsansprüche des Bauherrn im Verhältnis zu Minderung und Schadenersatz referiert, und sie hatte ihn mit Blicken bedacht, die ihn unmissverständlich zum Flirt einluden. In den mittlerweile vierzig Semestern, in denen er vielen bezaubernden Innenarchitektur-Studentinnen die wichtigsten Rechtsgrundlagen und das zuweilen schwierige Architektenrecht beizubringen versucht hatte, war er in ähnlichen Fällen stets auf freundliche Distanz gegangen. Sollte ihm das jetzt, da er schon in die Jahre kam, nicht mehr gelingen?

Am nächsten Mittwochnachmittag war wieder Vorlesung. Wieder saß sie in der ersten Reihe. Und wieder waren da diese Blicke, die Marinus nicht weniger spürte, wenn er ihnen auswich. Er musste sich eingestehen, dass ihm die junge blond gelockte Frau ausnehmend gut gefiel, und es schmeichelte seinem Ego, dass sie ihm schöne Augen machte. Aber durfte er ihre Blicke so auf sich wirken lassen?

War es heute gefährlicher als zu Beginn seiner Lehrtätigkeit vor zwanzig Jahren? Damals fing er solche Blicke auf, aber sie hatten ihn nicht wirklich erreicht. Das lag nicht etwa daran, dass er gegen weibliche Reize immun gewesen wäre. Schöne Frauen hatten Marinus schon immer bezaubert. Nein, er hatte damals mit den Flügen als Schmetterling von Blume zu Blume abgeschlossen, nachdem er endlich die köstlichste von allen - seine Zauberblume - gefunden hatte. Annas Liebe spürte er seitdem jeden Tag. Die Kinder waren dazu gekommen und mit ihnen die Freude an der Familie.

Wie sollte ihn, den glücklichen Ehemann und Familienvater, eine zugegeben sehr attraktive junge Frau aus der Bahn werfen können?

Die Frage, die sich Marinus gestellt hatte, war damit nicht beantwortet. Wie war es heute – nach zwanzig Jahren?

Marinus wurde nachdenklich. Warum befasste er sich überhaupt mit dieser Frage? Es war doch eigentlich ganz harmlos, was da zwischen der Studentin und ihm in den Köpfen ablief. Alles was sich daraus weiter hätte ergeben können, passierte doch nur in Romanen und in Filmen, oder es passierte anderen, aber nicht ihm, da war er sich sicher.

Die Studentin sah das vermutlich anders. Sie stellte während der Vorlesung kluge Fragen, wie Marinus sie von seinen Studenten erwartete und immer gerne beantwortete.

Es schwang aber noch etwas mehr in diesen Fragen mit.   Marinus spürte das.

Mitten im Sommersemester fand Marinus unter der Anwaltspost, die ihm Fräulein Prezz auf den Schreibtisch gelegt hatte, ein mit dem Wort „Privat" beschriftetes und an ihn persönlich adressiertes, verschlossenes Kuvert und darin einen Brief, der in klarer, sehr ansprechender Handschrift mit blauer Tinte geschrieben war. Die Absenderangabe fehlte, aber Marinus schloss aus dem leicht süßlichen Duft, den er beim Öffnen des Kuverts sofort wahrnahm, dass der Brief nur von einer Dame kommen konnte. Der Inhalt des Briefes bestätigte seine Vermutung. Auch die Schrift verriet, dass eine Frau den Brief geschrieben hatte.   Was aber verriet die Schrift über die Briefschreiberin selbst? In einer italienischen Zeitschrift hatte Marinus vor Jahren den Aufsatz eines Graphologen gelesen. Der hatte den Schriftbildern Persönlichkeitsmerkmale zugeordnet. „Wie war das nochmal?" dachte Marinus. Der vor ihm liegende Brief deutete wegen der gut eingehaltenen Linie auf einen ordentlichen Menschen hin. Sehr viel mehr interessierte Marinus aber ein anderes vom Graphologen hervorgehobenes Merkmal. Die Schrift war rechtsschräg und flüssig zu Papier gebracht und der Graphologe hielt das für ein Zeichen von Kontaktfreudigkeit und erotischer Aufgeschlossenheit. „O là là - war es das?"

Der Brief war ohne persönliche Anrede so verfasst, wie das bei Antworten auf eine Chiffre-Anzeige üblich ist. Die Unbekannte schrieb, dass sie an der Hochschule Rosenheim studiere, dass sie sich bei nächster Gelegenheit zu erkennen geben wolle und dann könnte man sich ja vielleicht verabreden.

Wer mochte sie sein? War am Ende sie es?

Die nächste Vorlesung war wieder am Mittwoch und Marinus war schon gespannt, wer sich zu erkennen geben würde.

Nach der Vorlesung eilte er diesmal nicht sofort davon, wie er es sonst zu tun pflegte; er wartete, bis der Hörsaal leer war. Niemand sprach ihn an. Fast ein wenig enttäuscht verließ er das Haus und ging zu seinem Auto, das er im Hof der Hochschule geparkt hatte.

Gerade als er einsteigen und wegfahren wollte, kam sie auf ihn zu. Es war tatsächlich eine seiner Studentinnen, und es war genau diejenige, welche ihm in den Vorlesungen die ganz besonderen Blicke zugeworfen hatte.

„Haben Sie meinen Brief erhalten? fragte sie mit doppeltem Augenaufschlag und so, als wollte sie um Entschuldigung bitten.

Marinus musste jetzt etwas sagen. Plötzlich stieg es wieder in ihm auf, dieses Gefühl, das ihn in seiner Studentenzeit immer überkam, wenn sich ein heißer Flirt anbahnte. Jetzt aber war er kein Student mehr. Er war dreißig Jahre älter als sie, war ihr Dozent, hatte zuhause seine liebe Familie, und doch war da tief unter seiner Haut dieses prickelnde Gefühl.

An dem Mädchen, das etwas verlegen vor ihm stand, war vom Scheitel bis zu den Fußspitzen so ziemlich alles attraktiv. Marinus war das ja schon während der Vorlesungen aufgefallen, so wie es auch jedem anderen nicht schon halbtoten Mann aufgefallen wäre. Jetzt aber stand sie leibhaftig vor ihm - machte ihm die deutlichsten Avancen.

Gegen jegliche Vernunft und Verantwortung bemächtigte sich seiner für einen Moment eine lange nicht mehr gefühlte Abenteuerlust. Was war nur in ihn gefahren? Zweifellos wollte das Schicksal ihn, den verheirateten Mann und Vater von fünf Kindern, hier so ganz nebenbei mal auf Treue prüfen.

Um es kurz zu machen: Er sagte ihr nicht auf der Stelle, dass sie sich geirrt habe, und dass er ihr außer Baurecht nichts würde zu sagen haben. Stattdessen zog er die Begegnung absichtlich in die Länge, sagte ihr, dass ihn der Brief überrascht habe, dass er ihr aber dazu etwas erklären müsse.

Es war klar, dass das nicht mitten auf dem Campus geschehen konnte, also bot er ihr an, zu ihm in den Wagen zu steigen.

Als er die Beifahrertüre seines neuen RX-7 für sie öffnete, beschlich in das Gefühl, dass das Interesse der Studentin nicht allein seiner Person gelten könnte.

War sie am Ende wie er der Ästhetik des Aufsehen erregenden Wagens erlegen? Waren ihr die ersten grauen Haare an seinen Schläfen und seine längst vergangene Jugendlichkeit nur deshalb nicht aufgefallen?

Sie stieg mit einer grazilen Bewegung ein. Marinus beschlich ein angenehmes Gefühl, als er ihre langen, tadellos geformten Beine betrachtete. Mit etwas gemischten Gefühlen sah er dann nach oben zu den Fenstern des Hochschulgebäudes. Der Innenhof war von dort aus gut einzusehen, und wenn etwas unbemerkt bleiben sollte, dann wurde es sicher genau deshalb gesehen.

Marinus beeilte sich, das Hochschulgelände zu verlassen. Er steuerte den Wagen in eine Richtung, die eigentlich wenig Sinn machte. „Erst mal weg von hier", dachte er.

Er schwieg. Wirre Gedanken gingen ihm durch den Kopf. Warum hatte er sie überhaupt einsteigen lassen? Jetzt war sie ihm so nahe, dass er nicht nur die perfekten Formen ihres Körpers unter ihrem Kleid ahnen konnte. Er atmete nun auch den betörenden Duft ein, der sie umgab. Und ganz plötzlich wurde ihm klar, dass er genau das wollte, dass er das mit dieser Begegnung verbundene Risiko gesucht hatte und dass er längst in ihren Sog geraten war.

Er bog in eine ruhige Seitenstraße ab und parkte den Wagen neben einem unbebauten

Grundstück. „Wie ist denn Ihr Name?" fragte er sie. Obwohl er Namenslisten hatte, konnte er nur in Ausnahmefällen die einzelnen Namen den vielen in seiner Vorlesung sitzenden Studenten zuordnen. „Ich heiße Ruth und ich hoffe, in meinem Brief die richtigen Worte gefunden zu haben", sagte sie. Marinus fiel auf, dass sie eine angenehm weiche Stimme hatte. Noch bevor er sich zu ihrem Brief äußern konnte, erklärte sie ihm, wie es zu diesem Brief kam.

Sie meinte, in einer Kontaktanzeige unter Chiffre-Adresse hätte „Anwalt, Dozent, usw." gestanden, und weil auch das Übrige so gut auf Marinus gepasst habe, sei sie davon ausgegangen, dass nur er hinter dieser Anzeige stecken könne; ja und deshalb habe sie ihm den Brief gleich direkt geschickt, und nicht erst an die Chiffre-Adresse. Marinus war ein relativ gutgläubiger Mensch, aber an die Richtigkeit dieser Erklärung mochte er nicht so recht glauben. In seinem flotten Sportwagen saß jetzt in aller Unschuld die Verführung höchst persönlich neben ihm.

Marinus betrachtete ihre Gesichtszüge. Sie lachte und er fand dieses Lachen bezaubernd. Die unter anderem durch die Rolle der Verlegerin Friederike von Unruh in den Fernsehfilmen „Kir Royal" bekannt gewordene Schauspielerin Ruth-Maria Kubitschek mochte in jungen Jahren so ähnlich ausgesehen haben, räsonierte er und fand es lustig, dass sie auch Ruth hieß. Marinus hatte den Eindruck, dass sie in diesem Moment zu allem bereit war, dass sie mit ihm auf einen Cappuccino nach Venedig oder sonst wohin gefahren wäre, wenn er ihr das vorgeschlagen hätte. „Na, was machen wir mit dem angebrochenen Tag?" schien sie fragen zu wollen. Aber sie schwieg, wartete auf seine Reaktion. Er schaute wohl recht nachdenklich drein, denn plötzlich meinte sie: „Wir können uns doch alle Zeit der Welt geben". Wie zum Trost ließ sie dazu ihre linke Hand auf Marinus Knie gleiten. Marinus ließ es zu. Er empfand es als angenehm, und dann auch wieder als bedrohlich. Gedanken gingen ihm durch den Kopf, die er sich eigentlich verboten hatte. „Die Gedanken sind frei!" ließ ihn eine innere Stimme wissen, und schon folgten den Gedanken verführerische Bilder. In Bruchteilen von Sekunden sah er sich im flüchtigen Glück taumeln. Durch die Schlitze der weinroten Jalousetten im Arbeitszimmer seiner Kanzlei fiel das Tageslicht und zeichnete goldene Streifen auf Ruths nackten Körper. Sie hatte nicht gezögert, war seiner spontanen Einladung gefolgt. Beide wussten sie, dass es sofort zur Sache gehen würde. Alles war Tabubruch. Nie hatte sich Marinus dergleichen in seinem Büro oder andernorts erlaubt. Jetzt stand Ruth nackt vor ihm und er fand es schön.

Er fühlte sich wieder wie zu der Zeit, als er Mitte Zwanzig und Student war. Es gab hier kein Bett. „Liebe auf dem Schreibtisch" hatte per se den Reiz des Verbotenen. Ruth stieß kurze helle Schreie aus, als sie sich ihm hingab. Er sah, wie er in die tiefen Abgründe der Lust abstürzte und sich in ihnen verlor.

Im gleichen dahinrasenden Gedankenflug sah er aber auch zurück in die Vergangenheit.

In zwölf Jahren hatte er ein Dutzend Amouren erlebt und war erst zur Ruhe gekommen, als er die bildhübsche Neunzehnjährige Anna – seine Anna – kennenlernte. Ihre Leidenschaft war nicht wild lodernd und Funken sprühend, sondern still und heiß glühend. Sie war die ganz große Liebe. Irgendwann hatte sich ihre Leidenschaft abgekühlt, aber die Liebe war noch stärker geworden. Jetzt war sie bedroht.

Verdrängte Leidenschaft pochte wie ehedem in seinen Lenden. Marinus machte sich nichts vor. Er wollte diese Leidenschaft ausleben. Nach seiner Ansicht war auch sie ein wertvolles Gut. Andererseits war er nicht bereit, dafür die wertvolle Liebe zu opfern, die ihn mit Anna verband. Seine Gefühle tanzten wie wild gewordene Affen umher. Die Vernunft schien jegliche Kontrolle verloren zu haben.

Abzuwägen war doch, was hier wertvoller war, das wärmende Feuer der beständigen Liebe oder die funkensprühenden Flammen einer soeben entfachten Leidenschaft.

Marinus ahnte die Wonnen, welche ihm Ruth bereiten könnte. Aber wollte er es zulassen? Bei vielen Männern in seinem Alter wirkte die Jugend einer Frau wie eine Frischzellenkur. Beispiele dafür gab es genug, vor allem in Politikerkreisen. Hatten die Medien nicht erst kürzlich das Gerücht verbreitet, der US-Präsident Bill Clinton sei in eine Sex-Affäre mit einer Praktikantin namens Lewinsky verstrickt? Das „Oval Office" nannten manche schon respektlos „Oral Office".

Marinus und der US-Präsident waren etwa gleich alt. Beide hatten sie Familie. Marinus war aber nicht Clinton. Wenn dieser sich nicht im Griff hatte, so musste das nicht auch für Marinus gelten. Wenn er Herz und Verstand zu Rate zog, so konnte er erkennen, dass seine Beziehung zu Anna gut war. Anna und seine Familie waren das Wertvollste, das er hatte. Diesem Wert die Leidenschaft vorzuziehen erschien ihm falsch, ja es kam ihm sogar frevelhaft vor. Die Götter bestrafen die Unersättlichen, hatte er einmal gelesen.

Und war nicht in dem Wort allein schon alles enthalten, was man wissen musste, nämlich dass Leidenschaft Leiden schafft?

Marinus kehrte nach diesem Gedankenflug geläutert in seine Realität zurück. Er machte der neben ihm sitzenden Ruth klar, dass er keine Anzeige aufgegeben habe, dass auf ihn zuhause eine wunderbare, intakte Familie warte, und dass sie also wohl doch an die Chiffre-Nummer schreiben müsse.

Ruth schien das nicht zu überzeugen, doch sie schwieg. Beide schwiegen. Marinus war weitergefahren und mittlerweile waren sie vor dem Haus angekommen, in dem Ruth wohnte.

Marinus stieg aus, öffnete die Beifahrertüre und war Ruth behilflich, die langen, schlanken Beine wieder auf den Boden der Wirklichkeit zu setzen. Aber was heißt schon Wirklichkeit? Die des einen muss nicht die des anderen sein.

Ruth fragte: „Kommen Sie noch auf einen Kaffee mit rauf?" Marinus antwortete mit Stirnrunzeln und zusammengepresstem Mund, wie der als „Peanuts-Breuer" negativ bekannt gewordene Deutsche-Bank-Vorsitzende in für ihn unangenehmen Prozesssituationen.

Ruth hatte verstanden. Sie wünschte Marinus alles Gute und mit einem „Ciao" war sie dahin. Er fuhr direkt nachhause.

Am folgenden Mittwoch und immer wieder mittwochs das ganze Semester hindurch saß Ruth ganz entspannt im Hörsaal. Marinus hielt ebenso entspannt die Baurechtsvorlesungen. Er war erleichtert, ja fast ein wenig stolz auf etwas, das selbstverständlich sein sollte, nämlich darauf, dass er der Versuchung nicht erlegen war.

<25>

Am 24.07.1998 wurden weitere Zeugen und Beteiligte gehört. Wieder war es gnadenlos heiß im Gerichtssaal. Richter Adler – ein schlanker Mann mit blassen Gesichtszügen und schütterem blonden Haar, welches in ausgedehnten Geheimrats-Ecken mündete - konnte vermutlich nicht nachempfinden, wie seine wesentlich beleibteren Kollegen unter ihren Anwaltsroben schwitzten. Zu Beginn der Verhandlung waren die Fenster noch geöffnet, aber Happinger wusste, dass das Raumklima sich damit nicht nachhaltig verbessern konnte, und dass schon bald die Luft erhitzt und verbraucht sein würde. Jeder Fluchtversuch wäre aussichtslos. Die erste Person, die Richter Adler anhörte, war ein Rentner (59). Er sagte aus, ab 1991 einige Male auf dem Hof gewesen zu sein. Dabei habe er nachgeschaut, wie es dem Gfäller Schorsch ging. Eine Frau Mara Betrucci habe der Schorsch nie erwähnt. Die Frau habe er allerdings im Oktober 1995 gesehen, als der Schorsch im Krankenhaus war, und er mit anderen droben am Hof war.
Eine zum Kreis der gesetzlichen Erben gehörende Hausfrau (59) sagte aus, sie habe seit Jahren alle zwei Monate den Schorsch besucht. Er habe niemanden ins Haus lassen

wollen. Von einer Frau Betrucci habe der Schorsch nie gesprochen. Der Schorsch habe selbst für sich gesorgt und zu ihr gesagt, dass er sich schon durchbringe. Vor allem der Lenz habe dem Schorsch oft Hilfe angeboten.

Eine Hausfrau (52) sagte aus, sie hätte von 1991 bis 1994 keinen Kontakt zum Erblasser gehabt. Die Frau Betrucci habe sie nie getroffen. 1990 habe der Schorsch gesagt, es sei ihm zugetragen worden, dass der Lenz trinke, sie hätte ihm aber versichern können, dass das eine üble Nachrede sei, und darüber sei der Schorsch sehr erleichtert gewesen. 1995 habe er im Krankenhaus zu ihr gesagt, sie solle ihm doch die „Wasserweiber" vom Hals halten.

Ein Altenheimleiter (45) sagte aus, Herr Gfäller habe seine letzten drei Monate im Altenheim verbracht. Er sei altersverwirrt gewesen. Frau Betrucci sei des öfteren zu Besuch gekommen und mit ihr habe er über den Gfäller Schorsch mehr gesprochen als mit diesem selbst.

Eine Sozialbetreuerin (61) sagte aus, Herr Gfäller sei in einem ungepflegten Zustand ins Krankenhaus gekommen. Recht misstrauisch und verschlossen sei der alte Mann gewesen. Man habe bemerkt, dass ihn der Besuch von Leuten sehr aufregt. Sie wisse von mehreren Frauen, die Herrn Gfäller halfen. Auch eine Frau Betrucci sei öfter da gewesen, um ihm Beistand zu leisten bzw. um bei ihm zu sein.

Dann weiter wörtlich: „Frau Betrucci erzählte mir nach Schorschs Tod, sie sei als Erbin eingesetzt worden. Darüber zeigte sie sich ungeheuer erstaunt. In einer Gesprächsnotiz vom 25.4.1996, die ich hier vorlese, habe ich notiert: <Frau Betrucci ist entsetzt. Wir haben am Telefon das Für und Wider der Annahme des Erbes besprochen. Habe ihr geraten, das Erbe auszuschlagen.>"

Happinger notierte das und schrieb dahinter: <Großes Theater!!!>. Das war eine der ganz großen Nebelkerzen, mit denen die Betrucci um sich geworfen hatte, als es ihr darum ging, mit den Machenschaften rund um die Entstehung des Testaments nur ja nicht in Verbindung gebracht zu werden. Nach der nun vorliegenden Aussage war sie freilich vollends im eigenen Lügengewirr gefangen; hatte sie doch erst kürzlich bei ihrer Anhörung vor Gericht eingestanden, dass der Brief, den sie zwei Monate nach Schorschs Tod dem Gfäller Lenz am 25.4.1996 geschrieben hatte, „total verkehrt war", und dass sie das Kuvert mit dem Testament des Erblassers tatsächlich schon zu Pfingsten 1994 von Herrn Kreisler erhalten und von ihm erfahren habe, dass sie als Erbin eingesetzt sei. Klar war jetzt, dass sie auch vor der Sozialbetreuerin die Rolle der überraschten, ja entsetzten Alleinerbin gespielt hatte.

Happinger nahm sich vor, schon im nächsten

Schriftsatz das leicht durchschaubare Motiv für die Verbreitung dieser Lügen sehr deutlich herauszustellen, wenngleich der Richter den Grund sicher auch längst kannte.

Die Sozialbetreuerin übergab dem Gericht sodann noch einen ärztlichen Fragebogen, der zum geistigen Zustand des Erblassers im Jahr 1995 während seines Krankenhausaufenthalts Eintragungen enthielt.

Zuletzt wurde noch ein Arzt (44) angehört, der den Gfäller Schorsch 1995 untersucht und ein psychiatrisches Gutachten erstellt hatte. Er erklärte, aus seinem Gutachten könnten keine Rückschlüsse zur etwaigen Testierunfähigkeit im Mai 1994 gezogen werden.

Happinger überraschte das nicht. Er hatte sich schon darauf eingestellt, dass sich eine Testierunfähigkeit des Erblassers rückwirkend nicht beweisen lassen wird.

Die Vernehmung der Zeugen war damit beendet. Richter Adler eilte mit seiner Protokollführerin davon. Auch die Anwälte und die anderen noch anwesenden Beteiligten beeilten sich, aus dem stickigen Gerichtssaal nach draußen zu kommen. So richtig frische Luft gab es da zwar auch nicht, aber zum Atmen war sie allemal besser. Happinger war umringt von seinen Mandanten und Leuten, die zum Kreis der gesetzlichen Erben gehörten, und die nun von ihm wissen wollten, wie die Sache aktuell einzuschätzen war.

„Wir kommen gut voran, aber mehr lässt sich im Moment noch nicht sagen!" war seine Antwort. „Ich muss leider schon zum nächsten Termin! Wir reden bei nächster Gelegenheit über die Sache. Das Protokoll über die heutigen Vernehmungen sende ich Ihnen dann zu!" sagte er noch und eilte davon.

<26>

Anna hielt nichts von Reisen. So jedenfalls sagte sie zu jedem, der sich darüber wunderte, und sie fragte, warum sie denn um alles in der Welt zuhause in Aufferberg am Simssee blieb und dort das Haus, die Kinder und die Tiere versorgte, während ihr reisefreudiger Mann Marinus Jahr für Jahr nach Gelegenheiten suchte, in die weite Welt oder doch wenigstens über die Berge ins Italienische zu reisen.

Machte sie eine Not zur Tugend? Marinus hatte sich das oft gefragt. Anna hätte es vermutlich nie zugegeben. Sie argumentierte, dass ihr das Reisen bei weitem nicht das geben könne, was sie zuhause am Stall bei ihren Pferden habe; aber war es nicht so, dass sie sich der großen Kinderschar wegen und zeitweise auch wegen der pflegebedürftigen Mutter für unabkömmlich hielt? Im Grunde war da doch immer ein ganzes Paket an Pflichten, das Anna vor sich sah, wenn Marinus eine Reise vorschlug und sie darüber sprachen. Vermutlich kam Anna bei Abwägung aller Vor- und Nachteile einer Reise schon wegen der Schwierigkeiten, das Ganze zu organisieren und alle Pflichten zeitweise zu delegieren, zu dem Schluss, dass das Reisen in ihrem Fall mehr beschwerlich als erbaulich wäre.

Marinus war ein Freund von Kompromissen, und so hatte er beizeiten nach einer Lösung gesucht, mit der die Familie leben konnte.

Schon 1992 kam er auf die Idee, jeweils im Jahr der Firmung eines der Kinder mit dem Firmling zu verreisen. Bei fünf Kindern waren ihm da fünf Reisen sicher. Zwar konnte man bei diesem Denkansatz schon gar nicht mehr erkennen, wer da wen begleitete, aber das war ja auch gar nicht wichtig. Die Hauptsache war, dass die Reisen ans Meer führten, denn Marinus liebte das Meer und er wollte dieses Gefühl mit seinen Kindern teilen. So hatte er schon 1992 mit Hannes eine schöne Zeit auf der griechischen Insel Skiathos verbracht, dann 1994 mit Ferdi einen Badeurlaub bei Tropea/Kalabrien und 1996 mit Schorsch und Ferdi einen Urlaub bei Monastir/Tunesien am Mittelmeer. Jetzt, nach Inas Firmung, stand 1998 wieder eine Reise an und weil Mädchen gerne im Doppelpack verreisen, war Greta mit von der Partie. Marinus war das nur recht. So konnten sie sich in der fremden Umgebung gegenseitig im Auge behalten und gemeinsam mehr Spaß haben, als nur mit einem immerzu wachsamen Papà, der Marinus sicher war. Er wusste, dass für ihn die Reise mit zwei Töchtern im Alter von 13 und 10 Jahren eine Herausforderung sein würde, aber er freute sich darauf. Das Reiseziel war diesmal die Türkei.

Nahe bei Antalya an der Küste, die man wegen ihrer langen Sandstrände die türkische Riviera nannte, gab es den Robinson-Club Pamfilya. Glaubte man den bunten Prospekten, so bot dieser Club vieles, was Marinus und seinen Töchtern Spaß machte. Marinus kannte seine beiden Mädchen. Sie hätten sich vermutlich total gelangweilt, wenn er mit ihnen an sein Wunschziel, an einen eher abgelegenen Ort am Meer gereist wäre. Der Robinson-Club Pamfilya war alles andere als ein einsamer Ort. Ina und Greta waren rund herum zufrieden und nutzten alles, was der Club Mädchen in ihrem Alter bieten konnte. Marinus sah ihnen von einer bequemen Liege aus stundenlang zu, wie sie am Sandstrand und im angenehm warmen Wasser des Meeres ihren Spaß hatten; wie sie sich gegenseitig im Sand einbuddelten und dann plötzlich wieder die Szene wechselten und sich über die Wasserrutschen in den großen Pool gleiten ließen. Den immer gut gelaunten Animateuren versuchte Marinus aus dem Weg zu gehen. Ihr ständiges Geschrei, das die Gäste zur Teilnahme an gymnastischen Übungen und lustigen Spielen motivieren sollte war ihm lästig. Leider waren diese quirligen Stimmungsmacher aber fast allgegenwärtig, sodass er sie letztlich doch ertragen musste. Ina und Greta fanden den Roby-Club toll. In diesem Roby-Club studierten sie mit vielen anderen Kindern das Musical „Cats" ein, wobei sich Ina in ihrer Rolle nicht so ganz wohl fühlte, weil ihr Kostüm zu eng geschnitten war. Sie war drauf und dran, alles hinzuwerfen.

Es hatte Marinus sehr viel Überredungskraft gekostet, seine Ina zum Weitermachen zu bewegen.

Nun sah er ihnen bei den Probeauftritten zu und applaudierte, wann immer sich eine Gelegenheit bot. Zwischendurch aber verließ er seinen Zuschauerplatz und nützte die Zeit für ein türkisches Dampfbad im Hamām. Er genoss es, wenn ihm der Bademeister mit einem rauen Handschuh aus Ziegenhaar unter kräftigem Druck den Körper abrubbelte.

Jedem das Seine – dachte er sich.

Die Mädchen fieberten dem Tag ihres großen Auftritts entgegen. Marinus saß natürlich im Publikum und konnte so das schauspielerische Können seiner Töchter hautnah erleben.

Klar, dass er das Katzen-Spektakel gespannt verfolgte und am Ende begeistert applaudierte, als die bösen Kater verjagt waren und durch den braven Zauber-Kater Mr. Mistoffelees alles ein glückliches Ende nahm.

Nach der Aufführung, so gegen 20 Uhr, freuten Marinus, Ina und Greta sich auf das Abendessen. „All you can eat!" war rund um die Uhr angesagt. Tatsächlich waren die im Club angebotenen Köstlichkeiten so reichlich, dass die Szene sie an das in einem Märchen beschriebene Schlaraffenland erinnerte.

Wer hier auf seine Figur achten wollte, tat sich schwer, denn sogar außerhalb der üblichen Essenszeiten gab es an eigens aufgestellten Pavillions kleine Snacks und Drinks. An diesem Abend hatten Marinus, Ina und Greta sich an einen Tisch direkt am Wasser gesetzt. Ein ruhiges Meer, eine milde Luft, klarer Himmel und das Schauspiel des Sonnenuntergangs gab es hier als Appetitanreger gratis obendrein.

Während Marinus sich wieder und wieder die köstlichsten Happen in den Mund schob, überlegte er, ob er bei seinem stattlichen Gewicht nicht doch besser eine Woche Heilfasten im Bayerischen Wald hätte buchen sollen. Aber im nächsten Moment verwarf er diesen Gedanken gleich wieder. „Wäre ja noch schöner!" dachte er. Für einen Hauch von Nichts auf dem Teller und grünen Tee im Glas Geld auszugeben, kam für ihn nicht in Frage.

Irgendwann hatte Marinus zum Thema Gewichtskontrolle ein lustiges Gedicht von Joachim Ringelnatz gelesen und das ging so:

Es stand nach einem Schiffsuntergange
Eine Briefwaage auf dem Meeresgrund.
Ein Walfisch betrachtete sie bange,
Beroch sie dann lange,
Hielt sie für ungesund,
Ließ alle Achtung und Luft aus dem Leibe,
Senkte sich auf die Wiegescheibe
Und sah - nach unten schielend - verwundert:
Die Waage zeigte über Hundert.

Weil Marinus hier in Pamfilya genug Zeit hatte, selbst ein Gedicht zu verfassen, setzte er sich hin und schrieb:

Es lacht aus dem Spiegel mein Gesicht
Und sagt: „Du hast doch kein Übergewicht!"
So wie Du bist – ist es g`rade richtig
Fühlst Du Dich wohl – ist die Waage nicht wichtig
-
Ich lache zurück, denn die Sache ist die
Ich esse und trinke und wiege mich nie
Und bin ich tatsächlich ein wenig zu schwer
So trag ich` s mit Würde vor mir her
-
Das Geheimnis ist ganz sicherlich:
Ich liebe mich!

Im nächsten Moment stieg ihm schon wieder der Duft von gegrilltem Fisch in die Nase. Dieser Duft überlagerte sozusagen seine gedankliche Abschweifung auf das Thema „Idealgewicht und Übergewicht". Er ließ sich zwei Stücke auf den Teller legen, nahm Salat und Weißbrot dazu und gab sich nach einem kräftigen Schluck Wein wieder dem Genuss hin. Die Mädchen taten es ihm gleich, nur trafen sie grundsätzlich eine andere Auswahl, bei der nie die schön angerichteten Süßspeisen fehlen durften. Da konnte man von Glück reden, dass im Robinson-Club Pamfilya nicht nur gespeist wurde. Von den vielen Sportangeboten suchten sich Marinus, Ina und Greta aus, worauf sie gerade Lust hatten.

Beachvolleyball oder Boccia oder Tischtennis? - das war jeden Tag wieder die Frage.
Das Baden im Meer oder im Pool stand freilich immer an erster Stelle. Reiten war im Club-Programm nicht vorgesehen, aber gleich neben dem Club-Gelände standen unter Bäumen einige Pferde, auf denen man für wenig Geld kurze Ausritte am Strand machen konnte. Ina und Greta wollten sich das nicht entgehen lassen. Vor allem Greta ließ nicht locker und bestand jeden Tag darauf, die Pferde zu besuchen. Am liebsten hätte sie ihnen Brot vom Club mitgebracht, weil die Pferdehalter sichtlich arme Kerle waren und ihre Pferde nicht ausreichend füttern konnten.
Den Brot-Transfer musste Marinus natürlich verbieten, aber es war ihm klar, dass zu dieser Firmungsreise auch Ausritte gehören würden; Ina und vor allem Greta waren ja auch zuhause in Aufferberg gerne bei den Pferden.
Es fiel den Mädchen nicht schwer, Marinus zu einem Ausritt entlang des Sandstrandes zu überreden. Er wollte ihnen diese Freude machen, und jetzt war dazu die Gelegenheit. Sie wanderten zu der Stelle, wo die Pferde im Schatten einiger Pinien standen. Ihre Besitzer, zwei junge Türken, hatten eine Art Baumlager, von dem aus sie Marinus und die Mädchen kommen sahen. „Endlich Kundschaft", werden sie sich gedacht haben. Sie sprangen vom Baum und redeten halb türkisch, halb englisch

drauf los. Die Sättel hatten sie flink herbei-
geschafft. Der Preis wurde mit den Händen
ausgehandelt. Schon kurz darauf hatten
Marinus, Ina und Greta passende Pferde. Als
der junge Türke mit einem Sattel daherkam,
der vermutlich hundertmal geflickt war und der
vielleicht schon die Belagerungen Wiens 1529
und 1683 durch das osmanische Heer erlebt
hatte, winkte Marinus ab. Er dachte an den
Ausritt, den er 1996 mit Ferdi und Schorsch im
Hinterland von Monastir erlebte. Ferdi ritt ein
gesatteltes Pferd. Mitten im Galopp über den
steinigen Wüstenboden brach das morsche
Leder des Zaumzeugs auseinander und Ferdi
konnte sich nur noch an die Mähne des Pferdes
klammern und mit größter Anstrengung im
Sattel halten bis das Pferd endlich zum Stehen
gebracht werden konnte.
Ähnliches wollte Marinus hier nicht nochmals
erleben. Sie deuteten dem Türken an, dass sie
nur ein gutes Zaumzeug brauchen und ohne
Sattel reiten werden. Schließlich bekamen sie
ein halbwegs sicheres Zaumzeug für die Pferde
und es konnte losgehen.
Das beste Pferd nahm sich der Türke, der erst
im Schritt, dann im Trab und schließlich im
gestreckten Galopp voraus ritt. Auch er hatte
auf den Sattel verzichtet.
Die Hufe der galoppierenden Pferde wirbelten
den festen, nassen Sand hoch. „Now we are
going into the water!" rief der Türke und

begann sein Pferd ins tiefere Wasser zu dirigieren.   Die anderen Pferde folgten.
Und dann erlebten Marinus, Ina und Greta zum ersten Mal, was sie bisher nur im Film zu sehen bekamen – die Pferde schwammen und die Reiter mussten nur ruhig sitzen und alles weitere dem Pferd überlassen. So etwas Schönes hatten sie alle drei noch nicht erlebt.

Als der Ritt vorüber war, bemerkte Marinus, dass Greta sich nicht nur in ihr Pferdchen verliebt hatte. Sie übertrug das Gefühl zu Marinus Entsetzen auch gleich auf den jungen Türken, der den Ritt begleitete, und es entging ihm auch nicht, dass der junge Türke auf die erst zehn Jahre alte, strohblonde Greta einen verdächtig langen Blick geworfen hatte. Die Reise mit seinen Mädchen drohte gefährlich zu werden. Marinus war deshalb froh, dass die Heimreise bevorstand. Greta hingegen wäre gerne noch in Pamfilya geblieben.

Anna holte sie vom Flughafen Salzburg ab. Bei der Fahrt zurück nach Aufferberg mussten erst einmal die Mädchen ihren Reisebericht loswerden. Am Abend war dann Marinus an der Reihe. Er kam nicht gerade ins Schwärmen. „Ich kann mir schönere Plätze an der türkischen Riviera vorstellen als diesen Robinson Club Pamfilya" sagte er, und er sagte es natürlich nur zu Anna.

„Irgendwie habe ich mich bei der ganzen Rundumversorgung dort gefühlt wie ein in Gefangenschaft lebendes exotisches Tier, das von seinen Wärtern bestes Futter bekommt und für das auch sonst gut gesorgt wird." „Aber", fügte er hinzu, „ich war ja schließlich nicht die Hauptperson auf dieser Reise. Für die Mädchen war der Club Pamfilya sicher genau richtig. Sie hatten Spaß unter Gleichaltrigen und ich konnte so ganz nebenbei auf sie aufpassen."

Zum Schluss erzählte Marinus noch die kleine Geschichte von ihrem Ausritt am Meer, und er vergaß dabei nicht die Gefahr zu erwähnen, die seines Erachtens auf die Mädchen außerhalb des Club-Zaunes wegen der dort hausenden jungen türkischen Reiter lauerte. „Du kannst Dir nicht vorstellen, wie froh ich war, als ich mit den beiden wieder im Flieger nachhause saß."

Anna lächelte.

<27>

Die Protokolle über die vorangegangenen umfangreichen Vernehmungen wurden der Kanzlei Happinger Anfang August zusammen mit einem Gerichtsbeschluss vom 28.7.1998 zugestellt. Beschlossen wurde, dass zur Frage der beim Erblasser im Mai 1994 gegebenen oder fehlenden Testierfähigkeit und einer im Mai 1994 entweder gegebenen oder fehlenden Beeinflussbarkeit des Erblassers das Gutachten von jenem Facharzt einzuholen sei, der den Erblasser im Jahr 1995 untersucht hatte.

Happinger schickte alles in Kopie an seine Mandanten und bat sie, nun zunächst einmal das Gutachten abzuwarten.

Drei Monate später traf das nervenärztliche Gutachten bei Gericht ein.

Happinger bekam es eine Woche später. Das Gutachten enthielt die Feststellung, dass an der Testierfähigkeit deutliche Zweifel bestünden. Der Erblasser könnte im Mai 1994 zwar schon testierunfähig gewesen sein, sicher sei das aber nicht. Für Happinger war damit klar, dass er ab jetzt mit dem Einwand der Testierunfähigkeit nicht mehr operieren konnte. Zweifel an ihr genügten nicht.

Das Gutachten enthielt sodann eine weitere Feststellung, welche die Beeinflussbarkeit des

Erblassers zur fraglichen Zeit im Mai 1994 betraf. Es sei aus nervenärztlicher Sicht zu sagen, dass die dargestellten Hinweise auf die sensitive schizoide Persönlichkeitsstörung mit oder ohne Überlagerung durch manifeste psychoorganische Veränderungen eine erhöhte Beeinflussbarkeit des Erblassers nahelegen.

Das war deutlich genug.

Der Sachverständige hatte die Protokolle mit den Aussagen der Zeugen offenbar genau gelesen und die dort wiedergegebenen Äußerungen des Gfäller Schorsch im Gutachten ebenso verwertet, wie die Notizen, die er sich 1995 bei seinem Gespräch mit dem Probanden gemacht hatte. Im Gutachten waren sie nachzulesen.

Frage: „Wollen Sie über Ihr Geld selbst verfügen oder nicht?"

Antwort: „Selbstverständlich, ich habe mir das Geld erarbeitet und erspart."

Frage: „Welche Erben haben Sie?"

Antwort: „Ich habe einen zuverlässigen Enkel." Frage: „Wie heißt der?"

Antwort: „Der Lenz Gfäller in Anderdorf, der wird der Erbe werden, soweit er Interesse hat." Und ergänzend: „Da haben sich so viele um das Anwesen bemüht, es ist ein schöner Hof, die wollten ihn mir schon lange Zeit hinten rum wegnehmen."

Happinger war überzeugt, dass ihm das auf die Notizen und auf Zeugenaussagen gestützte

Gutachten die Testamentsanfechtung erheblich erleichtern würde. Die Wahrheit kam ans Licht. Er erinnerte sich an einen Aphorismus des Philosophen Michel de Montaigne. Der sagte, die Lüge sei ein Winkelgang, von dem man über eine Hintertreppe zur Wahrheit gelangen kann. Jetzt wurde sie also sichtbar – die Wahrheit. Deutlicher konnte der wirkliche letzte Wille des Gfäller Schorsch nicht in Erscheinung treten. Wenn er das Testament zugunsten der Betrucci überhaupt selbst geschrieben hatte, so nur unter dem Einfluss Dritter.

Richter Adler sah das wohl genauso. Weil aber die Beweisanträge abgearbeitet werden mussten, ordnete er als Nächstes durch Beschluss vom 29.10.98 die Bestellung eines Schriftgutachtens an zwecks Prüfung der Echtheit der Urkunde und des darin geschriebenen Ausstellungsdatums.

Happinger versprach sich davon wenig, weil es vom Erblasser außer ein paar Unterschriften nichts gab, das zum Schriftenvergleich hätte herangezogen werden können.

Richter Adler erließ aber auch gleich einen zweiten Beschluss, in welchem er anordnete, dass die Akten des Nachlassverfahrens an die Staatsanwaltschaft zu übersenden seien zur Prüfung der Frage, ob die Beteiligte Mara Betrucci sich im Zusammenhang mit dem beim Amtsgericht anhängigen Nachlassverfahren strafbar gemacht hatte. Damit ließ Richter Adler die „Spürhunde" von der Leine, die den Geruch der von Frau Betrucci hinterlassenen Fährten aus mehreren anderen Fällen längst in der Nase hatten. Er hob einige Anhaltspunkte für ein strafbares Verhalten in einer Aktennotiz vom 29.10.1998 hervor und legte die Notiz dem Beschluss bei.

Kurz darauf rief überraschend bei Happinger eine Frau Pechmeier aus der Wasserburger Gegend an. „Ich habe Frau Betrucci Geld zum Streiten gegeben. Wie lange dauert denn das noch mit dem Prozess?" wollte sie wissen.

Da sie eine mögliche weitere Zeugin war, vermied Happinger das direkte Gespräch mit ihr. Stattdessen verwies er sie an den Gfäller Lenz, dem sie ihre Geschichte genau schildern konnte und über den er dann alles erfahren würde.

Es vergingen mehrere Monate. Seit Anfang 1999 war nach erneutem Richterwechsel am Amtsgericht Rosenheim Richter Plotterfeld für die Nachlasssachen zuständig. Die Erstellung des graphologischen Gutachtens hatte sich hingezogen, wie Happinger es vorhergesehen hatte.

Der Gfäller Lenz hatte sich inzwischen mit Frau Pechmeier getroffen. Sie hatte ihm von zwei Darlehen erzählt, die sie der Frau Betrucci im Jahr 1998 gegeben habe, weil die ihr angeblich hohe Zinsen versprochen hatte und Sicherheit durch einen geerbten Hof leisten wollte. Jetzt war der Gfäller Lenz wieder gekommen, um Happinger die Neuigkeiten zu bringen. Auch eine Kopie der Vereinbarung zwischen Frau Pechmeier und Frau Betrucci hatte er dabei. Was Happinger da las, war schier unglaublich. Frau Betrucci hatte sich „100.000 DM für eine unkündbare Laufzeit von zehn Jahren" als Darlehen geben lassen und dazu formuliert: „Die Darlehenssicherung erfolgt nur über den Erbhof und berührt das Privatvermögen der Darlehensnehmerin nicht."

Eine Darlehensverzinsung war im Schriftstück nicht erwähnt. Frau Pechmeier versicherte aber dem Gfäller Lenz in einem Schreiben, dass ihr Frau Betrucci hohe Zinsen versprochen hatte, und dass sie – Frau Pechmeier – sich darauf verlassen habe.

Frau Pechmeier war nach alledem ein weiteres Opfer der Frau Betrucci. Happinger war nun in der Lage, das bei der Staatsanwaltschaft zur Anzeige zu bringen und Frau Pechmeier als Zeugin zu benennen.

Happinger verfügte inzwischen aber auch noch über weitere Informationen, mit denen die Betrucci als notorische Betrügerin entlarvt werden konnte. Er fasste alles in einem umfangreichen Schriftsatz vom 15.03.1999 zusammen, welchen er dem Nachlassgericht und zugleich auch der Staatsanwaltschaft als Strafanzeige übermittelte.

Er trug bei Gericht und Staatsanwaltschaft einleitend nochmals vor, dass ausweislich des Strafregisters Frau Mara Betrucci in den 60er und 70er und 80er Jahren eine Reihe von Straftaten beging, darunter Diebstahl, Betrug, Urkundenfälschung, versuchte Erpressung, Anstiftung zum Meineid, etc. Er beantragte, dass von Amts wegen festgestellt werden möge, ob und welche Strafverfahren derzeit gegen Frau Betrucci laufen. Ferner wies Happinger darauf hin, dass aktuell einer Pressemitteilung vom 4.3.1999 zu entnehmen sei, dass Frau Betrucci sich demnächst wieder einem Strafprozess wegen Betruges ausgesetzt sehen wird.

Der Vorwurf diesmal: Sie soll 1990 einen Betrug versucht haben. Ein Laienschauspieler, der sich als Bundesverfassungsrichter ausgab, soll ihr dabei Beihilfe geleistet haben. Prominenten Politikern der PDS seien Anteile an angeblich von der SED versteckten DDR-Millionen angeboten worden. Um 130 Millionen DM sollte es dabei gehen, welche in Auslandsschließfächern lagern würden, zu denen nur einige Personen Schlüssel hätten. Für die Beschaffung der Millionen hätten die Politiker hohe Geldbeträge an Betrucci leisten sollen, welche wiederum als Bestechungsgelder eingesetzt werden sollten.

Nachdem die Politiker der Betrucci nicht auf den Leim gegangen waren, soll sie auf gleiche

Weise versucht haben, den Promi-Koch Anton Schellbach aus Wagendorf zu überreden, in ihr Projekt zu investieren. Schellbach habe viele vermögende Leute aus der Promi-Szene gekannt, die gerne bei hohen Renditen investieren wollten. So seien schließlich 8,9 Millionen DM zusammengekommen. Schellbach soll das Geld der Betrucci übergeben haben. Später habe einer der Gläubiger das Spiel des falschen Richters entdeckt und der Schwindel sei aufgeflogen. Die Gläubiger hätten daraufhin Frau Betrucci auf Rückzahlung des Geldes verklagt. Das Landgericht habe Frau Betrucci zur Rückzahlung der Millionen verurteilt und in der Urteilsbegründung ausgeführt, dass ihr Verhalten den strafrechtlichen Tatbestand des Betruges erfülle.

Happinger wusste, dass dieser Betrug, bei dem ein Schaden von 8,9 Millionen DM entstand, nichts – aber auch gar nichts – mit dem Verfahren zu tun hatte, bei welchem es um den Nachlass des Gfäller Schorsch ging; und doch stärkte es die Position seiner Mandanten, wenn Mara Betrucci eine Kriminelle war und auch aktuell noch als gefährliche Straftäterin angesehen werden musste.

Es war ein Sensationsprozess. Die Presse, allen voran die Boulevardzeitungen, machte mit Namen bekannter Personen auf, die ihr Geld in den Sand gesetzt hatten.

Schadenfreude verkauft sich bekanntlich gut.

Zuletzt war berichtet worden, dass die immer siegesgewiss auftretende Frau Betrucci unter dem Eindruck des vom Richter verkündeten Urteils die Contenance verlor und den versammelten Reportern zurief, das Urteil sei widerwärtig und der Vorsitzende Richter ein Säufer.

Happinger war sich sicher, dass auch die Richter und Staatsanwälte, welche er wegen der Testamentsanfechtung bemüht hatte, den Prozess in der Zeitung verfolgten, aber er kannte auch den Satz: QUOD NON EST IN ACTIS NON EST IN MUNDO und wusste somit, dass in der Juristerei nur das zählt, was in den Akten steht.

Mit der Strafanzeige war es aktenkundig und im Nachlassverfahren konnte die Beiziehung der Ermittlungsakten ja jederzeit beantragt werden.

Im Rahmen der Strafanzeigeerstattung hatte Happinger unter anderem den Fall Pechmeier vorgetragen. Er legte der Staatsanwaltschaft dar, dass Frau Pechmeier Ende 1997 eine Annonce entdeckte, nach der man sich in einen Bauernhof einkaufen konnte, dass die Betrucci sich durch überschwängliche Freundlichkeit gegenüber Frau Pechmeier deren Vertrauen erschlich und daraufhin die ersten 100.000 DM bekam, und dass sie weitere 30.000 DM aus Frau Pechmeier herauspresste, angeblich weil damit der Anwalt bezahlt werden müsse.

Ja und dass Frau Pechmeier ihr die 30.000 DM
nur gab, weil ihr die Betrucci weismachte, es
bestünde sonst keine Chance, den Erbhof zu
bekommen. Happinger schilderte auch, dass
Frau Pechmeier nur mit Mühe auch diesen
weiteren Geldbetrag noch aufbrachte und ihn
der Betrucci gab, und wie Frau Pechmeier -
nun mittellos – Monate später Frau Betrucci
bat, sie möge ihr für dringend benötigte 2.000
DM bürgen, und wie die Betrucci das ablehnte
mit dem Hinweis, dass sie selbst zu viele
Schulden habe; ja und wie dann die Betrucci
der Frau Pechmeier noch den guten Rat gab,
doch auch eine Annonce aufzugeben und
einem alten Mann ihre Zuneigung zu schenken,
und dass sie alles andere dann getrost ihr –
Mara Betrucci – überlassen könne.
Als Happinger das alles in die Strafanzeige
schrieb, sinnierte er darüber nach, wie sich die
Namen der Menschen doch oft in ihren guten
oder miserablen Schicksalen niederschlagen.
„Pechmeier" war so ein Name.

Die Staatsanwaltschaft leitete nach Eingang
dieser Strafanzeige ein Ermittlungsverfahren
gegen die inzwischen 63-jährige Frau Betrucci
ein. Happinger versprach sich von diesem
Verfahren weitere für das Erbscheinverfahren
und für die Testamentsanfechtung wichtige
Erkenntnisse.

<28>

„Ich vermisse sie sehr", sagte Marinus zu
Anna. Es war Sonntagmorgen, sie deckten
den Frühstückstisch. Marinus dachte an seine
Eltern. Opa Hans und Oma Maria waren oft zu
ihnen nach Aufferberg gekommen, hatten
übernachtet und am Sonntag früh hatten sie
dann mit großer Freude die frischen Brezen
und Semmeln und alles, was sonst noch zu
einem deftigen Frühstück auf dem Land
gehörte, gemeinsam genossen. Auch Annas
Mutter, die Fanny-Omi, war immer dabei und
natürlich die Kinder. Zehn Personen am Tisch –
das war eine beachtliche Zahl.
Marinus erinnerte sich, als die Kinder 1995 an
Fanny-Omis achtzigstem Geburtstag zum Spaß
ausgerechnet hatten, wie alt sie alle
miteinander waren. Sie zählten 80 +75 +72
+51 +43 +17 +15 +13 +10 +7 und kamen
auf die stolze Zahl 383. Ferdi – sonst eher
zurückhaltend – beeilte sich, sein Lateinwissen
loszuwerden. CCCLXXXIII schrieb er auf einen
Zettel und zeigte diesen herum. „Die spinnen
die Römer", hatte Schorsch gemeint, „wer
braucht schon zehn Buchstaben um 383 zu
schreiben?" Jetzt hatte Opa Hans Gelegenheit,
den Kindern zu zeigen, was er drauf hatte.
Bei seiner kräftigen Stimme hatte er sofort die

Aufmerksamkeit aller auf sich gerichtet. „Zahlen wurden bis ins späte Mittelalter in ganz Europa so geschrieben, wie einst im alten Rom", erklärte er. „Erst im 13. Jahrhundert brachte ein Mathematiker namens Fibonacci von einer Arabien-Reise das Wissen von den indo-arabischen Ziffern 1 - 9 und von der Null mit. Letztere spielte bei den Römern und bis ins 13. Jahrhundert in Europa überhaupt keine Rolle. Da gab es aber auch noch kein Dezimalsystem und keine höhere Mathematik. Fibonacci hatte das Wissen von den Arabern und diese hatten es von den Indern. Darüber hinaus wissen wir heute, dass schon bei den alten Kulturen Mittelamerikas, den Azteken, den Inkas, den Mayas und anderen die Null bekannt war und durch ein Zeichen für den Tod dargestellt wurde."

Opa Hans war jetzt bei seinem Lieblingsthema. Passte zwar nicht ganz zu Fanny-Omas achtzigstem Geburtstag, aber was machte das schon. Viel hatte Opa Hans über die alten Kulturen Mittelamerikas gelesen und irgendwie musste er das ja auch mal weitergeben. Das Gelesene hatte ihn selbst so beeindruckt, dass er im Laufe der Jahre unter anderem aztekische Opferkultmasken in Ton nachbildete und Ölgemälde schuf, auf welchen etwa die faszinierende Maya-Ruine Chichén Itzá oder die dem Gott Quetzalcóatl geweihte Kukulkán Pyramide dargestellt waren.

Marinus hatte immer die Begeisterung seines Vaters gespürt, wenn dieser über die alten Kulturen Südamerikas oder ein anderes seiner Lieblingsthemen sprach, wie etwa über das weite Universum, über die Geburt von Sonnen oder über schwarze Löcher im Weltraum.

Opa Hans war bei diesen Themen kein nüchterner Betrachter; nein, er sprang durch das Zeitfenster und tauchte richtig ein in vergangene Geschehnisse oder weit nach vorn blickend in Science-Fiction-Szenarien.

Wenn er davon erzählte, dass zur Spitze der Kukulkán Pyramide aus jeder Himmelsrichtung je eine Treppe mit jeweils 91 Stufen empor führt, und was es mit den 91 Stufen auf sich hat, begannen seine Augen zu leuchten.

„Zählt man die oberste Plattform der Pyramide zu den jeweils 91 Stufen dazu, so ergibt das mit 365 genau die Anzahl Tage des Jahres, welche von den Astronomen der Maya schon genau berechnet werden konnte", erklärte er. Wenn er dann noch geradezu ehrfürchtig davon zu sprechen begann, dass jeweils am 21. März und 21. September bei der so genannten Tag-und-Nacht-Gleiche das Sonnenlicht wie ein helles Band auf die Treppenstufen der Kukulkán Pyramide trifft und sich zuunterst mit einem steinernen Schlangenkopf mit offenem Rachen so vereint, dass man meinen könnte, eine Schlange würde die Stufen der Pyramide heruntergleiten, erschien er einem fast schon wie der geheimnisvolle Gesandte eines Maya-Fürsten, der der Nachwelt eine bedeutende Botschaft zu überbringen hatte. Seinen bei solchen Themen überschwellenden Redefluss bremste Oma Maria zur rechten Zeit, indem sie ihre Hand auf die seine legte. „Reden wir doch über die Gegenwart", pflegte sie dann zu sagen.

Auch im Mai 1995, an Fanny-Omas Geburtstag hatte sie das gesagt und er hatte verstanden.

Keiner ahnte damals, dass das Leben der alten Herrschaften am Tisch binnen der folgenden fünf Jahre verlöschen würde.

Den Anfang machte Opa Hans. Bei einem der Besuche in Aufferberg -es war im Juni 1997- passierte es. Opa Hans brach zusammen. Einige Tage später starb er in einer Münchner Klinik. Es war nichts mehr zu machen.

Oma Maria starb eineinhalb Jahre nach ihm am Allerseelentag 1998. Zunächst war sie noch voller künstlerischer Schaffenskraft gewesen, hatte an der Sommerakademie in Salzburg künstlerische Fertigkeiten erlernt und in der Folge die von ihr so geliebten Blumen in farbenfrohen Aquarellen und in Tempera- und Ölbildern der Zukunft übergeben. Dann kam der Brustkrebs wieder. Inzwischen Witwe geworden, hatte Oma Maria in dem großen Haus allein gewohnt. Marinus erinnerte sich an die Herausforderung, mit welcher seine Schwester Andrea, sein Bruder Josef und nicht zuletzt auch er konfrontiert waren. Sie hatten auf sich genommen, was sie tragen konnten.

Oma Maria hatte sich wohl gewünscht, den Frühling, den Sommer und den Herbst, die drei für sie schönsten Jahreszeiten, noch in ihrem geliebten Garten und an der Fensterbank ihres Hauses sitzend verbringen zu dürfen. Ein letztes Mal war es ihr im Jahr 1998 vergönnt, die ersten Schneeglöckchen sehen, die schon im Februar aus der Erde kamen, und dann die Narzissen, die Rosen, die Tulpen und die anderen Schönheiten, die im Sommer blühten; ja und auch den Duft ihrer liebsten Rose, deren Pracht bis in den späten Herbst hinein anhielt, hatte sie nochmals tief eingeatmet. Mit der letzten Rose welkte auch sie dahin. Ferdi hatte an ihrem Bett gesessen und er hatte ihre Hand gehalten.

Oma Maria war eingeschlafen – für immer.

Inzwischen war der Winter vorüber, und weil schon wieder die ersten Schneeglöckchen zu sehen waren, war Marinus von der Erinnerung an seine Eltern überwältigt worden.

„Ich vermisse sie sehr", wiederholte er.

<29>

Das Verfahren, in dem das Gericht über die Gültigkeit des Testaments zu entscheiden hatte, entwickelte sich mit all seinen Facetten zusehends zu einem auch kriminalgeschichtlich interessanten Erbrechtsfall. Während Frau Betrucci sich wegen mehrerer strafrechtlicher Ermittlungsverfahren und der schon laufenden Zivil- und Strafprozesse arg bedrängt sah, zeichneten sich für die gesetzlichen Erben mittlerweile recht gute Erfolgsaussichten ab.

Happinger konnte sich gut vorstellen, dass das Nachlassgericht Frau Betrucci schon längst den Erbschein erteilt hätte, wenn über sie nicht so viel Negatives ans Licht gekommen wäre.

Nun aber sprach bei ihrer bekannt gewordenen kriminellen Vergangenheit und wegen der laufenden Strafverfahren mittlerweile vieles für die Annahme, dass die Testamentsanfechtung, welche Happinger für den Gfäller Lenz und die weiteren gesetzlichen Erben erklärt hatte, vom Gericht als begründet angesehen werden könnte. Happingers Strafanzeige gegen die Betrucci schlug da nur noch eine weitere, allerdings recht tiefe Kerbe in einen Baum, der beinahe schon gefällt war.

Der Gfäller Lenz hatte in der Zwischenzeit unermüdlich versucht, möglichst noch mehr über kriminelle Handlungen der Frau Betrucci und ihrer Entourage herauszufinden.

Ende März 1999 rief er in der Kanzlei an, ließ sich gleich für den nächsten Tag um 10 Uhr einen Termin geben, saß dann aber doch schon um Viertel nach Neun im Wartezimmer.

Fräulein Prezz riet ihm, in der Zwischenzeit drunten im Tschibo-Laden einen Kaffee zu trinken. „Naa – i bin aufgregt gnua! I wart liaba do!" ließ er sie wissen.

Happinger bekam das mit und zog die Besprechung kurzerhand vor. „Sie haben Neuigkeiten?" fragte er.

„Ja, Sie werns ned glaam, Herr Anwalt, aber den Kreisler hom ma jetzt richtig am Krogn!" sagte er und überreichte Happinger die Kopie eines Schriftstücks. Der las es in Ruhe durch und sagte: „Das ist ja allerhand!" Der Gfäller Lenz strahlte über das ganze Gesicht und sagte: „Gell, do schaugns!"

Das in einer Steuerkanzlei ausgefertigte Dokument, von dem ihm eine Kopie zugespielt worden war, hatte brisanten Inhalt.

Es bewies, dass ausgerechnet im Mai 1994, als das Testament entstand, gegen Frau Betrucci und gegen ihren Handlanger, Herrn Kreisler, steuerstrafrechtlich ermittelt wurde. Vor allem aber bewies es, dass die Betrucci für Herrn Kreisler das in diesem Dokument mit pauschal DM 200.000 vereinbarte „Honorar für steueranwaltliche Vertretung" übernahm.

Damit erwies sich die Zeugenaussage des Herrn Kreisler, er sei für Frau Betrucci lediglich zweimal gegen übliches Entgelt tätig gewesen, als Falschaussage. Darüber hinaus konnte Happinger jetzt dem Gericht überzeugend darlegen, dass dieser Herr Kreisler sich speziell in dem Zeitraum, in dem er Frau Betrucci zu dem streitgegenständlichen Testament verhalf, mit eben dieser Frau in das Steuerstrafrecht verwickelt sah und dass er zu dieser Zeit in erheblichem Maße von der Betrucci abhängig war, nachdem sie die hohen Anwaltskosten übernahm. Die hohen Kosten waren wiederum ein Indiz für den Gegenstand des Verfahrens. Anzunehmen war, dass hier Millionenbeträge an den Finanzbehörden vorbei geleitet wurden. Für die Testamentsanfechtung kam Happinger diese Information gerade recht. Es mussten stockfinstere Kanäle sein, über die sein Mandant an derlei Informationen gelangt war. Happinger fragte nicht nach der Herkunft. Das Dokument wollte er vorerst in der Akte verwahren. Es genügte vollkommen, den Inhalt für das Verfahren aufzubereiten. Darauf freute er sich, weil ihm die Gier und die Lügen der Betrucci und ihrer Leute nun schon lange genug auf den Geist gingen. Den nächsten Angriff der Gegenseite würde er nach den Regeln der Kunst parieren und ihr durch die Vorlage des Dokuments genau den Schlag versetzen, den es noch brauchte.

Zufrieden bemerkte der Gfäller Lenz, wie sich in Happingers Gesicht eine Siegesgewissheit abzuzeichnen begann. So mochte er seinen Anwalt. Der hatte sich gerade gedanklich in die Märchenwelt verirrt. „Rumpelstilzchen" war ihm eingefallen. Ja, die Betrucci hatte etwas von der Hinterhältigkeit des kleinen Männleins und am Ende würde es ihr womöglich so ergehen wie diesem. Einen Moment lang stellte Happinger sich die Betrucci als das kleine Männlein vor, das um ein Feuer springt und immerfort auf einem Bein hüpft und schreit: „Heute back ich, morgen brau ich, übermorgen hol ich mir den Erbschein vom Gericht! Ach, wie gut, dass niemand weiß, dass ich die ganze Welt bescheiss." Und er stellte sich vor, wie das kleine Männlein, also die Betrucci vor dem Richtertisch herumspringt und schreit: "Nun, lieber Richter, was kannst Du mir denn beweisen oder Du, oberschlauer Happinger?"
Und wie er sie dann - die entscheidende Frage immer wieder zurückstellend - fragt:
"Hast Du jemanden verprügelt?"   "Nein."
"Hast Du eine Bank überfallen?"   "Nein."
"Hast Du Dir durch viele Lügen auf großes Vermögen hoffend ein Testament erschlichen?"
Und dann würde er alles auf den Tisch packen, was er von ihren Machenschaften wusste und die Betrucci in Gestalt des kleinen Männleins würde schreien: "Das hat Dir der Teufel gesagt, das hat Dir der Teufel gesagt", und sie

würde vor Zorn mit dem rechten Fuß auf den Boden des Gerichtssaals stoßen und in ihrer Wut den linken Fuß mit beiden Händen packen und ihn sich vom Leib reißen.

Die ganze Zeit über hatte Happinger mal auf das wichtige Dokument und dann wieder zu seinem Mandanten hin geschaut. Den kleinen gedanklichen Exkurs in die Märchenwelt musste der ja nicht unbedingt mitbekommen. Eine Anwaltskanzlei war schließlich ein Ort der Sachlichkeit. Dass ihn seine Phantasie zuweilen verleitete, sich die schwarz-weiße Juristenwelt in bunten Farben auszumalen, war sein gut gehütetes Geheimnis.

„Ja, mein lieber Herr Gfäller, die Kopie werten wir erst mal nur aus. Es genügt, zu wissen, was drin steht. Das kann zur Sprache gebracht werden, und dann werden wir sehen, ob Betrucci und Kreisler es zugeben oder ob sie es bestreiten. Ihre Informationsquelle wollen Sie ja sicher nicht preisgeben.“

„Vo mir aus kennas des scho wissen!“ meinte der Gfäller Lenz. „Mal sehen! – Von meinem nächsten Schriftsatz erhalten Sie dann wie immer eine Abschrift. Für heute wär`s das dann!“ - sagte Happinger. Er beeilte sich jetzt, seinen Mandanten zu verabschieden, denn draußen wartete schon der nächste Mandant zur Besprechung eines ganz anderen Falls.

Noch in der gleichen Woche verfasste Happinger einen Schriftsatz, in welchem er die

Sache mit der Honorarvereinbarung aufgriff und damit die Glaubwürdigkeit des Zeugen Kreisler in Frage stellte. Er beantragte, das Gericht möge alle gerichtsbekannten Betrucci-Fälle darauf hin überprüfen, ob und wie auch dort Herr Kreisler an Straftaten der Frau Betrucci beteiligt war.

Bald darauf traf das Gutachten ein, welches zur Klärung der Frage bestellt wurde, ob das Testament gefälscht sei. Wie Happinger schon vermutet hatte, konnte keine Fälschung festgestellt werden.

Betruccis Anwalt drängte daraufhin erneut auf Erteilung des Erbscheins an seine Mandantin.

Weder sei das Testament gefälscht, noch sei der Erblasser testierunfähig oder auch nur beeinflussbar gewesen. Ja und der Herr Kreisler sei von Frau Betrucci keinesfalls abhängig gewesen.

Das Gericht gab zwischendurch bekannt, die Akten lägen noch bei der Staatsanwaltschaft und es müsse das Ermittlungsverfahren abgewartet werden. Viele Monate vergingen. Marinus spürte: Die Sache lief auf einen dramatischen Höhepunkt zu.

<30>

„Den sollten Sie gelegentlich entfernen lassen!"
meinte Dr. Rackel, als er mit der Sonde des
Ultraschallgeräts über Marinus' Bauch glitt.
Dabei deutete er auf den Monitor, auf dem die
Gallenblase und ein darin schlummernder Kern
zu sehen war. Das Ding sah aus, wie eine der
fleischigen, bissfesten Riesenoliven, die ihren
Geschmack am besten auf einer Pizza, mit
Käse-Happen oder eingestreut in einer Insalata
Mista entfalten. Unter dem Ultraschallgerät
wirkte es bedrohlich und gar nicht appetitlich.
Seit der letzten Untersuchung war es kaum
größer geworden. So alle drei Jahre ließ sich
Marinus von Kopf bis Fuß untersuchen. Sein
Auto hätte er auch nicht öfter beim TÜV
vorgefahren, aber für Autos gab es zwingende
Vorschriften, während bei seinem inzwischen
schon weit über fünfzig Jahre alten Körper er
selbst bestimmte, wann er ihn beim Hausarzt
vorfuhr. Dr. Rackel hatte ihm nach den
Untersuchungen stets eine gute Gesundheit
bescheinigt. „Sie können auch warten, bis er
sich meldet", hatte er gesagt, „aber wenn er
das tut, wird es verdammt weh tun, und leider
kündigt er das zuvor nicht an. Wenn es dumm
läuft, sind Sie gerade auf Reisen, wenn es
passiert. Selbst können Sie dann sicher nicht

mehr nachhause fahren." Marinus stellte sich das vor. Er allein in seinem abgelegenen Sommerhaus, und dann plötzlich der von dem kleinen Ungeheuer ausgelöste Schmerz, und die Sanitäter, die ihn nach Rovereto ins Ospedale Santa Maria del Carmine bringen würden.

Nein, dazu wollte er es nicht kommen lassen, und so fasste er den Entschluss, den in seinem Körper eingeschlossenen Feind schnellstens eliminieren zu lassen. Welche Jahreszeit wäre besser geeignet gewesen, als dieser frostig kalte Wintermonat, in den auch noch die Faschingstage fielen, die ihm schon lange nichts mehr abgaben. Mit kleinem Reisegepäck checkte er in der Station I.8 des Rosenheimer Klinikums ein. Das Zimmer war im achten Stockwerk. Es war geräumig, aber nur einfach ausgestattet. Draußen auf dem Balkon standen ein Tisch und zwei Stühle in der winterlichen Kälte. Marinus hatte noch einige Minuten, in denen er den Blick aus den großen Fenstern genießen konnte. Unter wolkenlosem Himmel lag vor ihm seine Stadt Rosenheim und gleich dahinter schneebedeckt die einzigen Berge, die ihm im näheren Umkreis namentlich bekannt waren, die Kampenwand, die Hochries und der Wendelstein. Während er ganz nachdenklich und still diesen Ausblick genoss und dabei überlegte, ob er erst mal ein wenig lesen oder sich sofort im Schlafanzug ins Bett legen sollte, kamen schon mit der Wucht von Tsunami-Wellen die Ärzte und Pflegekräfte auf ihn zu. Voruntersuchungen zur Vorbereitung der für den folgenden Tag geplanten OP standen an. Den Auftakt machte ein Pfleger. „Ich bin der Heinz", sagte er und legte nach Art eines Haute-Coiffure-Friseurs seine Rasier-Utensilien auf einem Tuch aus. „Wir müssen uns jetzt entkleiden", meinte er allen Ernstes. Marinus reagierte sensibel auf das vom ärztlichen Personal noch mehr als von Ärzten selbst so gern verwendete Wörtchen „Wir". Es war im Grunde nur eine sprachliche Nachlässigkeit, wie auch das gern gebrauchte „Sie dürfen ...". Für Marinus hatten Worte sinnerfüllt zu sein. Die nur an ihn gerichtete Aufforderung, sich auszuziehen, vertrug kein „Wir". Sollte er dem Pfleger das sagen? Mittels Andeutung in einer Gegenfrage vielleicht: „Behalten wir wirklich gar nichts an?" Würde der andere den Witz verstehen und sich die Gewohnheitsempathie zukünftig verkneifen? Marinus lächelte es weg. Er zog sich aus. Jetzt lächelte Heinz. Er zückte sein Rasiermesser und setzte es an der Stelle an, an der Marinus sich noch nie rasiert hatte, einer nach seiner eigenen Einschätzung höchst gefährlichen Stelle. Unwillkürlich kam ihm die „Glieder-Taxe" der Versicherungen in den Sinn. Auch das noch! Heinz war ihm doch vollkommen fremd. „Was, wenn der Fremde daneben schneiden würde, was wenn er …?" Marinus sah an sich hinunter. Heinz kniete vor ihm. „Hoffentlich kommt jetzt keiner herein", ging es Marinus durch den Kopf. Heinz war ganz bei der Sache. Bedächtig führte er die scharfe Klinge über die Haut. Die Haare fielen zu Boden. Marinus duldete die ihm ziemlich peinliche Prozedur. Fast bedauerte er Heinz, den Pfleger, zu dessen beruflichem Alltag Arbeiten wie diese gehörten; doch Heinz sah das gelassen. Es musste eben sein – basta!

Nach der Rasur sah Marinus partiell aus, wie ein bratfertiges Schwein. „Jetzt packen wir alles ganz fest ein", sagte Heinz tröstend. Er kramte ein übertrieben langes, weißes Hemd hervor und reichte es Marinus. Der schlüpfte hinein, wie er es bei Hemden gewohnt war. „Wir brauchen den Schlitz hinten!", korrigierte ihn Heinz. „Du meine Güte", dachte Marinus, „was kommt da noch alles auf mich zu?"

Das Gefühl des Ausgeliefertseins hatte ihn schon beschlichen seit Heinz ihn rasierte. Und jetzt noch die Machart dieses Hemdes, das nur von hinten zu öffnen und zuzubinden war. Marinus hatte einen neuen Schlafanzug dabei. „Wie wäre es damit?", fragte er, denn er sah aktuell noch keinen Grund, das hässliche Flügelhemdchen zu tragen. Er war schließlich ein Mensch mit eigener Biographie und kein uniformierter Kranker. Soweit es nur irgendwie ging, wollte er sich nicht auf ein Objekt reduzieren lassen, an dem sich wildfremde Menschen zu schaffen machten. Heinz spürte den Widerstand. „Gut", sagte er, „aber halten Sie das Hemd für später bereit!".

Kaum war Heinz draußen, klopfte es. Eine junge Krankenschwester betrat das Zimmer. Marinus hatte den eigenen Schlafanzug an und saß er auf dem Bettrand.

„Guten Morgen, Herr Happinger", sagte sie in einem erfrischend heiteren Ton. „Ich bin die Schwester Heidi. Ich komme, um Sie über den Ablauf der Voruntersuchungen aufzuklären".

„Die ist aber nett", dachte Marinus. Schwester Heidis höflicher Auftritt gefiel ihm, und ganz bezaubernd fand er auch, wie sie in ihrer blütenweißen Schwesternkleidung mit dem Ablaufplan in der Hand vor ihm stand und ihm sympathisch lächelnd mit warmer, angenehm weicher Stimme die bevorstehende Wanderung durch die verschiedenen Fachabteilungen der Klinik erklärte.

Die Fußmärsche zum Röntgen, zum EKG, zum Ultraschall und zur Narkoserisiko-Aufklärung legte Marinus im königsblauen Morgenmantel zurück, den er sich extra für den Aufenthalt in der Klinik gekauft hatte. Die Aufklärung über das Narkoserisiko war ungewöhnlich intensiv.

„Sie werden jetzt im Nebenraum einen Film über die Risiken der Anästhesie sehen und dann sprechen wir noch darüber", sagte der Narkosearzt. Marinus begab sich also ins Kino.

Was er da zu sehen bekam, war schlimm. Vom vollständigen Zahnausfall über bleibende Potenzstörungen bis hin zum Verlust des Sprechvermögens wurde alles aufgezählt, was den Patienten so richtig Angst machen konnte. Anscheinend schreckte die Aufklärung aber niemanden wirklich ab. Wer mochte bei einer notwendigen Operation schon auf die Narkose verzichten? So, wie die Kinder gruselige Märchen anhören können, ohne nachhaltig Angst zu bekommen, so sahen sich hier die Patienten schicksalsergeben den Aufklärungs-Film an. Marinus war klar, dass eigentlich nur die Ärzte Angst hatten. Das Haftungsprozess-Trauma saß ihnen im Nacken.

Marinus nahm das Gesehene mit Gelassenheit hin. Anschließend hörte er sich die Hinweise an, die der Narkosearzt ihm obendrein noch gab. Nachdem er auch noch unterschriftlich bestätigt hatte, vollständig aufgeklärt worden zu sein, stand der Operation unter Vollnarkose nichts mehr im Wege.

Bei dem Tempo, mit dem es dann weiter ging, kam er sich vor, wie ein Kajakfahrer, der plötzlich in wilde Stromschnellen gerät, die ihn vorantreiben und herumwirbeln. Rein ins Bett und wieder raus, und wieder rein und wieder raus, so ging es dahin.

Eifriges Pflegepersonal machte sich unentwegt an ihm zu schaffen. Mal wurde die Temperatur gemessen, dann der Blutdruck, und dann war es wieder eine Blutentnahme, die sie für nötig hielten. Gleichzeitig gab es nichts mehr zu essen und bis zur OP am Dienstag früh durfte er nur noch Wasser trinken.

Die Nacht auf Dienstag verging unspektakulär.

Zur morgendlichen Arztvisite kam der Chefarzt persönlich mit einem halben Dutzend Ärzten und Pflegern im Geleit. „Professor Dr. Labner mein Name. Wie geht`s, Herr Happinger? Bereit für die Operation?" fragte er.

„Alles klar!" antwortete Marinus.

Der Professor nickte zufrieden und gab Marinus noch eine kurze Information zur Operation. „Ich operiere in Ihrem Fall minimalinvasiv und laparoskopisch", erklärte er. „Der Bauchraum wird dabei wie ein Ballon mit Kohlendioxid aufgeblasen. Im Übrigen werden nur kleine Hautschnitte gemacht - da und da". Er fuhr mit der Hand über Marinus' Bauch, drückte auf die Stellen und erklärte dann weiter: „Es werden dann eine mit einem Bildschirm verbundene Mini-Kamera und sehr kleine Instrumente zur Entfernung der Gallenblase samt Gallenstein in die Bauchhöhle eingeführt. Zur Blutstillung setzen wir Hochfrequenzstrom ein. Ja, also dann - Herr Happinger - bis gleich im OP".

Nach diesem Kurzvortrag eilte er unter sichtlichem Zeitdruck mit seinen Begleitern davon. Marinus wartete jetzt entspannt auf den Moment, da sie ihn zur Operation abholen würden. Eine halbe Stunde später war es soweit. Ungeachtet seiner hundertprozentigen Gehfähigkeit, ja er hätte sogar joggen können, wurde Marinus auf seinem Bett liegend über Flure und Aufzug in den OP-Bereich gefahren. Dort gab es eine Schleuse, an der ein junger Mann mit weißer Gesichtsmaske jeden Zugang prüfte.

„Ich bin der Alexander", sagte er zu Happinger.

„Und ich der Marinus", antwortete ihm der. Für Alexander war er aber vermutlich nur „der Gallenstein von I.8", aber was machte das schon. Er bettete Marinus um.

Wie ein mächtiger Brotteig lag der jetzt auf einer grünen OP-Liege unter einer ebenso grünen OP-Decke. „Schieben Sie mich jetzt in den Backofen?" fragte Marinus. Alexander, dem Schleusenwärter gefiel dieses Bild. Er lachte und schob Marinus in einen kleinen Raum direkt vor dem Operationssaal. Dort erwarteten ihn zwei grün bemützte und grün beschürzte, maskierte Menschen, die mit Furcht erregend großen Spritzen hantierten.

„Ja, wen dürfen wir denn da ins Reich der Träume schicken?" Es war eine der Fragen, auf die nicht wirklich eine Antwort erwartet wurde. Marinus sagte deshalb lediglich: „Hallo!" und starrte schräg nach oben zu den Spritzen, die das Anästhesie-Team für ihn aufzog und in Position brachte. Marinus hatte kein gutes Gefühl. Sein Argwohn verstärkte sich noch durch den Wortwechsel, den er kurz vor dem

Einstich über sich hörte:
„Ach je, jetzt habe ich meine Brille vergessen!
„Machen Sie mal!" nuschelte die der Stimme
nach ältere männliche Person durch ihren
Mundschutz der daneben stehenden wesentlich
kleineren Person zu, die mit jugendlich heller,
weiblicher Stimme mit einem „Ja" antwortete,
das sich eher wie ein „Ja aber ..." anhörte.
Der etwas Sehbehinderte trat einen Schritt
zurück und übergab der jüngeren Person die
Spritze zur Einleitung der Narkose, vor deren
denkbaren Folgen Marinus eindringlich gewarnt
worden war. Geht ja schon gut los, dachte er.
Gleich darauf drang die Hohlnadel in seinen
Handrücken, wo deutlich sichtbar eine Vene
verlief. Sie fand dort aber keinen Halt. Marinus
erschauderte. Er spürte die Unsicherheit der
jungen Narkoseärztin, die nun zu einem
zweiten Versuch ansetzte. Auch der zweite
Versuch misslang. Kaum hatte sie die Nadel
gesetzt und losgelassen, rutschte das Teil
schon wieder aus der Vene. Vermutlich wäre
Marinus Handrücken durch weitere vergebliche
Versuche nach und nach perforiert worden,
wenn es der Ältere nicht zuletzt doch selbst
gemacht hätte. Marinus hörte noch, wie er sich
dazu beglückwünschte, dass ihm auch ohne
Brille auf Anhieb gelungen war, was seine
Assistentin zweimal vergeblich versucht hatte.
Als die über die Kanüle fließende Schlafmilch
schon zu wirken begann, kam Professor Labner

hinzu. Wie aus einer anderen Sphäre erreichte Marinus die frohe Botschaft, dass Labner gleich nach ihm einen Richter operieren werde. „Wie heißt denn der Kollege?" lallte Marinus. Labner legte einen Finger an den Mund. Schweigepflicht. „Das wird ein richtiger Juristentag", hörte Marinus noch undeutlich Labners Stimme, bevor sein nach der Narkose wie leblos wirkender Leib in den OP geschoben wurde.

Gewaltige LED-Leuchten an weiß lackierten klinoPORT-Geräten, an denen gut lesbar der Herstellername KREUZER prangte, waren ein letzter Lichtblick. Schon im nächsten Moment sah und spürte Marinus nichts mehr.

Nach einem für ihn nicht abschätzbaren Zeitraum fand er sich in halbwachem Zustand in einem Raum liegend, in dem etwa zwei Dutzend Körper aufgebahrt unter grünen Decken lagen. Er stellte fest, dass sie ihn in gleicher Weise aufgebahrt hatten. War die Operation misslungen? Lag er schon tot in der Pathologie - bereit zur Organentnahme?

Plötzlich vernahm er – wie von sehr weit her kommend und glockenhell – eine Stimme: „Haben wir gut geschlafen?"

Neben oder vielleicht auch über ihm musste sie sein – diese angenehm weibliche Stimme. Hatte er etwas verpasst? Es war ihm nicht bewusst, mit ihr geschlafen zu haben.

Langsam, s e h r langsam dämmerte ihm, dass er im Aufwachraum lag. Mit einem Anflug von Freude verkündete die angenehme weibliche Stimme nun: „Da sind wir ja wieder!". Sie legte ihre Hand auf Marinus Stirn. Er empfand es als angenehm. Die mentale und haptische Wahrnehmung funktionierte also wieder.

Der lustige, junge Pfleger kam herbei und schob Marinus auf dem fahrbaren Bett hinaus auf die Korridore und in den Aufzug und hinauf zur Station I.8 in sein Zimmer.

Hundemüde aber schmerzfrei schlief Marinus erst einmal zwei Stunden. Dann war ihm nach Lesen zumute. Er hatte sich das „Buch des Betrachters" von José Ortega Y Gasset in die Klinik mitgenommen. Schon Jahre zuvor hatte er es mit großem Genuss gelesen. Heute wollte er aus diesem Buch das Kapitel „Vitalität, Seele, Geist" lesen – war ja besonders aktuell. Die Betrachtungen Ortegas und die Art, wie dieser spanische Philosoph sich ausdrückte, hatten Marinus schon immer gut gefallen.

Er las: "Der vitale Mutterboden nährt unsere ganze übrige Person und schickt belebende Säfte bis in die Wipfel unseres Wesens hinein. Eine starke Person - welcher Art auch immer – ist auf keine Weise möglich ohne einen reichlichen Vorrat an dieser in den Untergründen unseres Inneren aufgehäuften vitalen Energie."

Marinus blickte auf sich selbst und stellte fest, dass er mit seinem Vorrat an vitaler Energie recht zufrieden sein konnte; erlaubte sie ihm doch, ein paar Stunden nach der Operation hier seinen Ortega zu lesen. Schon bald wurde aber seine Lektüre durch die postoperative ärztliche Visite unterbrochen. „Ja, was lesen Sie denn da?", fragte der Professor und griff nach dem Buch. „Ah, Ortega Y Gasset, den schätze ich auch sehr", meinte er. Seine Gefolgschaft staunte über diese Wendung der ärztlichen Visite hin zum Privaten. „Soll ich Ihnen eine Kostprobe geben?" fragte Marinus. „Gerne", meinte der Professor, "wenn es nicht zu lange dauert." Marinus las und es dauerte eben doch zu lange. „Lesen Sie uns doch bitte morgen noch etwas vor, und vor allem auch unserer jungen Ärztin hier!" sagte er und die junge Ärztin errötete.

Marinus beschloss, der jungen Ärztin die Peinlichkeit am nächsten Tag zu ersparen; irgendwie wollte er aber dem Professor eine zweite Lesung bieten. „Es muss ja nicht unbedingt Ortega sein", dachte er sich.

Noch am gleichen Tag schrieb er dem aktuellen Anlass entsprechend ein Gedicht, das er dem Professor, der jungen Ärztin und den anderen bei der nächsten Visite am Mittwochnachmittag vorzulesen gedachte.

„Und wie geht es Ihnen heute?" fragte schon beim Betreten des Zimmers der offenbar gut gelaunte Professor Labner. „Lassen Sie mal sehen!" Er betrachtete die frischen Narben, welche Marinus Bauch zierten. „Na bestens!" kommentierte der Professor sein Werk und die Weißkittel hinter ihm nickten zustimmend. „Und was haben Sie denn nun für uns, und vor allem für unsere junge Ärztin ausgewählt?" wollte er wissen und deutete auf das Buch, das auf dem Betttischchen lag. Der jungen Ärztin war die wiederholte Hervorhebung ihrer Person sichtlich peinlich. Wieder errötete sie. „Zur Abwechslung nichts aus Ortegas Buch, sondern etwas von mir", antwortete Marinus und legte los.

Gallensteins Klage

Einst war ich klein – ein Körnchen nur
Es ahnte niemand, dass ich wachsen würde
Doch war es halt - meine Natur
Dass ich dem Menschen werd` zur Bürde
*

Der hat`s verdient – da seid nicht bang
Er hat gefressen und gesoffen viel zu viel
Hat angereichert mich – ein Leben lang
Ich muss gestehen, dass mir das gefiel
*

Das Gallenbläschen war mein trautes Heim
Tief in des Bauches Mitte schmiedete ich Pläne
Ich war des Schmerzes gut verborg´ner Keim
War tückisch – meine List ich hier am Rande gern erwähne
*

Ich klag` den Hausarzt Dr. Rackel an, der schon vor Jahren mich entdeckte
Mit seinem Ultraschall und alledem
Wo ich mich doch so wunderbar versteckte
Und wo für mich es war doch so bequem
*

Ich klage Dr. Boothe an mit seinem Team
Der Hinterlist durch Einsatz der Anästhesie

Dass schmerzfrei man zu mir gelangen konnt` - verdank ich ihm
Ich halte das für unfair – und was sagen Sie ?
*
Ich klage den Chirurgen– den Professor Dr. Labner an
Der sich nicht schämte, zu mir vorzudringen
Mit scharf gewetzten Messern kam er an mich ran
Und – zack! – schon hatten mich die Klingen
*
Ich bin dahin – ich klage auf mein Recht auf Sein
Hat dieses Recht nicht auch ein Gallenstein ?
Verdient nicht auch ein Plagegeist, geschont zu werden
Gebührt dies Recht nur dem, der schön und gut ist hier auf Erden ?
*
Bedenket meine Klage gut
Ich lieg` jetzt in der Plastikdose
Dort lieg` ich – glaubt mir – voller Wut
Dem aber, der so schicksalhaft mit mir verbunden war
– dem geht es gut – ihm schenkt man eine rote Rose.

Die Weißkittel zeigten sich über die Klage eines Gallensteins zunächst verwundert. Mitten im Herzen der Klinik wurden die Ärzte angegriffen. Die Angst und Wut eines Gallensteins konnten sie anscheinend nur schwer nachempfinden.
Als Marinus seine kleine Lesung beendet hatte, sagte Professor Labner: „So einen aggressiven Gallenstein hatten wir ja schon lange nicht mehr! Na, nun kann er uns sicher nicht mehr schaden!" Er lachte, seine Gefolgschaft lachte und die junge Ärztin bat um eine Kopie des Textes. In einem neurologischen Krankenhaus wäre Marinus wegen seines sonderbaren Gedichts möglicherweise noch lange unter genauer Beobachtung gehalten worden. Aber zum Glück war er ja in der chirurgischen Abteilung des Klinikums.

Hier hatte er mit seinem Gedicht den Beweis geliefert, dass es ihm schon wieder recht gut ging und so stellte Professor Labner ihm jovial die Entlassung schon für das kommende Wochenende in Aussicht. Kurz darauf war er mit seiner Truppe wieder draußen zur Fortsetzung der Visite.

Die Zeit verging schnell. Anna besuchte ihn jeden Tag. Auch die Kinder und Enkelkinder und andere liebe Menschen besuchten ihn, und natürlich zeigte er ihnen allen den aus seinem Bauch entfernten Gallenstein, so wie ein siegreicher Keltenkrieger den erbeuteten Feindesschädel bei seiner Heimkehr den Seinen stolz zu zeigen pflegte.

Mit vier kleinen Schnittstellen auf dem Bauch und dem angenehmen Gefühl, der Gallenblase und des Gallensteines ledig zu sein, kehrte Marinus am Wochenende nachhause zurück. Alles war gut!

<31>

Während das den Gfäller-Nachlass betreffende Verfahren ruhte, kam ein weiterer Aufsehen erregender Prozess gegen Frau Betrucci in Gang. Happinger las in der Zeitung darüber. Auch seine Mandanten unterrichteten ihn über den Ablauf dieses neuen Verfahrens, das sie gespannt im Gerichtssaal verfolgten.

Es wurden Mara Betrucci Urkundenfälschung, Betrug, und weitere Straftaten vorgeworfen, und weil sich auch um diese Taten wieder abenteuerliche Geschichten rankten, waren das öffentliche Interesse und damit auch das Interesse der Presse groß.

Als „schwarze Witwe" wurde sie jetzt in den Überschriften der Zeitungen bezeichnet und von den „ominösen Erbschaften der Frau aus dem Chiemgau" schrieben sie.

Happinger war zufrieden, dass gerade jetzt, wo er seinen Mandanten helfen und der Betrucci das Gfäller-Erbe entreißen musste, der Wirbel um die Dame immer mehr zunahm.

Im Strafverfahren kamen der Lebenslauf der Angeklagten und ihre Vorstrafen zur Sprache. Der Gfäller Lenz übermittelte alles, was er im Gerichtssaal hörte, sofort an Happinger. Unter anderem berichtete er, die Betrucci habe dem Gericht geschildert, sie sei als lediger Bankert in Kirchweidach bei Altötting aufgewachsen. Ab etwa dem zwanzigsten Lebensjahr habe sie Tabletten geschluckt und als ihr kein Arzt mehr etwas geben wollte, habe sie Rezepte gefälscht und damit die ersten Straftaten begangen. Wegen der damals genommenen Medikamente wisse sie nicht mehr sicher, ob sie seinerzeit tatsächlich ihre Schwiegermutter aus dem Fenster werfen wollte. Viele Jahre sei sie wegen psychischer Erkrankung in der Nervenklinik Gabersee untergebracht gewesen. Nach ihrer Entlassung Anfang der 80er Jahre habe sie den wesentlich älteren Herrn Betrucci geheiratet – einen Verlagsdirektor mit Besitz in Österreich und Ungarn. Drei Jahre nach der Heirat sei Herr Betrucci 1984 verstorben.

Happingers Mandanten vermuteten natürlich sofort, dass Herr Betrucci vom Leben zum Tode befördert wurde, aber konkrete oder gar beweisbare Tatsachen gab es dazu nicht. Staunend verfolgten sie als Zuhörer im Gerichtssaal, was im Strafverfahren sonst noch alles bekannt wurde. Beeindruckend war vor allem Frau Betruccis Vorstrafenliste. Die von ihr begangenen zahlreichen Vermögensdelikte waren ja schon in anderen Prozessen zur Sprache gekommen.

Den Mandanten war aufgefallen, dass Frau Betrucci sich bei allen schon abgeurteilten Taten und bei den aktuellen Tatvorwürfen als Opfer darzustellen versuchte. Aber niemand nahm ihr das ab. Sie verwickelte sich dabei in erhebliche Widersprüche. Einmal erzählte sie, es seien „nur" etwa 200.000 Mark gewesen, die ihr Mann ihr vererbte; ein anderes Mal sprach sie von 32 Millionen Schweizer Franken, die 1984 bei der Vatikan-Bank in Rom auf den Namen ihres Mannes hinterlegt worden seien, und dass sie und ihre Stieftochter dieses Vermögen, das sich inzwischen mit Zinsen auf etwa 80 Millionen Schweizer Franken belaufe, geerbt hätten. Als Happinger das hörte, fragte er sich, ob die Betrucci dem Richter nur dummes Zeug erzählte oder ob an der Geschichte womöglich doch ein Quäntchen Wahrheit war. Hatte der verstorbene Herr Betrucci Anfang der 80er Jahre womöglich tatsächlich bei der Vatikan-Bank ein Millionen-Guthaben, an das seine Erben jetzt allenfalls noch über Umwege herankommen konnten? Gab es im Dunstkreis der pleite gegangenen Bank die einflussreichen Männer, die man nur mit einigen Millionen bestechen musste, um an die vielen Millionen zu kommen? Frau Betrucci hatte das immer wieder behauptet. Tatsächlich hatte es in den 80er Jahren eine mysteriöse Story gegeben, bei der es um finstere Bankgeschäfte, betrügerischen Bankrott und sogar um Mord ging. Damals war der Bankier Roberto Calvi ermordet worden. An einer Londoner Brücke hatten sie ihn aufgehängt und es so aussehen lassen, als habe er sich selbst erhängt. Die von Calvi geleitete größte Privatbank Italiens, die "Banco Ambrosiano", war im Mai 1982 unter einer Schuldenlast von fast 1,5 Milliarden Dollar zusammengebrochen und ein Erzbischof namens Marcinkus war in Verdacht geraten, als Chef der vatikanischen Staatsbank, dem "Istituto per le Opere di Religione", an dem angeblich betrügerischen Bankrott der Ambrosiano-Bank mitgewirkt zu haben. Zur Abwicklung gewagter Eurodollar-Transaktionen, für Waffengeschäfte und zur Geldwäsche von Kapital aus dem Drogenhandel sollen damals Briefkastenfirmen eingerichtet worden sein. Die Vatikan-Bank, so hörte man, war an allen Ambrosiano-Zweigbanken beteiligt und der Papst-Bankier Marcinkus soll deren jeweilige Geschäfte als Aufsichtsratsmitglied überwacht haben. Durch den betrügerischen Bankrott verloren damals viele Kunden eine Menge Geld.

War auch Herr Betrucci einer dieser Kunden gewesen oder hatte Frau Betrucci nur auf dem Boden dieser skandalösen Geschichte zu Betrugszwecken wieder ein eigenes grandioses Lügengebäude errichtet?

Happinger konnte sich sehr gut vorstellen, wie eine derart geheimnisumwitterte Story die ohnehin blühende Phantasie der Frau Betrucci beflügelte. Vermutlich hatte ihr Mann keinen einzigen Schweizer Franken auf dieser Bank und die undurchsichtige Vatikan-Bank-Story war für Frau Betrucci nur der ideale Humus, auf dem ihre Lügengeschichte gedeihen konnte. Für Geheimnisse war der Vatikan von jeher gut und für den Glauben sowieso, mochte sie gedacht und daraufhin eifrig nach Geldgebern gesucht haben, die sich täuschen ließen und ihr glaubten, dass nur einige Würdenträger des Vatikans bestochen werden müssten, um die Freigabe beiseite geschaffter 80 Millionen Schweizer Franken zu erreichen.

„Was hat denn der Richter im Strafprozess zu Frau Betruccis verworrener Geschichte gesagt? Sicher ist sie doch gefragt worden, wozu Bestechungsgelder nötig sein sollten, wenn es sich um rechtlich einwandfrei geerbtes und auf einer Bank angelegtes Geld handelte", wollte Happinger von seinen Mandanten wissen.

„Ja, die Frage hat er ihr gestellt, aber sie hat dazu einfach gar nichts gesagt!". „Na, da haben wir es doch. Ihr Schweigen ist auch eine Antwort."

Happinger stellte sich vor, ja er ging fest davon aus, dass auch Richter Plotterfeld den Strafprozess verfolgte. Wenn Plotterfeld nicht ohnehin schon genug über die kriminelle Vergangenheit der Betrucci erfahren haben sollte, so würde er spätestens jetzt durch die Erkenntnisse im Strafprozess über sie aufgeklärt. Diesem Wissen könnte er sich bei der Bearbeitung der den Gfäller-Nachlass betreffenden Sache nicht verschließen, auch wenn Justitia grundsätzlich so blind wie ein Grottenolm zu sein hatte.

Woche für Woche erfuhr man jetzt Neues über die „schwarze Witwe". Von neuen Annoncen wurde berichtet, mit denen sie vermögende Personen suchte, um diese mit gefälschten Urkunden und falschen Versprechungen zu hohen Geldzahlungen zu bewegen.

Geschrieben wurde auch über einen schon länger zurückliegenden Fall. Bis heute werde im Dorf gemunkelt, es sei beim Tod eines reichen Bauern, der nach dem Genuss einer Pilzsuppe starb, nicht mit rechten Dingen zugegangen, und überhaupt seien viele Fragen rund um Erbschaften der 63jährigen offen.

Unter dem Titel *„Die Schwarze Witwe und die Millionen"* erschien im Oberbayerischen Volksblatt schon kurz darauf der nächste Prozessbericht. Die Betrucci, so hieß es, habe vor Gericht mächtig Furore gemacht. Von einem wahren Kesseltreiben bestimmter Leute gegen ihre Person habe sie gesprochen, und wütend habe sie erklärt, dass diese Leute sie menschlich fertig machen wollen.

Happingers Mandanten hatten als Zuhörer im Gerichtssaal Betruccis Auftritt miterlebt. Sie konnten nicht verstehen, warum die Frau nach alledem, was man bis jetzt schon über sie erfahren hatte, noch derart unbeeindruckt auf die Wirksamkeit des Testaments und auf die Erteilung des Erbscheins pochte und hoffte.

Mittlerweile – so dachten sie - seien ihr in den Strafprozessen doch schon mehr als genug Straftaten nachgewiesen worden. Jeder wusste inzwischen, dass sie potentielle Geldgeber reihenweise mit der phantastischen Geschichte rund um ominöse, angeblich in Schließfächern versteckte SED-Millionen und nun auch um angeblich bei der Vatikan-Bank liegende Millionen angelockt und versucht hatte, die Leute mit dem Versprechen hoher Renditen um ihr Geld zu bringen.

Und ohne jeden Zweifel hatte sie doch auch Urkundenfälschungen begangen. Diesbezüglich hatte sich im neuen Prozess herausgestellt, dass sie sich in einer Traunsteiner Druckerei Briefpapier und Umschläge hatte drucken lassen, wie sie gewöhnlich von der Vatikan-Bank verwendet wurden. Der als Zeuge dazu befragte Druckereibesitzer hatte sich geständig gezeigt und kleinlaut erklärt, den Druckauftrag für Frau Betrucci erledigt zu haben.

Und erwiesen sei nun auch, dass sie unter Verwendung des nachgemachten Briefpapiers der Bank Guthaben-Bestätigungen herstellte, um potentiellen Geldgebern vorzutäuschen, dass tatsächlich etwa 80 Millionen bei der Vatikan-Bank in Rom hinterlegt sind.

Happinger hatte Mühe, seinen Mandanten zu erklären, dass die Erkenntnisse aus dem Strafverfahren nicht schon einen sicheren Sieg in der Testamentsangelegenheit bedeuteten.

Die Hoffnung aber, dass mit den Informationen aus dem Strafprozess durchaus auch in ihrem Streit um das Erbe des Gfäller Schorsch etwas anzufangen wäre, konnte er ihnen machen.

Er ermunterte sie, weiter die Prozesse zu Frau Betruccis Straftaten aufmerksam zu verfolgen und ihm regelmäßig zu berichten.

Bald schon erfuhr Happinger Neues von ihnen. Im Rahmen der Anklage gegen Betrucci sei an einem weiteren Prozesstag zur Sprache gekommen, dass 580 Krügerrand-Goldmünzen im Wert von fast 600.000 DM, die jemand dem verstorbenen Herrn Betrucci in Verwahrung gegeben hatte, verschwunden waren. Als der Geschädigte von dessen Erben, insbesondere also von Frau Betrucci die Herausgabe forderte, sei das Vorhandensein der Münzen bestritten worden.

„Das bringt uns leider nichts. Zum einen gilt bei uns die Unschuldsvermutung, solange die Unterschlagung nicht bewiesen werden kann, und zum anderen könnte diese weitere Straftat im Nachlassverfahren nur die Anfechtung ein wenig mehr untermauern", klärte Happinger seine Mandanten auf.

<32>

Marinus erholte sich schnell. Der chirurgische Eingriff hatte nur kleine, kaum sichtbare Narben hinterlassen. Da er nun schon einmal dabei war, seinen Körper von Giften und Schlacken zu befreien, ging er noch einen Schritt weiter. Andrea, seine Schwester, hatte ihn überredet, mit ihr ein Wochenende bei Don Rodrigo zu verbringen, einem Schamanen, der just zu dieser Zeit aus Peru angereist war, um in dem kleinen Tiroler Dörfchen Kiffberg seine geheimnisvolle Heilkunst zu zeigen.

Andrea hielt Don Rodrigo für einen wirklichen Heiler. Das konnte man ihr glauben, denn sie hatte schon mehrmals an seinen Zeremonien teilgenommen, und als Psychotherapeutin und Ärztin musste sie es ja beurteilen können.

Gerne hätte sie auch Anna zu dieser Fahrt nach Tirol überredet, doch die war für die Sache überhaupt nicht zu begeistern. Cousine Erna hingegen sagte gleich zu. Sie war eine Esoterikerin und als solche an Schamanismus interessiert. So fuhren also Marinus, Andrea und Erna nach Tirol, um dort zu erleben, was man angeblich unbedingt erlebt haben musste.

„Der sieht ja verblüffend dem Hörndl Konrad gleich", dachte Marinus, als er dem Heiler nachmittags zum ersten Mal begegnete.

Der Schamane erinnerte ihn ein wenig an einen schon etwas älteren Reiter im Redinger Reitverein. Der sah nämlich genau so aus, wie Marinus sich den Fürsten eines kaukasischen Reitervolkes vorstellte - schlank, drahtig und aufrecht der Körper, pechschwarz die Haare, ein stechender Blick aus dunklen Augen und energische, hagere Gesichtszüge. Marinus fand es fürs Erste schon einmal beruhigend, dass der Heiler als Vorbild sozusagen gesund wirkte. Nur eines passte nicht. Don Rodrigo rauchte in einem fort selbst gedrehte Zigaretten.

Wer war dieser Mann, der als Heiler auftrat? Bei der Reunión am ersten Abend hörten das die dreißig Teilnehmer von Don Rodrigo selbst. Der sprach Spanisch. Ramiro, sein Assistent, übersetzte ins Englische. Von den Teilnehmern hatte damit anscheinend keiner ein Problem. Curandero sei er erst nach langen Jahren der Einsamkeit und Askese geworden. Von seinem Vater und von den Indios habe er die spirituellen Fähigkeiten erworben und gelernt, wie die im peruanischen Regenwald am Amazonas wachsenden Heilpflanzen wirken. „Mira aquí! Este es el amargo jugo de la planta medicinal!" <„Seht her! Das ist der bittere Saft der Heilpflanze!"> sagte Don Rodrigo. „Gewonnen wird er aus den Stengeln, Blättern und Wurzeln einer Liane, welche die Inkas "Weinrebe der Seelen" nannten. „La poción es llamado Ayahuasca!" <(„Der Trank heißt Ayahuasca!"> sagte er und hielt eine schmutzig-braune Flasche hoch, in der sich das Zeug befand. Andrea hatte Marinus schon viel von dem bitteren Trank erzählt. Ihre Schilderungen hätten ihn eigentlich abschrecken müssen; aber einmal wenigstens wollte er von der "Weinrebe der Seelen" kosten, die Heilgesänge hören, und die geistig spirituellen Kräfte des Curandero spüren.

Die Reunión war erst ein Vorgeschmack auf das, was in der Nacht folgen sollte.

Don Rodrigo saß auf einem leicht erhöhten Polster an der langen Wand. Zur zeremoniellen Reinigung rauchte er die Selva, eine trichterartige mit reinem Naturtabak gefüllte Papierröhre. Geräuschvoll sog er den Rauch ein und blies ihn sodann kraftvoll in den Saal.

„Por favor, pregunte!" <"Bitte fragt!">

Der Reihe nach sollten die Teilnehmer nun ihr persönliches Anliegen kurz vortragen. Ramiro übersetzte es. Don Rodrigo hörte aufmerksam zu, wobei er in regelmäßigem Takt die ausgestreckten Beine übereinander und dann wieder nebeneinander legte und mal zu Ramiro und dann wieder zu dem gerade sprechenden Teilnehmer blickte. Immer wieder nickte er ernst blickend mit dem Kopf, und brachte damit zum Ausdruck, dass er das Anliegen des Fragenden verstanden hatte. „Ayahuasca le aydudarà" <"Ayahuasca wird Dir helfen!"> sagte er zu den einen.

„No le aydudarà" <"Es wird Dir nicht helfen!"> ließ er die anderen wissen.

Skeptiker meldeten sich nicht zu Wort.

Wer zu Don Rodrigo dem Curandero kam, hatte schon Erfahrungen mit Ayahuasca hinter sich oder jedenfalls von anderen erfahren, wie die „Peitsche der Toten" (ebenfalls Inka-Sprache) wirken kann. Die „Ayahuasqueiros" – darunter auch Ärzte - waren also Eingeweihte oder zumindest Ahnungsvolle.

Der Begriff „Unverträglichkeit" war genau genommen relativ, weil Ayahuasca reinigende Eigenschaften besitzt, sodass j e d e r, der es einnahm, mit Schweißausbruch, Durchfall und Erbrechen rechnen musste. Andrea hatte Marinus vor den Nebenwirkungen gewarnt. „Das kann so vehement und unvermittelt auftreten, dass Du es nicht mal zur Toilette schaffst", hatte sie gesagt. Auch Don Rodrigo vergaß nicht, darauf hinzuweisen, dass für alle Fälle neben jedem Platz ein „Kotzkübel" bereit stand. Die „Ayahuasqueiros" wussten also, was in der langen Nacht auf sie zukommen würde.

Zur nächtlichen Zeremonie erschienen alle in weißer Kleidung. Marinus, Andrea und Erna saßen nebeneinander im Halbdunkel des Saals. Es war still. Nur der Curandero brummelte leise vor sich hin. Er hielt in der einen Hand eine kleine, halbrunde Schale und in der anderen die schmuddelig wirkende Flasche, in der sich der bittere Heiltrank befand.

Im dämmrigen Licht der Kerzen trat er mit Flasche und Schale vor jeden hin, füllte mal mehr, mal weniger Ayahuasca in das Gefäß und überreichte es zum Trinken. Marinus dachte unwillkürlich an den Zaubertrank des Miraculix, bereute aber seinen mangelnden Respekt bitter, als auch er seinen Schluck bekam und ihm das zähflüssige Ayahuasca die Kehle hinunter rann. Don Rodrigo schaute ihm kritisch beim Trinken zu, und erst als Marinus alles restlos ausgetrunken hatte, nahm der Curandero die Schale wieder an sich.

Nach der zeremoniellen Ayahuasca-Einnahme wurden die Lichter im Saal gelöscht. Fast vollkommene Dunkelheit umgab nun alle darin Sitzenden. Nur eine kleine Kerze flackerte noch irgendwo, und hin und wieder flammte ein Streichholz auf, wenn Don Rodrigo oder einer der Teilnehmer sich einen Joint aus Naturtabak anzündeten. Tiefe Stille breitete sich im Saal aus. Nach etwa 10 Minuten wurde diese Stille von einem grässlichen Geräusch zerrissen. Es hörte sich an, als würde sich jemand gerade an den Hals greifen und unter furchtbaren Qualen einen bösen Geist aus seinem Körper pressen. Ayahuasca wirkte!

Es war der erste Brechanfall. Das Würgen und Brechen klang erbärmlich. Es wirkte sogleich anregend auf die anderen Teilnehmer, die nun – für die übrigen unsichtbar, aber gut hörbar – einander in der Grässlichkeit der erzeugten

Töne übertrafen. Die ganze Nacht hindurch ging das so - sporadisch und variantenreich. Etwas verspätet zeigte das Ayahuasca auch bei Marinus seine reinigende Wirkung.

Er reiherte seine Mittagssuppe in den Kübel und schlich sich kurz darauf mit Taschenlampe und zugekniffenen Körperöffnungen hinaus aus dem Saal und zur nächsten Toilette, wo er nun zulassen konnte, was er im Saal zum Glück noch hatte verhindern können.

Marinus ging den Weg mehrmals in dieser sonderbaren Nacht und von Mal zu Mal wurde sein Gang schwankender. Aber er war da kein Einzelfall. Stolpernd und stark schwankend bewegten sich durch den dunklen Saal auch die anderen vom bitteren Trank Geplagten.

Per aspera ad astra (durch Raues zu den Sternen) schrieb schon Seneca. Marinus hoffte, dass das Raue bald vorbei sein möge. Auch wenn er in dieser Zeremonie nicht zu den Sternen gelangen konnte, so wusste er doch, dass er Visionen, Halluzinationen und eine Erweiterung des Bewusstseins erwarten durfte – vielleicht sogar himmlische Gefühle.

Die von Don Rodrigo geleitete Heilzeremonie war der schützende Rahmen. Immer wieder ging er die Chacapa schwingend durch den dunklen Saal. Er verwendete den trockenen Palmwedel als Rhythmus gebendes Instrument und sang dazu seine Icaros, das „Inti Nanaili" und andere sanfte, wohlklingende Lieder.

Das Ayahuasca, die Präsenz des Curanderos und die Icaros waren für Marinus in einem positiven Sinn überwältigend. Er hörte mit einem Mal ein Surren und Schwirren, das er sich nicht erklären konnte. Es schien ihm, als liefe neben ihm eine surrende Kamera. Dann war es wie ein Insektenschwarm, der um seinen Kopf herum tobte. Bunte Bilder zogen an ihm vorbei - die gerade erlebten Geräusche illustrierend. Marinus geriet auf eine nie zuvor erlebte Sichtebene. Sein Gedankenstrom war zu einem Rinnsal ausgetrocknet. Brechanfälle anderer, die er hörte, störten ihn nicht mehr. Eine Aura war entstanden, in die nichts Negatives mehr eindrang. Seine Augen waren in die Dunkelheit gerichtet. Unzählige weiße Punkte flogen jetzt rasend schnell auf ihn zu und an ihm vorbei. Es waren Sterne, ja ganze Galaxien.

Oder war am Ende er es, der sich auf sie zubewegte? Als der Sternenflug abebbte, kam auf Marinus ein weißes Licht zu. Es formte sich zu einem Bild aus seiner Erinnerung:

Es war die Christus-Statue, die hoch über der Stadt Rio de Janeiro auf dem Pão de Açúcar (Zuckerhut) steht; Christus der Erlöser - die Arme weit zum stillen Willkommensgruß geöffnet. Marinus empfand unbeschreibliches Glück und Dankbarkeit, ausgerechnet dieses Bild in dieser Nacht sehen zu dürfen. „Christus erbarme Dich!" murmelte er vor sich hin.

Das Bild verschwand wieder und ließ ihn staunend zurück. Don Rodrigo sang weiter die ganze Zeremonie hindurch seine Icaros. Im Dunkel der Nacht verschwanden vor Marinus' Augen nach und nach die Bilder, die er gesehen hatte, das Glücksgefühl aber wärmte ihn so sehr, dass er jegliches Gefühl für die Zeit verlor. Als das Licht im Saal eingeschaltet und die Zeremonie für beendet erklärt wurde, war es schon weit über Mitternacht.

Gibt es ein Leben nach dem Schweinefleisch? Diese Frage – aber natürlich auch sehr viel ernsthaftere Fragen – stellte sich Marinus nachdem ihm Don Rodrigo als Curandero zum Abschied noch den eindringlichen Rat gegeben hatte, zukünftig kein Schweinefleisch mehr zu essen. Marinus war entschlossen, den Rat des Schamanen zu befolgen, auch wenn das bedeutete, dass es für ihn zukünftig keine Blut- und Leberwürste, keinen Krustenbraten, kein Schwarzgeräuchertes, keine Weißwürste und keine anderen leckeren Schweinereien mehr geben würde. Als er nach seiner Reise zum Schamanen in den Kreis seiner Familie zurückkehrte, befürchtete er schon, nun ein weiteres Mal Kräutersuppe essen zu müssen. Zum Glück gab es aber zuhause an diesem Tag Paprikaschoten mit Rinderhack-Füllung, und so konnte er mit entspanntem Gewissen und gutem Appetit mit den anderen essen.

„Ja, wie war´s denn nun beim Schamanen?" fragte ihn Anna. In Annas Frage lag ein leiser Unterton, so eine Mischung aus Mitleid, Spott und ungläubigem Staunen. Jeder wusste jetzt, dass Marinus kein Schweinefleisch mehr essen wollte. Bevor er ihnen erzählte, was er beim Schamanen erlebt hatte, klärte er sie noch zusätzlich darüber auf, dass er sich zukünftig auch mit Kaffee und Alkohol sehr zurückhalten würde. Irgendwie steigerte das die Spannung noch mehr.

Viele Fragen stürmten jetzt auf ihn ein. Wer war dieser Don Rodrigo? Was war überhaupt ein Schamane? Was war bei den Zeremonien geschehen? Marinus blieb ihnen die Antworten nicht schuldig. Er erzählte ihnen von Don Rodrigo, dem Schamanen aus dem Regenwald, von der Wunderdroge Ayahuasca und von seltsamen Erfahrungen in langen Nächten. Er beschrieb die Zeremonie und die Wirkung des bitteren Zaubertranks, den er trinken musste. Als Marinus die Brechreiz-Geräusche und die in ihre Eimer kotzenden Teilnehmer nachahmte, saßen Ina und Greta staunend mit offenem Mund da, während Hannes, Ferdi, Schorsch und vor allem Anna seinen Ausführungen mit einem mitleidigen Grinsen folgten.

Hatten sie einen Verrückten vor sich? Marinus wartete gar nicht erst ab, bis sie ihn nach seinem aktuellen Geisteszustand befragten. „Sicher war ich bei dieser Wahrnehmung verrückt", sagte er, „aber verrückt doch nur in dem Sinne, dass Ayahuasca mich auf eine andere Erkenntnisebene verrückte". „Lest das Buch <Die kosmische Schlange>", sagte er.

„Was für eine komische Schlange?" fragte Greta mit sichtlichem Interesse.

„Der Anthropologe Jeremy Narby schreibt, dass die DNA aller Lebewesen elektromagnetische Wellen abgibt, welche sich durch die von den Schamanen benutzten psychedelischen Drogen auf eine andere Molekularebene einschwingen und dann von dort Informationen bekommen."

„Du hast uns das so ausführlich erklärt; da brauchen wir das Buch doch sicher nicht mehr zu lesen", meinte Anna. Marinus war da nicht ihrer Meinung, nickte aber zustimmend. Was ihn interessierte, musste nicht unbedingt auch seine Familie begeistern.

<33>

Happinger war lange Wartezeiten in Prozessen gewöhnt. Besonders viel Geduld musste man aufbringen, wenn zu entscheidenden Fragen ein oder gar mehrere Gutachten eingeholt wurden. Gerade in Bauprozessen - Happingers Spezialität – ging es meist um Baumängel an verschiedenen Gewerken. Für jedes Gewerk gab es spezialisierte Sachverständige, und so kam es vor, dass in einem einzigen Verfahren gleich ein halbes Dutzend Sachverständiger auftrat. Die Prozesse zogen sich entsprechend lang hin. Ein ganzes Jahrzehnt konnte es dauern, wenn bei sehr komplexen Streitsachen Berufung und Revision eingelegt wurde und die Sache in die höheren Instanzen ging.

Für die beteiligten Kläger und Beklagten war das Erleben eines Prozesses meist etwas Einmaliges, etwas noch nie Erlebtes und wegen des ungewissen Ausgangs allemal etwas Aufregendes. Anwälte zitierten gerne den Spruch "Vor Gericht und auf hoher See ist man in Gottes Hand", womit sie sagen wollten, dass die Gerechtigkeit - ähnlich dem mehr oder weniger zufälligen Zusammenspiel von Wind und Wellen - oft nur ein Zufallsprodukt ist. Happinger zog den Vergleich mit der Krankheit vor.

„Ich kann Ihr *juristisches Leiden* nach allen Regeln der Kunst behandeln und im Übrigen müssen wir hoffen, dass die Sache gut für Sie ausgeht" war einer seiner Standardsätze. Wie die Ärzte konnte auch er den sicheren Erfolg nicht versprechen. Die Erfolgsaussichten einer Klage oder einer Klageabwehr hingen ganz entscheidend von den Fakten und von den Beweisen ab, die der Mandant beibringen konnte. Aber auch dann, wenn alles auf einen erfolgreichen Ausgang des Prozesses hinwies, war das Scheitern nicht auszuschließen.

Es kam nicht selten vor, dass die Gerichte einen Fall, der mehrere Instanzen durchlief, widersprüchlich beurteilten.

Fälle, in denen eine Klageforderung in einer Instanz bestätigt, in der nächsten verneint und in der letzten dann doch wieder bejaht wurde, mussten den im Streit liegenden Parteien wie ein emotionales Wechselbad vorkommen.

Happinger wusste das nur zu gut, und weil er auch seine Mandanten mit diesem Wissen nicht verschonte, hatte er sich im Laufe der Jahre den Ruf erworben, dass er eine schonungslose Risikoaufklärung betreibe. Irgendwann war ihm sogar zu Ohren gekommen, dass sich ein Mandant regelrecht beschwert und geäußert hatte, da könne er sich ja gleich vom Richter beraten lassen. Happinger ließ sich davon aber nicht beirren. Auch den Gfäller Lenz und dessen Verwandte hatte er gleich am Anfang darauf eingestimmt, was auf sie zukommen konnte. Sie hatten ihn trotzdem beauftragt.

Mit der Anfechtung des Testaments hatte er für sie die Weichen richtig gestellt. Eine glückliche Fügung war es, dass die Strafverfahren gegen Frau Betrucci genau zur richtigen Zeit begonnen hatten.

Aus der Presse und von seinen Mandanten erfuhr Happinger auch nach der inzwischen schon sehr langen Verfahrensdauer immer wieder Neues.

Fast jede Nachricht war geeignet, seine Testamentsanfechtung zu unterstützen. Bald würde wirklich niemand mehr daran zweifeln können, dass der verstorbene Gfäller Schorsch sich in der Person der Betrucci irrte, und dass er sie niemals als Erbin eingesetzt hätte, wenn er ihre kriminelle Vergangenheit gekannt und geahnt hätte, dass sie es von Anfang an nur auf seinen Hof abgesehen hatte.

Happinger nahm sich vor, in einem seiner nächsten Schriftsätze auch auf die neuen Presseberichte zu verweisen. Das Gericht wollte er auffordern, sich einen Moment lang den Erblasser vorzustellen, wie dieser erst diese Berichte las und anschließend – trotzdem – der Betrucci seinen Hof vererbte. Unvorstellbar war das für ihn, und er zweifelte nicht daran, dass es auch für den Richter unvorstellbar sein würde.

In der Tageszeitung las Happinger kurz darauf folgende Überschrift:

„Schwarze Witwe - Eine gespaltene Persönlichkeit"

Das Blatt zitierte den Staatsanwalt, der über die Betrucci gesagt habe, sie komme ihm vor „wie ein Angler, der einen Köder auslegt und nur darauf wartet, dass der Fisch anbeißt".

Berichtet wurde sodann vom Gutachten eines von Frau Betrucci beauftragten Salzburger Arztes, der zu dem Ergebnis kam, es seien bei ihr „keine krankhaften Züge" zu erkennen.

Zu einem ganz anderen Ergebnis – so der Pressebericht - sei der Landgerichtsarzt in seinem Gutachten gekommen. Der habe die Diagnose seines Kollegen als sehr gewagt bezeichnet und im Fall der Frau Betrucci eine schwere Persönlichkeitsstörung angenommen sowie Auffälligkeiten hirnorganischer Art. Nach Meinung des Landgerichtsarztes verfüge die Frau Betrucci über eine überdurchschnittliche Intelligenz; sie sei eine hochgradig gespaltene Persönlichkeit, geltungsbedürftig und befähigt, ihrer Umwelt etwas vorzumachen.

Happinger gefiel die Metapher vom Angler, vom Köder und vom Fisch. Er selbst hatte sich länger schon das Beispiel von der Spinne, dem Netz und der Fliege ausgedacht und fand das auch ganz treffend.

Es dauerte nicht lange, bis in einer weiteren Pressemitteilung zu lesen war:

„Schwarze Witwe verurteilt – 26 Monate Haft - 63jährige Rentnerin kündigt Revision an".
Happinger erfuhr, dass das Schöffengericht Traunstein Frau Betrucci wegen versuchten Betruges in zwei Fällen, Urkundenfälschung, Diebstahls in besonders schwerem Fall und eines Verstoßes gegen das Waffengesetz zur Freiheitsstrafe von zwei Jahren und zwei Monaten verurteilt hatte. Laut dem Bericht war auch ein der Betrucci nachgewiesener Waffendiebstahl Gegenstand des Verfahrens gewesen. Frau Betrucci hatte einem 90jährigen eine halbautomatische Pistole 9mm Luger samt Waffenschein und Munition gestohlen.
Im Übrigen betraf das Urteil speziell die Taten, die sich um das Spiel mit den „Vatikan-Millionen" rankten. Den Worten des Richters, sie habe mit aller Macht versucht, an die Millionen zu gelangen, und frühere Urteile seien ihr keine Lehre gewesen, hielt Frau Betrucci laut Zeitungsbericht ein Zitat des griechischen Philosophen Sokrates entgegen:
<Gerechtigkeit ist nur der Vorteil des Stärkeren>
Wollte Mara Betrucci ihr Handeln ernsthaft mit diesem Philosophenspruch rechtfertigen oder prahlte sie nur mit einem Zitat, das sie sich für einen möglichst wirkungsvollen Auftritt bei Gericht zurechtgelegt hatte? Diese Frage stellte sich Happinger, als er den Artikel las. Was die Betrucci zitiert hatte, war aus Platons politisch philosophischem Werk „Der Staat".

Platon lässt in dieser bedeutenden, aus zehn Büchern bestehenden Schrift die Philosophen Sokrates und Thrasymachos ein Streitgespräch führen über die Frage, was gerecht sei.

Jeder der beiden Philosophen will den Streit für sich entscheiden. Thrasymachos argumentiert: <Die Gerechtigkeit hat dem Vorteil des Stärkeren zu dienen> und weiter: <Wer in großem Stil ungerecht handelt, lebt vornehm. Der Erfolg honoriert sein Verhalten.>

Sokrates hält dagegen: <Gemeinsamen Erfolg erzielen auch Ungerechte nur dadurch, dass sie untereinander einen Rest von Gerechtigkeit wahren. Somit verdanken sie den Erfolg der Gerechtigkeit, also nicht der Ungerechtigkeit.> Thrasymachos weiß nichts mehr zu entgegnen und gibt sich geschlagen.

Offenbar gehörte Mara Betrucci zu der Sorte Menschen, die sich Zitate zurechtbiegen, wie sie es gerade brauchen. Doch wen interessierte überhaupt noch, was sie da von sich gegeben hatte?

<34>

Kein "Schreckenskönig" ließ sich blicken, kein Komet stürzte auf die Erde, keine Ufos landeten und auch sonst erfüllte sich an diesem Mittwoch im August 1999 keine der unheilvollen Prophezeiungen, die schon lange Zeit zuvor mit dem Datum 11.8.1999 in Zusammenhang gebracht worden waren.
Es war nur ruhiger als sonst in Aufferberg.
Die Regenwolken, die noch am frühen Morgen den Himmel bedeckt hatten, waren kurz zuvor verschwunden. Jetzt, am Vormittag, strahlte von hoch oben die Sonne, aber es wussten die Menschen und es ahnten die Tiere und Pflanzen, dass sich ein seltenes Schauspiel anbahnte – eine totale Sonnenfinsternis.
Die Kinder der Happingers waren alle außer Haus, sodass Marinus und Anna sich „SoFi" allein ansehen mussten. Sie hatten sich dafür im Garten neben dem Teich zwei gepolsterte Liegen aufgestellt. Der Blick hinauf zum Himmelskino war aus der Horizontalen optimal und vor allem riskierte man bei längerem Zuschauen keine Genickstarre. Tatsächlich ging es ja nicht nur um die zwei Minuten Dunkelheit, um SoFis Höhepunkt sozusagen, nein, auch die Zeit davor, die allmähliche Verfinsterung und die Zeit danach, wenn der

Mond auf seiner Bahn weiter ziehen und das Sonnenlicht nicht mehr verdecken würde, versprach ein Erlebnis zu werden.

Die SoFi-Brillen passten. Sie waren aus Pappe geschnitten. Spezialfolie schützte die Augen. Ernas Mann Jürgen produzierte in seiner Firma solche Brillen. Er hatte Happingers Familie schon Wochen zuvor damit ausgestattet.

SoFi konnte also kommen.

Es begann damit, dass der Schatten des Mondes immer größer werdend den Rand der Sonne bedeckte. Marinus schaute nach oben und stellte sich vor, wie schrecklich das den Menschen in früheren Zeiten vorgekommen sein musste. „Stell Dir vor Anna", sagte er, „es läge alles, was Du unbedingt zum Leben brauchst, in einem riesigen Paket vor Dir, und stell Dir dann weiter vor, es würde davon erst an der Seite ein wenig und dann zur Mitte hin immer mehr und schließlich das ganze Paket von einem schwarzen Ungeheuer mit einem riesigen, sichelartigen Maul Stück für Stück verschlungen. So ähnlich muss das damals den Menschen vorgekommen sein. Sie hatten kein astronomisches Wissen, hielten die Erde noch für eine Scheibe und über den Wolken wohnten die Götter. Für sie war es die finsterste Gottheit, die da mächtig wirkend die Lebensspenderin, die Sonne, besiegte und verschlang. Niemand ahnte, dass das schwarze Ungeheuer schon Minuten später den Gott des

Lichts wieder freigab. Wenn diese Menschen bis zum Eintritt der totalen Finsternis von Angst wie gelähmt ihrem vermeintlich sicheren Ende entgegensahen, welch unbeschreibliche Freude müssen sie da empfunden haben, als es endlich wieder hell wurde. Wir kennen die astronomischen Zusammenhänge und stehen deshalb mit unseren SoFi-Brillen eher gelassen vor diesem Spiel von Licht und Schatten."

„Das stimmt so nicht!" widersprach Anna. „Da laufen etliche herum, die auch heute noch von apokalyptischen Fantasien und irrationalen Ängsten geplagt werden. Das Jüngste Gericht sehen sie kommen, Armageddon, den Ort der endzeitlichen Entscheidungsschlacht in der Offenbarung des Johannes, die Bestrafung der Ungläubigen; andere glauben an den Einschlag eines Meteoriten, einen Satellitenabsturz, an den weltweiten Finanzcrash bei gleichzeitigem Absturz aller Computer, an Attentate oder gar an den Ausbruch des Krieges mit Atomwaffen."

„Nostradamus lässt grüßen!" sagte Marinus. Sie redeten noch eine Weile über die unterschiedlichen Reaktionen der Leute auf das kommende Ereignis. Inzwischen war es finster geworden. Die Natur hielt den Atem an. Mittags gegen zwölf Uhr dreißig, genau zur vorausberechneten Zeit, schob sich der Mond von rechts, also von Westen kommend genau zwischen die Erde und die Sonne. An deren Rand waren jetzt die rötlichen Flammenzungen der Protuberanzen zu sehen. Das war kein sensationelles Foto, kein Film; es war ein wirklich gegenwärtiges Geschehen. Durch die aus Plastik und Pappe gefertigte SoFi-Brille konnte Marinus die sonst vom Sonnenlicht überstrahlten Gaseruptionen gut beobachten.

Woher kam diese Kraft, die das Gas mit hoher Geschwindigkeit aus der Chromosphäre der Sonne herausschleuderte? Diese spannende Frage beschäftigte ihn, wie sie auch seinen 1997 zu früh verstorbenen Vater beschäftigt hatte. Ihn hätte diese Sonnenfinsternis tief ergriffen – das wusste Marinus. Nun, vielleicht lebte er ja jetzt in einem anderen Universum, wo es viele andere Planeten und Sonnen gab, die er betrachten konnte; vielleicht war es ihm aber längst nicht mehr wichtig, weil sein ICH zum Ursprung zurückgekehrt und aufgelöst war, wie ein ins weite Meer gefallener Tropfen Wasser.

Der Mond war weiter nach Osten gewandert und gab jetzt die Sonne wieder frei.

Das Gezwitscher der Vögel war jetzt wieder zu hören und die vielen anderen Geräusche, die während der Sonnenfinsternis verstummt waren. Die Erde drehte sich weiter.

Marinus und Anna waren sich bewusst, etwas sehr Seltenes gesehen zu haben. In den Zeitungen war zu lesen, dass in Bayern eine t o t a l e Sonnenfinsternis zuletzt 1706 zu sehen war, und dass es hier nach 1999 erst wieder im Jahr 2151 zu einer Konstellation kommen würde, bei der sich der Mond genau auf einer Linie zwischen Sonne und Erde befindet.

Marinus rechnete. „In 152 Jahren wäre das also. Gesetzt den Fall, wir bekämen im Jahr 2009 unser erstes Enkelkind und 2040 hochbetagt unseren ersten Urenkel, so könnte dieser erst im biblischen Alter von 112 an der Stelle, an der wir jetzt stehen, eine t o t a l e Sonnenfinsternis betrachten."

„Wie kommst Du zu der Annahme, dass wir 2040 noch leben könnten? grummelte Anna. Langlebigkeit hielt sie nicht für erstrebenswert. Marinus ging darauf nicht ein. Sie hatten über die Frage, ob der Mensch ein langes Leben mit der dann zuletzt unvermeidlichen Phase des körperlichen und geistigen Verfalls bereitwillig annehmen oder sich dagegen auflehnen sollte, schon oft kontrovers diskutiert. „Lassen wir uns überraschen!" antwortete er.

<35>

Für Frau Betrucci wurde das Jahr 1999 zum Schicksalsjahr. Ihre Taten hatten sie eingeholt. Die Prozesse rollten wie schwere Mühlsteine über ihre Lügengeschichten hinweg, pressten aus ihnen alles heraus, was nach dem Gesetz strafwürdig war. Nur Betruccis krankhafter Selbstüberschätzung war es zuzuschreiben, dass sie weiter versuchte, jeden Tatvorwurf zu leugnen und die Forderungen der Geschädigten weiter zu bestreiten. Sie kam aus den Schlagzeilen nicht mehr heraus.

Ende August 1999 rief der Gfäller Lenz ganz aufgeregt bei Happinger an.
„Homs des g`lesn, Herr Anwalt? Jetzt steht`s a in da Zeitung, dass de Betrucci an Schellbach Anton b`schissn hod - wiss`ns scho, den Promikoch aus Wagendorf?"
Happinger kannte den Betrugsfall bereits, in den der Promikoch aus Wagendorf verwickelt war. Die Gerichte waren mit solchen Fällen jahrelang beschäftigt, und so hatten auch die Zeitungen jahrelang spannenden Stoff, den sie für ihre Zeitungsartikel verwenden konnten. Es war wieder soweit. Jeder konnte es schwarz auf weiß lesen, und im Fall der BILD-Zeitung sogar in Rot, dass die „Schwarze Witwe" einen

Strafprozess am Hals hat, weil sie – wie schon früher berichtet – den berühmten Starkoch Anton Schellbach angeblich betrogen hatte.

Wieder ging es um die fast zehn Millionen DM, die Frau Betrucci vom Promikoch und weiteren Investitionswilligen bekommen haben soll, und darum, dass sie das Geld angeblich in dunklen Kanälen hatte verschwinden lassen. Erneut wurde berichtet, dass Frau Betrucci die Investoren getäuscht haben soll, indem sie ihnen vormachte, es könnte mit dem Geld ein zehnmal größerer Millionenbetrag, also etwa 100 Millionen Mark über dunkle SED-Kanäle herangeschafft und dann – wie schön! - an alle Investoren verteilt werden. Die Geschichte war haarsträubend. Noch nie war Happinger ein so grotesker Betrugsfall untergekommen, und doch passte er irgendwie auch zu dem Fall mit den angeblichen Vatikan-Millionen und zu den anderen Fällen, mit denen Frau Betrucci die Gerichte auf Trab hielt.

Mit dem Spürsinn einer hungrigen Hyäne, dem Charme eines Heiratsschwindlers und der Eloquenz eines Staubsaugervertreters war sie unterwegs gewesen. Vor Gericht aber bestritt sie, jemals von Schellbach Geld erhalten zu haben. Daraufhin – so der Pressebericht – hätten die „Investoren" geklagt und nach einem Zivilprozess über mehrere Instanzen sei die Betrucci jetzt zur Rückzahlung des Geldes nebst Zinsen verurteilt worden.

Rund 15 Millionen Mark schulde sie nunmehr den Klägern. Die Zweite Strafkammer des Landgerichts Traunstein – so der Pressebericht - sei ab sofort mit der strafrechtlichen Seite des spektakulären Falles befasst. Dort müsse Frau Betrucci sich wegen Betrugs in fünf Fällen und wegen Anstiftung zur Urkundenfälschung verantworten.

Spektakuläre Nachrichten wie diese waren Happinger höchst willkommen. Sie konnten die Erfolgsaussichten in der Angelegenheit seiner Mandanten nur verbessern. Er war gespannt, was sie ihm als Nächstes berichten würden. Unabhängig von ihnen verfolgte auch er die Presseberichte zu den Betrucci-Prozessen, während das den Gfäller-Nachlass betreffende Verfahren ruhte.

Anfang September 1999 erschien unter dem Titel *„Eine Million lockte Schwarze Witwe"* der nächste Pressebericht.

Wieder ermittelte die Staatsanwaltschaft gegen Frau Betrucci. Der Fall hatte diesmal einen politischen Hintergrund und man hätte sich hier durchaus fragen können, welche Rolle dabei eine ältere Frau spielen konnte. Nun, anscheinend hatte sie sich auch hier viel Geld bei geringem Einsatz erhofft. Im Frühjahr 1999 war laut Pressebericht geplant gewesen, dem Kurdenführer Öcalan zur Flucht zu verhelfen. Bei einem hohen türkischen Offizier namens „Ibrahim" seien alle Fäden zusammengelaufen.

Der hätte helfen sollen, die einen Ausbruch verhindernden Vorkehrungen im türkischen Gefängnis zu umgehen. Auf Auslandskonten hätten Millionen Dollar zur Finanzierung der Flucht bereit gelegen. Frau Betrucci habe ausgesagt, dass man ihr für ihre Bemühungen eine Million Mark versprochen hatte. Daraufhin sei sie nach Zürich, Amsterdam und in andere Städte gereist, und ohne es zu wissen habe sie zwei in Holland übernommene Koffer, in denen „an die 50 Millionen Mark" verstaut waren, nach Wien gebracht. Sie habe in dieser Sache auch die Bestellung eines Krankentransportes übernommen, der zwecks Abholung eines Kranken zum Flugplatz Wiener Neustadt hatte fahren müssen. Die Sanitäter des Chiemgauer Rettungsdienstes hätten Anweisung gehabt, dort auf ein Flugzeug zu warten, das gegen Mitternacht aus Griechenland eintreffen sollte, es sei dann aber die erwartete Maschine nicht gelandet. Sie habe in der Folge von der Sache nichts mehr gehört, bis im August die Kripo und der Staatsanwalt zu ihr kamen, und jetzt fürchte sie um ihr Leben, weil sie nämlich seinerzeit die geplante Öcalan-Befreiung im türkischen Konsulat angezeigt habe; länger schon würden Leute in Autos mit holländischen Kennzeichen, vermutlich auf Rache sinnende Kurden, von Zeit zu Zeit an ihrem Haus in Frodersham vorbeifahren.
Die Pressemitteilung war zweifellos spannend.

Aber es fiel Happinger auch bei dieser Story schwer, einen Wahrheitsgehalt herauszufiltern. Laut Zeitungsbericht hatte der Rettungsdienst den ihm erteilten Auftrag, also die Fahrt nach Wien und das vergebliche Warten am Flugplatz bestätigt. Wie weit war die Betrucci wirklich in die angeblich geplante Entführung verstrickt gewesen? Kaum hatte sich Happinger diese Frage gestellt, verwarf er sie auch gleich wieder. Es musste ihn nicht interessieren, denn es war ja nicht sein Fall. Auf seinen Fall aber würde sich jeder Zeitungsbericht über die Betrucci, also auch dieser, positiv auswirken – da war er sich ganz sicher.

Den Strafprozess wegen Betrugs zum Nachteil des Promi-Kochs und anderer „Investoren" beobachteten Happingers Mandanten weiter. Sie berichteten ihm, es habe an einem der Terminstage ein Traunsteiner Ex-Bankdirektor als Zeuge ausgesagt, dass er Frau Betrucci als eine „brave, vermögende Verlegerswitwe" kennengelernt habe, und dass er ihre „Geschichten" lange Zeit für wahr gehalten habe. Dann aber sei dieser Zeuge gefragt worden, was er von Zahlungen des Herrn Schellbach an Frau Betrucci wisse, und da habe er ausgesagt, die Betrucci selbst hätte ihm gegenüber bestätigt, von Anton Schellbach Geld erhalten zu haben. Daraufhin sei die Betrucci richtig wütend geworden und auf den

Zeugen losgegangen. „Schellbach hat nichts, aber auch gar nichts an mich gezahlt! Aber Sie, werter Herr Direktor, haben zu seinem Vorteil und zum Nachteil von dessen früherer Lebensgefährtin Urkunden gefälscht. Geben Sie es nur zu!" habe sie gerufen. Im Prozess sei dann aber kurz darauf eine von Betrucci unterschriebene Quittung über drei Millionen DM aufgetaucht und dann sogar noch ein Schuldanerkenntnis, das sie anscheinend vergessen hatte, und so habe ihr die Attacke gegen den Zeugen nichts genützt.

Happinger machte sich weiter fleißig Notizen und sammelte die Presseberichte zu den gerade laufenden Verfahren.

Im gleichen Strafprozess kam an einem weiteren Verhandlungstag sodann auch die Frage der Schuldfähigkeit der Angeklagten Betrucci zur Sprache.

Eine schauspielerische Persönlichkeit sei sie, meinte der Sachverständige. Sie werde von ständig wechselnden Schalen und Masken beherrscht und ihre hysterischen Mechanismen könne sie ganz gut einsetzen, um ihre Ziele zu erreichen. Die Angeklagte habe sich im Glanz des Starkochs Anton Schellbach gesonnt und durch den Umgang mit Prominenten habe sie ihr niedriges Selbstwertgefühl aufgemöbelt. Zusammenfassend sei zu sagen, dass bei ihr eine psychische Störung vorliege, die aber die Schuldfähigkeit nicht beeinträchtige.

Deutlicher als je zuvor zeichnete sich jetzt ab, dass die vielfach vorbestrafte Frau Betrucci am Ende dieses Strafprozesses zu einer längeren Freiheitsstrafe verurteilt würde. Das Urteil sollte Ende Oktober verkündet werden, doch dazu kam es nicht mehr. Nur zwei Wochen zuvor wurde Frau Betrucci ganz überraschend in ihrem Landhaus in Frodersham verhaftet und ins Frauengefängnis JVA Aichach eingeliefert. Zwei Tage später stand mit großen Lettern in der Zeitung:

„Schwarze Witwe erhängt sich in Zelle"

<36>

Was im Sommer 1999 zunächst aussah, wie ein vollkommen normaler Auftrag an einen Gartenbaubetrieb, geriet für Marinus und Anna zu einer kafkaesken Verwandlung ihres Grundstücks und in gewisser Weise sogar ihrer gewohnten Tagesabläufe. Alles begann damit, dass Marinus und Anna sich einen sonnigen Frühstücksplatz wünschten und zu diesem Zweck an der Ostseite des Hauses eine kleine gepflasterte Fläche anlegen lassen wollten. Bei der Gelegenheit sollten dann auch gleich am Autostellplatz vor dem Tor die dort verlegten Rasengittersteine entfernt und durch alte Granitpflastersteine ersetzt werden, wie sie auch für die Garagenzufahrt verwendet worden waren. Von den Granitpflastersteinen lagen noch genug im hinteren Teil des Grundstücks, von wo sie freilich sehr mühsam mit der Schubkarre nach vorne befördert werden mussten. Für Arbeiten dieser Art, so dachte Marinus, wäre eine möglichst kleine Firma am besten geeignet. Zufällig las er in der Zeitung das Inserat einer Firma Cüce, die sich für die Erledigung von Garten- und Pflasterarbeiten mit dem Zusatz „schnell und zuverlässig" anbot. Als Marinus dort anrief, war eine Mädchenstimme zu hören. Merhaba! – Hallo!

Im Hintergrund hörte Marinus das für eine Großfamilie typische Stimmengewirr. Herr Cüce erledigte seine Firmenangelegenheiten offenbar von zuhause aus. „Na wenn schon", sagte sich Marinus, „das hast Du ja ganz zu Beginn deiner Anwaltstätigkeit auch gemacht." „Cüce – merhaba!" Jetzt war der Chef persönlich dran. „Was ist?" fragte er. „Ja, hallo – Happinger hier – es geht um einen Auftrag!" Marinus erklärte ihm, worum es ging und Cüce meinte, dass er sich das vor Ort ansehen müsse.

Am nächsten Tag stand er schon vor der Tür als Marinus und Anna noch frühstückten. Der Mann war etwa 50 Jahre alt und von kleiner Statur, weshalb er vermutlich auch den Namen Cüce trug, was im Türkischen Zwerg heißt.

Unter seinen Augenbrauen, die sich wie zwei fette schwarze Raupen bewegten, wenn er die Stirn runzelte, blitzten seine eng zueinander stehenden dunkelbraunen Augen hervor. Das Gesicht aber beherrschte die Nase, die an einen Krummdolch erinnerte. Als ob mit dieser Nase das Gesicht noch nicht genug betont gewesen wäre, erstreckte sich unter ihr von Ohr zu Ohr ein riesiger, tiefschwarzer, an den Enden gezwirbelter Oberlippenbart, dem sein Eigner ganz offensichtlich allergrößte Sorgfalt zuteilwerden ließ. Fein gebürstet und gecremt verlieh der Bart dem Gesicht eine gewisse Vollkommenheit – Würde eben.

„Wir können über die anstehenden Arbeiten gerne gleich hier sprechen", sagte Marinus, und wies auf einen im Garten aufgestellten Tisch.

Dem ersten Eindruck nach konnte er sich nicht vorstellen, dass Herr Cüce kräftig genug war für die anstehende harte Arbeit. Der kleine Herr Cüce ahnte, was Marinus da durch den Kopf ging, und so beeilte er sich, zu versichern, dass er sehr kräftige, zuverlässige und sauber arbeitende Mitarbeiter habe.

Die selbstbewusste Art, mit der Herr Cüce seine fachliche Kompetenz pries und sich persönlich darstellte, überraschte Marinus. Mit dem Stolz eines erzkonservativen türkischen Mannes, der in seiner Familie Oberhaupt und Pascha ist, versuchte der kleine Mann im Gespräch sofort, die Dominanz zu gewinnen. Er redete in gebrochenem Deutsch auf Marinus ein. „Mache gute Preis für Stunde!" meinte er, stieß damit bei Marinus aber auf wenig Verständnis. Als Anwalt in Bausachen wusste Marinus nur zu gut, welche Überraschungen ein Auftraggeber mit Stundenlohnverträgen erleben konnte. Er forderte deshalb bei den sehr gut überschaubaren Leistungen eine Pauschalpreisvereinbarung. Cüce ging bei dem Wort „pauschal" fast in die Knie. Als er endlich merkte, dass seine Einwendungen bei Marinus so gar nicht verfingen, begann er, die Flächen auszumessen und auf einem Fetzen Papier die

Kosten zu berechnen. „Ist sehr gut für Dich!"
kommentierte er sein Ergebnis.

„Viel zu hoch!" erwiderte Marinus, als er den
von Cüce ermittelten Preis gelesen hatte.

Das weitere Gespräch lief ab, wie in einem
orientalischen Basar. Marinus war darin geübt
durch die Vergleichsverhandlungen vor Gericht
und Cüce hatte es vermutlich schon mit der
Muttermilch eingesogen. Er brachte nämlich
zusätzlich eine theatralische Komponente mit
ins Spiel, die Marinus nicht beherrschte, und
die er bei Gericht auch nicht hätte einsetzen
können. Die von Cüce viel zu hoch und von
Marinus sehr niedrig angesetzten Preise
bewegten sich abwechselnd in Schritten von
jeweils fünfzig DM hinauf und hinunter.
Händeringend lief Cüce hin und her, sobald
Marinus sein vorheriges Angebot wieder nur
um DM 50 erhöhte. Ob Marinus ihn zum Bettler
machen wolle, fragte er mehrmals, ohne eine
Antwort zu bekommen.

Als dann der Preis endlich ausgehandelt und
auch der Termin und alles weitere besprochen
war, wollte Herr Cüce sich verabschieden.
Marinus bestand aber auf einem schriftlichen
Vertrag, was – wie sich sogleich herausstellte -
überhaupt nicht Cüces Sache war. „Ist gültig,
was gesprochen!" meinte er. „Ist besser, was
geschrieben!" hielt Marinus ihm entgegen.
Papier und Kugelschreiber hatte er vorsorglich
schon auf den Gartentisch gelegt.

Er schob beides Herrn Cüce hin, doch der schob es zurück. „Du schreiben auf!" sagte er. Marinus war das recht. Er brachte also zu Papier, was sie vereinbart hatten, ließ Cüce unterschreiben und machte, nachdem er ebenfalls unterschrieben hatte, für Cüce eine Kopie des Vertrages.

Cüce war pünktlich. Zum vereinbarten Termin kam er mit zwei jungen Türken in einem alten Kleinlaster am Haus der Happingers an. Auf der Ladefläche hatte er neben Sand und Steinen einige sehr abgenutzt aussehende Arbeitsgeräte. Spätestens hier hätte sich bei Marinus die Befürchtung einstellen können, dass die Firma Cüce nicht gerade die erste Wahl war, aber Marinus war Optimist.
Er hatte auch keine Zeit, sich darüber lang und breit Gedanken zu machen, denn er war gerade im Aufbruch zu einem Gerichtstermin. Anna würde ihm dann schon berichten, ob die Arbeiten vor dem Haus ordentlich vorangingen. Cüce und seine Leute fingen mit der kleinen Terrasse an. Anna passte auf, dass tief genug ausgehoben und genug Sand eingebracht wurde. Sie arbeiteten nur mit Schaufeln und das war gut so an dieser Stelle nah am Haus. Den ziegelroten Pflastersteinen, die sie dann verlegten, war freilich nicht anzusehen, dass sie einige Monate später weiße Flecken bekommen würden.

Möglicherweise hatte Cüce sie billig als Fehlfarben eingekauft. Nur Allah und Cüce konnten das wissen. Mit dem Verlegen der Steine kamen der gewitzte Türke und seine Leute gut voran. Als Marinus abends heim kam, war die kleine Terrasse fertig und fürs Erste schien sie auch gut gelungen zu sein.

In den folgenden Tagen nahm die kleine Truppe dann die weitaus schwerere Arbeit am Autostellplatz in Angriff. Hier wollte Marinus den Baufortschritt überwachen. Immer wieder unterbrach er seine Arbeit in der Kanzlei und fuhr zwischendurch nachhause. Er hätte erwartet, dass Cüce an dieser von der Straße her zugänglichen Stelle einen kleinen Bagger zum Einsatz brächte; aber nein, Cüce drückte seinen Leuten auch hier nur Schaufeln in die Hand. Zur Vorbereitung des Untergrundes mussten sie neben der üblichen Erdbewegung die alten Rasengittersteine ausbauen und einen dicken Wurzelstock entfernen. Mit Pickel und Schaufel war das Schwerstarbeit. Viel Kraft erforderte auch der Transport und das Verlegen des Granitkopfsteinpflasters. Güce redete ständig mit seinen schwitzenden Männern. Marinus verstand kein Wort, denn Güce redete natürlich nur türkisch. Vielleicht zitierte er ihnen aus dem Koran, dass der Mensch nur durch Fleiß und Mühe etwas zu erreichen vermag, oder er hielt sie mit kleinen

Scherzen, wie sie unter Männern üblich sind, bei Laune.

Bei einer derartigen Plage durften ausgiebige Pausen natürlich nicht fehlen. Cüce und seine Leute zogen sich dazu aber nicht irgendwohin zurück, wie Marinus das von anderen kleinen Baustellen kannte. Sie bevorzugten den Garten des Bauherrn. Mehrmals am Tag versammelten sie sich unter der Korkenzieherhasel, wo es schön schattig war. Da saßen und lagen sie auf ihren ausgebreiteten Decken, verspeisten ihre türkische Brotzeit, die sie in Plastikdosen mitgebracht hatten, und redeten lautstark in ihrer Sprache. Cüce, der nicht nur sehr klein, sondern auch recht mager war, aß nichts.

Marinus und Anna beobachteten die sich täglich wiederholende Szene. Dabei blickten sie wie durch ein Fenster in die ihnen fremde Welt. Einer der Arbeiter hatte einen Recorder dabei. Eine schmachtende weibliche Stimme sang: hatayi ben en basinda yaptim / ayni evi senle paylasarak/ kendimi cok taktir edicem/ ayriligi kutlayarak /... Der Türke ließ seine Hände zu den rhythmischen Klängen tanzen.

Anscheinend sehnte er sich nach seiner Heimat, die den Klängen der Musik zufolge im hintersten Anatolien liegen musste. Marinus und Anna wussten nicht recht, ob sie sich wie auf einem türkischen Markt oder inmitten einer Türken-Belagerung fühlen sollten. Bei derart starken Eindrücken ging die Phantasie mit ihnen durch. Sie stellten sich vor, wie die Türken plötzlich aufsprangen und im nächsten Moment anfingen, auf Tulum, Kabak, Daf und Kürbis-Geige ihre Volksmusik (Türk Halk Müziği) zum Besten zu geben. Tatsächlich war aber dann doch nur die Musik aus dem Recorder zu hören, und zwischendurch drang ein leises Schnarchgeräusch an ihr Ohr.

Cüce machte seinen Mittagsschlaf.

An einem der ersten Tage kam Cüce nach einer solchen Ruhepause allen Ernstes auf die Idee, von Anna die Zubereitung eines starken Kaffees zu fordern. Möglicherweise hatte ihm seine Frau den Kaffee, den er zur Belebung brauchte, nicht mitgegeben. Was Anna verstörte, war nicht die Forderung an sich, sondern die verblüffend dominante Art, in der er sie vorbrachte, ohne freundliches Lachen und ohne „Bitte" – einfach so.

Normal war bei ihm vermutlich auch, dass er ansonsten immer nur mit Marinus sprach, von Mann zu Mann sozusagen. Anna würdigte er keines Blickes und er grüßte sie auch nicht, wenn sie direkt neben Marinus stand.

Unter diesen Umständen kam seine Kaffee-Bestellung bei Anna ganz schlecht an. „Der soll sich seinen Kaffee doch zuhause machen lassen und in der Thermoskanne mitnehmen", meinte sie, „ich bin doch hier kein Hotel". Cüces Forderung ignorierte sie einfach und der nahm das erstaunlich gelassen hin.

Er hatte es halt einfach einmal probiert. Schon tags darauf hatte er seinen Kaffee in der Thermoskanne dabei.

Jeden Tag rückte Cüce mit seinen Leuten an, aber mit ihren Schaufeln kamen sie nur sehr langsam voran. Bald merkte Marinus auch, dass sein Auftragnehmer das Verlegen der Granitpflastersteine nicht so gut beherrschte, wie er das vorgegeben hatte. Nachdem die letzten Steine gesetzt waren, brachten Cüces Leute eine uralte Rüttelplatte zum Einsatz. Marinus hatte sich den Nachmittag frei gehalten, denn die Fertigstellung stand bevor. Cüce versuchte verzweifelt, die Maschine zu starten. Sie seufzte, keuchte und hustete, aber sie sprang nicht an. Nacheinander bemühten sie sich dann mit Faustschlägen und Fußtritten, das Teil in Gang zu bringen. Plötzlich stieg schwarzer Rauch auf und mit ungeheurem Lärm sprang der Motor an, lief drei Sekunden und starb wieder ab. Das wiederholte sich ein paar Mal. Als es endlich soweit war, dass Cüce die Rüttelbewegung zuschalten konnte, hielt sich Marinus die Hände schützend an die Ohren. Offenbar hatte die Rüttelplatte keinen Gummi-Belag und auch sonst nichts, was ihre Lautstärke hätte mindern können.

Am Ende hatte die Maschine zur Verbesserung der Arbeit nichts beigetragen. Nur Gestank und Lärm hatte sie erzeugt. Güce schien das erreichte Arbeitsergebnis zu befriedigen.

„Samma fertig!" verkündete er nachdem er den Motor des Ungetüms endlich abgewürgt hatte. Tatsächlich aber wies die Fläche noch eine deutlich sichtbare Wölbung auf.

Sprachlich angepasst antwortete Marinus: „Hamma Buckel in Pflaster!"

Die Wölbung war nicht zu übersehen.

Cüce versuchte erst gar nicht, nach einer Ausrede zu suchen. Er reagierte betroffen, aber ohne Weinerlichkeit. Marinus hätte Güce am liebsten die Vergütung gekürzt, denn er wollte ihn und seine Truppe endlich loswerden. Güce aber war berechtigt, nachzubessern, und das wusste er.

„Mache ich Pflaster nochmal und wird gut!" sagte er. Damit hätte ihn Marinus für weitere zwei Tage am Hals gehabt.

„Machst Du lieber noch kleine Ausbesserung dort" schlug Marinus ihm vor und deutete auf eine andere, sehr viel kleinere Fläche in der Einfahrt, wo das Pflaster etwas eingesunken war.

Güce war überrascht und zugleich froh; schließlich sparte er sich dabei eine Menge Arbeit. Froh waren auch Marinus und Anna. Nach einer knappen Woche war das, was sie wie eine Türkenbelagerung empfunden hatten, endlich vorbei.

<37>

Nachdem Frau Betrucci Selbstmord begangen hatte, wurde regional und überregional in Zeitungen und Journalen nochmals ausgiebig über ihre Persönlichkeit, über ihre kriminelle Energie, über reiche Bauern, Prominente und andere von ihr betrogene Leute, über die Prozesse und vor allem auch über ihren gewaltsamen Tod berichtet.

Happingers Mandanten waren jetzt aufgeregter als je zuvor. Fast jeden Tag brachten sie ihm jetzt brandneue Presseberichte verschiedenster Zeitungen. Überall wurde groß aufgemacht von Hintergründen des Selbstmordes berichtet; von Abschiedsbriefen, in denen die Betrucci angeblich ihren Freitod angekündigt hatte.

Stück um Stück sei sie zerbrochen worden. Verzweifelt sei sie gewesen und bereit, bei einer Inhaftierung einen Schlussstrich ziehen.

Berichtet wurde auch über eine Stellungnahme der Gefängnisverwaltung. Diese habe keinerlei Hinweise auf Suizidabsichten der Inhaftierten gehabt und deshalb habe man keinen Grund gesehen, sie mittels Kamera zu überwachen. Schon kurz nach Betruccis Einschließung hätte eine weitere inhaftierte Frau in der Zweierzelle untergebracht werden sollen. Da sei aber Frau Betrucci schon tot gewesen. Sie habe sich aus

Stoffstreifen, mit welchen ihre Anstaltswäsche zusammengebunden war, eine feste Schlinge gebunden und sich mit dieser am vergitterten Zellenfenster erhängt.

Happinger erfuhr aus den Presseberichten auch, was die Staatsanwaltschaft zwei Wochen vor dem Ende des laufenden Strafprozesses veranlasst hatte, einen Haftbefehl zu erwirken und Frau Betrucci in die JVA Aichach bringen zu lassen.
Neue Betrugsvorwürfe hätten eine Inhaftierung erforderlich gemacht. Der Begründung des Haftbefehls sei zu entnehmen gewesen, dass Frau Betrucci mindestens vier Geschädigten ein landwirtschaftliches Anwesen in Anderdorf gegen Vorschusszahlungen in sechsstelliger Höhe versprochen habe. Mehr als 1,5 Millionen Mark sollen aufgrund ihres Versprechens an sie geflossen sein. Vermutet werde, dass sie das Geld ins Ausland gebracht habe. Das Gericht habe deshalb Fluchtgefahr angenommen und Untersuchungshaft angeordnet.

Happinger war klar, dass nicht zuletzt die Strafanzeige, mit der er im Auftrag seiner Mandanten den Stein ins Rollen gebracht hatte, zum Haftbefehl geführt hatte. Für das Nachlassverfahren am Amtsgericht hätte ihm gereicht, dass alles ans Licht kommt, was die Testamentsanfechtung stützen konnte.

Dem Staatsanwalt konnte das nicht reichen.
Nicht ohne Grund befürchtete er - und mit ihm
der Haftrichter -, dass Frau Betrucci noch
weitere Personen schädigen oder sich schon
bald ins Ausland absetzen könnte. Sie hatten
die Frau deshalb verhaftet und eingesperrt.
Die Betrucci hätte daraufhin Haftprüfung
beantragen und vielleicht schon bald wieder
freikommen können. Doch sie spürte wohl,
dass das Spiel endgültig verloren war und ihr
einige Jahre im Gefängnis bevorstanden.

Nach Betruccis Freitod war Happingers Kampf
um das Gfäller-Anwesen noch längst nicht
beendet. Solange nicht rechtskräftig feststand,
dass das Testament von vornherein nichtig
oder jedenfalls nach der rechtzeitig erklärten
Anfechtung ungültig war, galt Mara Betrucci als
die Erbin des Gfäller Schorsch. Jetzt, nach dem
Tod der Betrucci, waren nach gesetzlicher
Erbfolge ihre beiden erwachsenen Söhne die
Erben ihres Vermögens, und bei gültigem
Testament würde auch das Gfäller-Anwesen
dazu gehören. Im Falle der Annahme der
Erbschaft durch Betruccis Söhne wäre freilich
die Erbenhaftung zu beachten gewesen, was
heißt, dass sich die Gläubiger der Frau
Betrucci, also vor allem die von ihr
Geschädigten, ab jetzt an die Erben der Frau
Betrucci gehalten hätten. Einige Gläubiger
hatten bereits jederzeit vollstreckbare Urteile,

und nach diesen schuldete Frau Betrucci ihnen weit über 15 Millionen Mark.

Diesen Gläubigern wäre sehr an der Gültigkeit des Testaments gelegen gewesen. Da sie an die angeblich im Ausland versteckten Betrucci-Millionen nicht herankamen, wäre ihnen das Gfäller-Anwesen als Vollstreckungsziel recht gelegen gekommen.

Happingers Kampf um das Gfäller-Anwesen ging also weiter und die gesetzlichen Erben hatten allen Grund, auf einen Erfolg zu hoffen.

<38>

„Hör zu, was Dich heute nach Deinem Waage-Tageshoroskop erwartet", sagte Anna, und noch bevor Marinus Einspruch erheben konnte, las sie ihm aus der Zeitung den kurzen Text vor, der für ihn Richtung weisend sein sollte.

„Es ist, als ob ein Sonnenstrahl durch die Wolken dringen würde. Deinen Mitmenschen lächelst Du freundlich entgegen und erntest Liebe und Wohlwollen. Ob Du neue Kontakte knüpfst oder mit dem liebsten Menschen der Welt einen schönen Tag verbringst – immer steht Partnerschaft im Vordergrund. Genieße das Leben und vergiss die weniger schönen Seiten einmal."

Anna wusste, dass Marinus Zeitungshoroskope für Unsinn hielt. Weil sie aber meist so daher kamen, dass der Leser zur Vorsicht gemahnt oder zu positivem Denken angeregt wurde, musste man sie nicht spöttisch abtun. Wer sie für unsinnig hielt, konnte ihnen zumindest einen gewissen Unterhaltungswert zugestehen. Letzteres tat Marinus. Treu dem Horoskop folgend lächelte er Anna freundlich entgegen und wartete die Reaktion ab. Liebe und Wohlwollen des Partners versprach ihm das Horoskop. Für das beginnende Wochenende war das doch eine wunderbare Perspektive.

„Und was steht in Deinem Tageshoroskop?"
fragte Marinus. „Das Übliche", meinte Anna
und las über ihr Sternzeichen Stier folgendes:
*„Ihr sonst so harmonisches Privatleben wird
gerade etwas erschüttert. Lassen Sie Ihren
Partner von Ihren Problemen wissen und
stoßen Sie ihn nicht gleich vor den Kopf. Sie
stellen andere viel zu sehr in den Vordergrund,
jetzt sind Sie doch selbst einmal an der Reihe.
Wenn Sie sich derzeit zu sehr verausgaben,
könnte dies gesundheitliche Folgen mit sich
bringen. Legen Sie heute einen ruhigen Tag für
sich alleine ein."*
Wenn Anna „das Übliche" sagte, so meinte sie
damit, dass Marinus bei den Horoskopen stets
besser weg kam als sie; jedenfalls erschien ihr
das so. Marinus hielt die Gelegenheit für
gekommen, den Stier bei den Hörnern zu
packen. „Also dann lass` mich doch bitte von
Deinen Problemen wissen!" forderte er Anna
auf. Große Hoffnungen, etwas zu erfahren,
machte er sich freilich nicht, denn Anna pflegte
ihre Probleme für sich zu behalten. Marinus
hatte sie in der Vergangenheit schon oft
vergeblich befragt, wenn er Anzeichen der
Bedrückung zu erkennen glaubte. Wie eine an
ihr Schweigegelübde gebundene Nonne hatte
sie stets abgewehrt. Auch diesmal war es so.
„Ich habe doch keine Probleme!" sagte sie.
Marinus hingegen konnte sich gut vorstellen,
dass Anna hin und wieder von den Aufgaben

erdrückt wurde, die täglich auf sie zukamen. Hatte er das bessere Los gezogen? Vielleicht. Tatsache war, dass sie sich an diesem Wochenende einen Tag getrennt voneinander sehr gut vorstellen konnten. Sie beschlossen, den Samstag bis zum Abend, jeder für sich allein, ganz der Entspannung zu widmen. Nach Sonnenuntergang wollten sie ein romantisches Tête–à-tête bei Kerzenschein und Trallala genießen, womit sich dann beide Horoskope als zutreffend erweisen würden.

Nach dem Frühstück ging jeder seiner Wege. Anna tauchte ab im Stall und bei den Pferden. Es gab nichts, was ihr besser gefiel. Für sie war das die Quelle, aus der sie Kraft und Lebensfreude schöpfte.

Marinus war da nicht so festgelegt. Er mochte die Abwechslung, weshalb ihm so ziemlich alle reinen Quellen recht waren, aus denen er Lebensfreude schöpfen konnte. An diesem Samstag sollte es ein schöner Spaziergang durch das Priental von Aschau nach Sachrang sein. Herbstbilder lockten. Da war vor allem der zwischen Kies und Fels springende und kräftig rauschende Wildbach. Vom Spitzstein her kommend, bahnte er sich Tag und Nacht seine Bahn durch das Tal seiner Mündung in dem Chiemsee entgegen. In den von größerem Gestein abgeschirmten Stellen gab es Kolken und Gumpen, in denen das Wasser sich fing und beruhigte.

Dort und nahe am Ufer tummelten sich die Bachforellen. Das angeschwemmte Totholz lag sperrig im Wasser und bot ihnen Schutz. Im glasklaren Wasser glänzten schwarze und rote Punkte auf ihren Körperflanken. Marinus setzte sich auf einen Felsen und ließ dieses Bild auf sich wirken. Sonnenstrahlen wärmten ihm den Rücken. Eine halbe Stunde saß er ganz still da. Es war Meditation – einfach so und ohne jede Absicht.

Auf seinem weiteren Weg schwelgte Marinus in Farben. Die Laubbäume trugen bunt gefärbte Blätter und auch der Boden unter ihnen war voll davon. Er erinnerte sich, wie er sie früher gesammelt und in Büchern gepresst hatte, um die Farbenpracht in den Winter hinüber zu retten. Und da war auch wieder dieser modrige Geruch des Herbstlaubs, wie er ihn auch von Friedhofsbesuchen zu Allerheiligen her kannte. Nein, an den Tod wollte er hier in dieser herrlichen Natur nicht denken; an den Tod, der überall und jederzeit geduldig darauf wartete, bis das Lebende am Ende seiner Zeitspanne angelangt war, wie eben jetzt im Herbst die Blätter, die sich bunt geschmückt in einem Todestaumel drehten, wenn sie von den Bäumen fielen.

Marinus lebte und er wollte es intensiv spüren – dieses Leben. Bei Tao-Übungen und beim Tai-Chi spürte er besonders gut, wie ihn Lebenskraft durchströmte. In der Nähe des

Ortsteils Bach kannte er eine Stelle am Fluss, an der er das heute erleben wollte. Bisher hatte er sich nie aus der Anonymität der eigenen vier Wände hinaus ins Freie gewagt. Der Gedanke, dass ihn jemand bei seinen Tai-Chi-Übungen beobachten könnte, war ihm immer unangenehm gewesen. Warum das so war? Er hatte es sich nie erklären können. Es war eben ein seltsames Gefühl, das ihn davon abhielt. Dabei sah er doch, dass andere es schafften, dass sie beim Tai-Chi alles ausblenden konnten, was um sie herum geschah. Heute, so nahm Marinus sich vor, wollte er es auch schaffen. Unbefangen wie ein Tai Chi übender Chinese im Stadtpark von Peking wollte er sich bewegen, und falls jemand stehen bleiben und zusehen sollte, würde er das einfach nicht beachten.

Marinus wanderte also weiter zum Ortsteil Bach ohne jemandem zu begegnen. An einer besonders schönen Uferböschung blühten Herbstzeitlosen. Hier – auf das fließende Wasser der Prien blickend – stellte er sich auf, ließ das Chi in seinem Körper fließen und begann mit den Bewegungen.

*Schulterbreit und parallel die Füße zueinander aufstellen - * die Knie leicht beugen - * das Steißbein absenken - * den Bauch einziehen - * die Wirbelsäule wie eine herabhängende Perlenkette ausrichten - * Tief einatmen und mit der Bewegung langsam ausatmen.

* Tai Chi Yin Yang – *Hände über Kreuz öffnen und schließen – * Die Meereswellen kommen und gehen - * Ausbreiten der Schwingen nach links und rechts - * Das Wasserrad dreht sich – * Das Nashorn schaut in den Mond.

All das waren bildhafte Beschreibungen der Formen, der Bewegungen des Tai Chi.

Ja – und als der Abschnitt kam, wo der Affe seine goldenen Früchte verteilen sollte, fühlte Marinus sich plötzlich derart beobachtet, dass er diese Form abkürzen und Konzentration in der statisch ruhigen Qi Gong–Haltung suchen musste.

Das half. Nach kurzer Zeit schon lief die Form wieder gut: Yin Yang / Kranich/ Laute/ usw. Das Interesse vorbeikommender Wanderer war geringer, als Marinus befürchtet hatte. Dann aber näherte sich ihm ein frei laufender, mittelgroßer Hund. Es schien, als drängte diesen sein Instinkt unwiderstehlich hin zu der Stelle, wo Marinus in die Tai-Chi-Bewegungen vertieft war, welche dem Hund wohl sonderbar erschienen. In zunächst respektvollem Abstand umkreiste er Marinus. Schließlich wurden die Kreise immer enger. Marinus nahm sich vor, sich davon nicht beirren zu lassen.

Er konzentrierte sich auf seine Bewegungen. Den Hund versuchte er wie eine imaginäre Erscheinung, eine eben mal vorbeiziehende Wolke wahrzunehmen. Der Hund wiederum tat, was ihm seine Natur gebot.

Er beschnupperte Marinus, und weil dieser nun wieder in ruhiger Qi-Gong-Haltung einem Baumstamm ähnlich dastand, hob der Hund plötzlich sein Bein, wohl um den sonderbaren Stamm zu markieren.

Marinus konnte das nicht zulassen. Durch einen Fersenkick brachte er den Hund gerade noch rechtzeitig auf Abstand. Erstaunt schaute der Hund auf das plötzlich so bewegliche Ziel, das er angepeilt hatte. Dann rannte er zu einem großen Stein und beehrte diesen mit seiner nassen Ladung.

Marinus dachte nach. Wollte eine höhere Macht ihn durch den Hund wissen lassen, dass von seinen Tai-Chi-Bewegungen wenig zu halten war? Oder war es im Gegenteil so, dass er die Qi-Gong-Haltung derart gut beherrschte, dass ihn der Hund für einen Baum halten musste?

„So ein Schmarrn!" murmelte er vor sich hin. Keine Gedanken solcher Art, ja eigentlich überhaupt keine Gedanken wollte er zulassen. Aber er stellte fest, dass sein Geist durch den Auftritt des Hundes unruhig geworden war.

„Nicht denken! Nicht denken! Nicht denken!" sagte er sich vor, bis ihm auffiel, dass er ja dadurch auch schon wieder dachte.

Wieder und wieder misslang Marinus die Form. Die Gedanken überfielen ihn wie ein Schwarm Mücken, doch es gelang ihm, sie an sich vorbei ins Leere schwirren zu lassen und sie nicht weiter zu verfolgen.

Und nun erlebte er seine Bewegungen wieder weich und fließend; Bewegungen, die in der bildhaften Sprache des Tai-Chi und Qi-Gong beschrieben werden als die „Wolkenhände", das „Spiel auf einer chinesischen Leier" und "Der weiße Kranich breitete seine Schwingen aus", usw. Marinus war glücklich mit seinem Tai-Chi und Qi-Gong.

Als er nach Aschau zurück wanderte, erinnerte er sich an das Zeitungshoroskop. Was stand da nochmal? „Es ist, als ob ein Sonnenstrahl durch die Wolken dringen würde."

Dem nächsten Wanderer, dem er begegnete, lächelte er so freundlich zu, wie er konnte, und siehe da, der Andere lächelte freundlich zurück. Es funktionierte wirklich.

Zuhause angekommen stand Marinus lächelnd in der Tür, als Anna ihm öffnete.

Und auch sie lächelte.

<39>

Happinger war in einen komplizierten Fall vertieft. Im Sekretariat hatte er darum gebeten, nicht gestört zu werden und ihm Mandanten, wer immer sie seien, vom Leib zu halten. Für seine Mitarbeiterinnen war das eine schwere, nicht selten unlösbare Aufgabe. Die Mandanten waren nämlich fast immer der Meinung, dass ihr Fall der Bedeutendste wäre, und kaum einer zeigte Verständnis, wenn der Anwalt im Haus war, sie aber zu ihm nicht durchgelassen oder am Telefon nicht durchgestellt wurden. Vor allem für diejenigen, die zum ersten Mal in einen Rechtsstreit gerieten, war der Anwalt eine Art praktischer Arzt, bei dem man sich ins Wartezimmer setzte und nach mehr oder weniger langem Warten behandelt wurde. Das Leiden dieser von ihrem ersten Rechtsfall gebeutelten Neulinge hatte Happinger oft gespürt. Es waren die Fälle, in denen er sich ausnahmsweise dann doch stören ließ.

„Der Herr Gfäller ist draußen. Er sagt, dass er nur eine kurze Frage hätte!" – Happinger hob den Kopf und schaute zur halb geöffneten Tür seines Arbeitszimmers. Fräulein Prezz hob die Schultern und gab damit zu erkennen, dass sie gegen den erneut unangemeldeten Besuch des Herrn Gfäller leider nichts machen könne.

Happinger schob den Aktenhaufen auf seinem Schreibtisch beiseite. „Lassen Sie ihn rein!" sagte er. „Aber warten Sie noch eine Minute und bringen Sie mir erst die Gfäller-Akte!" fügte er hinzu. Nachdem Fräulein Prezz die Tür zu seinem Arbeitszimmer geschlossen hatte, ging er um den Schreibtisch herum und zog den darunter stehenden niedrigeren Tisch mit der schwarzen Kunststoffplatte hervor. Mochte der Gfäller Lenz seine Holzfäller-Faust doch darauf niedersausen lassen, aber bitte nicht auf die fein polierte Palisanderholz-Oberfläche des Schreibtisches.

Der Gfäller Lenz war diesmal überraschend entspannt und ausgesprochen ruhig. Er setzte sich, kramte aus seiner Jackentasche einen Zeitungsausschnitt hervor und winkte damit, als hielte er die vollstreckbare Ausfertigung eines Urteils nach gewonnenem Prozess in der Hand. „Neuigkeiten?" fragte Happinger. „Des ko ma woi sog`n! I hob ma denkt, des bring i eana liaba glei vorbei", antwortete der Gfäller Lenz und knallte triumphierend den Ausschnitt der aktuellen Bildzeitung auf den Tisch. Die Schlagzeile war zwei Zentimeter hoch und ging über die gesamte Seitenbreite. „DIE SCHWARZE WITWE – IHR LETZTES GAUNERSTÜCK MIT SCHORSCH, DEM BAUERN" Anscheinend gefiel seinem Mandanten die reißerische Art der Berichterstattung dieses Blattes besonders. Happinger, der schon Tage zuvor aus der Lokalpresse vom Schicksal der Frau Betrucci erfahren hatte, überflog den BILD-Artikel. „Darf ich ihn zu den Akten nehmen?" fragte er. „Ja freili, desweg`n hob en eana ja mitbracht. Is de Sach` mit dem Erbschein dann ausg`stand`n?" wollte er wissen.

„Leider noch nicht", antwortete ihm Happinger. Er erklärte ihm, dass das Verfahren sich wegen des Todes der Mara Betrucci jetzt sogar noch länger hinziehen könnte, weil das Gericht nach Betruccis Tod einen Nachlasspfleger für deren Nachlass einsetzen wird und dass dieser sich erst in den komplexen Fall einarbeiten muss. „Wir können nur abwarten", sagte er, „der Nachlasspfleger wird in unserem Verfahren so lange weiter den Erbschein einfordern, bis die Streitfrage, ob das Testament gültig oder ungültig errichtet wurde, rechtskräftig durch Urteil entschieden ist. Ja, Herr Gfäller, das kann über mehrere Instanzen gehen und noch Jahre dauern, wenn nicht zuvor eine gütliche Einigung erreicht wird."

Der Gfäller Lenz war sichtlich enttäuscht, hatte er doch erwartet, dass nach Betruccis Tod bei Gericht alles sehr schnell gehen könnte, und dass nun sicher nicht die Betrucci-Erben, sondern die gesetzlichen Erben den Erbschein bekommen würden. Happinger konnte diese Enttäuschung seines Mandanten gut verstehen.

Er versuchte ihn zu trösten. „Bedenken Sie bitte, dass unsere Erfolgsaussichten sich stetig verbessert haben, seitdem wir den Kampf begonnen und das Testament angefochten haben, und jetzt heißt es eben DURCHHALTEN und wenn es noch Jahre dauern sollte!".

„Ja, dann geh` i jetzt wieder", sagte der Gfäller Lenz. Happinger begleitete ihn hinaus.

Weil er durch Gfällers überraschenden Besuch ohnehin aus der Arbeit an einem Schriftsatz gerissen worden war, und weil ihn außerdem ein für den Monat Oktober ungewöhnlich warmer, sonniger Tag zur Unterbrechung der Arbeit geradezu einlud, beschloss er, ein wenig spazieren zu gehen. Er erledigte noch rasch zwei Telefonate, unterzeichnete ein Dutzend Briefe, die schon in der Unterschriftenmappe lagen, und im Hinausgehen rief er Fräulein Prezz noch zu: „Ich seh` mich ein wenig in der Stadt um. In einer Stunde bin ich zurück." Fräulein Prezz schaute etwas verwundert. Sie war dergleichen nicht gewöhnt. Selten kam es vor, dass der Chef ganz einfach so, ohne speziellen Anlass seine Kanzlei verließ. Er tat das sonst nur, wenn es unbedingt nötig war und das Ziel gleich um die Ecke lag, wie etwa die Raiffeisenbank in der Kufsteiner Straße oder das auf der anderen Seite des Rieder-Gartens gelegene Amtsgericht. Während einige Rosenheimer Anwälte sich in Arbeitspausen gerne an einen strategisch günstigen Tisch vor einer Gaststätte oder einem Café in der Fußgängerzone setzten, um so rein zufällig einen früheren Mandanten zu treffen oder gar einen neuen Mandanten aufzutun, pflegte Happinger sich bildlich gesprochen in seiner Kanzlei anzuketten und nicht unter die Leute zu gehen, wenn es sich vermeiden ließ.

Das lag unter anderem daran, dass er über kein gutes Namens- und Personengedächtnis verfügte. Bei einem Spaziergang durch die Stadt begegnete er Dutzenden von Leuten, die ihn erkannten und grüßten, während er oft nicht einmal sagen konnte, wo er ihnen schon begegnet war, geschweige denn, wie sie hießen. Immer wenn ihm das passierte, stellte er sich vor, dass die von seinem Gedächtnis so sträflich vernachlässigte Person beleidigt, verärgert oder zumindest enttäuscht weiter gehen und ihn spätestens ab diesen Moment in die Kategorie der arroganten Arschlöcher einordnen würde. Oft erwiderte Happinger einen Gruß oder er grüßte auf reinen Verdacht hin, ohne die Person zu kennen, wenn diese - wie es schien - ihn kannte. Es konnte ein früherer Mandant, ein Student oder auch sonst jemand sein, der ihm irgendwann, irgendwo rein zufällig begegnet war. „Der tut sich leicht", dachte Happinger sich jedes Mal, wenn er ein bekanntes Gesicht sah, und ihm so gar nichts mehr zu dieser Person einfiel.

Aber um eine Entschuldigung war er auch nicht verlegen. Den Anwalt oder Dozenten, den man einmal hatte, merkt man sich relativ leicht; doch welcher Anwalt merkt sich schon jeden Routinefall und den dazugehörigen Mandanten, und welcher Dozent kann nach Jahren noch eine ehemalige Studentin wieder erkennen, wenn diese bei ihm nicht durch ganz besondere Umstände einen sehr nachhaltigen Eindruck hinterlassen hatte.

Happinger begab sich also mit Gefühlen, die ein Mediziner vielleicht als eine Unterart der Paranoia bezeichnet hätte, in Rosenheims Fußgängerzone. Von der in unmittelbarer Nähe der Kanzlei gelegenen König-Otto-Kreuzung aus, wo sich die Münchner Straße, die Prinzregentenstraße und die Rathausstraße im Zentrum der Stadt treffen, betrat er den Max-Josefs-Platz.

Er ging vorbei am Eiscafé Venezia unter den Arkaden. An diesem warmen Spätherbsttag hatten sie draußen immer noch die kleinen Tische aufgestellt, an denen man bei einem Espresso oder einem Eisbecher so schön entspannen konnte. Sie waren alle besetzt. „Wo nehmen die Leute die Zeit her?" fragte sich Happinger. An einem der Tischchen entdeckte er Dr. Rachmanov, einen von jenen Rosenheimer Anwaltskollegen, die in jedem Mitmenschen, der ihnen zufällig begegnete, einen potentiellen Mandanten sahen.

Der untersetzte, anscheinend immer schon grauhaarig gewesene Anwalt saß gerne an dieser strategisch günstigen Stelle, konnte er doch von hier aus ganz gemütlich bei einem Tässchen Espresso die Passanten beobachten. Wichtig war ihm wohl auch, so vermutete Happinger, dass sich Begegnungen mit alten oder neuen Mandanten hier wie von selbst ergaben. Allein schon die körperliche Präsenz bewirkte, dass er sich in Erinnerung bringen oder rein zufällig mit jemandem ins Gespräch kommen konnte, der just ein Rechtsproblem hatte und deshalb einen Anwalt suchte. „Ein guter Tag für ihn", dachte Happinger. Er stellte sich den Kollegen mit Rute und Kescher auf einen kapitalen Fang wartend vor. „Bei dem Wetter beißen sie sicher gut", dachte er. Rachmanov sah zu ihm her, deutete aber nur einen flüchtigen Gruß an. „Ein Anwaltskollege ist Dir wohl so willkommen wie ein alter Schuh am Angelhaken!" rief er ihm zu. Nein – er hätte es ihm gerne zugerufen, behielt es aber für sich und ging weiter. Die Sache mit dem Angelhaken brachte ihn auf eine Idee. „Beim Bierbichler in der Heilig-Geist-Straße haben sie sicher einen Zander oder einen Hecht aus frischem Fang. Wie lange war ich eigentlich schon nicht mehr einkaufen in einem Fischgeschäft? Das muss ja ewig her sein!" dachte er. „Anna würde sich über einen von ihm wenn schon nicht selbst gefangenen, so

doch selbst gekauften Fisch bestimmt freuen!?
Würde sie?" Nun, da war sich Marinus nicht so
ganz sicher, denn Anna ließ sich in Sachen
Haushalt und Küche nicht dreinreden oder gar
in Zugzwang bringen.

Im nächsten Moment stieß er in dem Gedränge
der vielen Passanten mit einer jungen Frau
zusammen. „Oh, Sie sind`s, Herr Happinger!"
rief die Angerempelte überrascht aus.

Er war nicht weniger überrascht.

Das hübsche Gesicht kannte er. Im Hörsaal
sah er es immer in der vierten Reihe ziemlich
in der Mitte. Einen Namen konnte er dem
Gesicht nicht zuordnen. Es waren einfach zu
viele, und eben auch immer wieder neue
Studenten und Studentinnen, die bei ihm die
Baurechtsvorlesungen hörten.

„Verzeihen Sie, ich war gerade in Gedanken!"
sagte er. „Baurechtsgedanken?" fragte sie
schlagfertig nach. „Nein, ich dachte an einen
Zander!" „Na dann – guten Appetit!".

Happinger fand die Begegnung erfrischend.
„Ich muss doch öfter mal raus aus meinem
Arbeitskäfig", dachte er und ging weiter.

Beim Gasthaus zum Stockhammer studierte er
kurz die draußen aushängende Speisenkarte.

Am späten Vormittag hätte er sich ein Paar
Weißwürste mit Brezen und eine Halbe Bier
dazu durchaus vorstellen können. Aber halt!
Die waren ja sicher aus Schweinefleisch und
das hatte er sich ja erst kürzlich verboten.

Das Ringen mit seinem inneren Schweinehund dauerte geschlagene zwei Minuten. Dann war es klar. Er konnte sich diese Eskapade nicht leisten; aber eine Fischsemmel vielleicht?

Es lag ja noch der Einkauf im Fischgeschäft vor ihm.

Am Nepomuk-Brunnen blieb er stehen. Es war sein Lieblings-Aussichtspunkt. Der Max-Josefs-Platz war von hier in jeder Himmelsrichtung zu überblicken. Hier war nach seinem Gefühl die Herzkammer der Stadt.

Das sahen die Rosenheimer Bürger in früheren Jahrhunderten wohl genauso. Der Innere Markt und die Schranne waren beliebte Treffpunkte. Nach dem großen Brand von 1641 befand sich hier auch ihr Rathaus. Seinerzeit ließen sich die wohl situierten Rosenheimer Bürger auch ihre prächtigen Bürgerhäuser im Inn-Salzach-Stil bauen. Auch heute noch konnte man sich am Anblick dieser Gebäude erfreuen, an den farblichen Akzenten und Stukkaturen der da und dort noch im Rokoko-Stil oder im Barock erhaltenen Fassaden, an den kantigen, steil aufragenden Vorschussmauern, hinter denen der Betrachter die Grabendächer nur vermuten kann, ja und schließlich an den Arkaden- und Laubengängen, unter denen sich die Passanten bei jedem Wetter gut geschützt fühlen können. Beeinträchtigt wurde die Idylle des Platzes vermutlich erst, als ihn die Kraftfahrzeuge eroberten.

Happinger dachte zurück an die ersten zehn Jahre seiner Anwaltstätigkeit in der Stadt.

Damals – 1975 bis 1984 - konnte er von den Fenstern seiner damaligen Kanzleiräume direkt auf den Max-Josefs-Platz hinuntersehen, und was er sah, waren Autos, nichts als Autos.

Er erinnerte sich an den Lärm und an die Auspuffgase, denen jeder ausgeliefert war. Kaum einer wäre auf die Idee gekommen, gemütlich sein Bier vor einem der Lokale zu trinken oder am Brunnen zu stehen und den Platz zu betrachten, so wie er es jetzt tat.

Zu dieser Zeit war die Fußgängerzone schon in Planung gewesen und nach ihrem Entstehen 1984 konnte man sich wieder wohl fühlen in der „Guten Stube" Rosenheims.

War das wirklich schon fünfzehn Jahre her? Nach Happingers Empfinden fand das Werden und Vergehen in einer Geschwindigkeit statt, die einem den Atem raubte. Er schloss die Augen und sah im Zeitraffer die Verwandlung des Platzes.

Wo die Autos fuhren, zierten jetzt im Sommer Pflanzen den Platz, und wer mitten auf dem Platz zu Fuß ging, musste nicht mehr wegen eines Autos zur Seite springen. Im Winter wurden mitten auf dem Platz hölzerne Buden für den Weihnachtsmarkt aufgestellt und dazu ein haushoher Christbaum und Lichterketten, und die Menschen tranken ihren heißen Punsch und plauderten fröhlich miteinander.

Ganz zweifellos hatte das Jahr 1984, das berühmte Orwellsche „nineteen eigthy-four", für die Stadt Rosenheim eine Wende zum Besseren gebracht. Jetzt, hier am Brunnen stehend, hörte Happinger das Geplauder der Leute, die vor der Bäckerei Bergmeister an kleinen Tischchen saßen und ihren Kaffee mit Kuchen genossen. Alle freuten sich über die wärmende Sonne, die jetzt gegen Mittag über dem Dach des "Fortner-Hauses" stand und ihnen direkt ins Gesicht schien. Das „Fortner-Haus" gefiel Happinger besonders gut wegen der schönen Frührokoko-Stukkatur an seiner Fassade. Das Weinhaus "Zum Santa", das sich darin befand, schätzte er sehr. Er überlegte, wann und mit wem er zuletzt dort eingekehrt war. „Könnte Aldo Parsig gewesen sein", dachte er. Aldo war Jurist und leitete die Rechtsabteilung der Bank, mit der Happinger viel geschäftlich zu tun hatte. Gelegentlich trafen sie sich zum Mittagessen, um die bei der Bank anstehenden neuen Rechtsfälle zu besprechen. Dabei legte Aldo stets größten Wert darauf, sein Filetsteak Medium mit Kräuterbutter und Ofenkartoffel in Alufolie möglichst genau um 12 Uhr serviert zu bekommen. Nun, Aldo war Frühaufsteher, und da konnte man schon verstehen, dass er beim Zwölfuhrläuten im Wirtshaus sein wollte.
Happingers Blick fiel auf die Turmuhr der Stadtpfarrkirche St. Nikolaus.

Die Zeiger der Uhr standen auf halb Zwölf; für ihn war es höchste Zeit, zur Kanzlei zurückzukehren. Für den geplanten Einkauf im Fischgeschäft war es jetzt zu spät. Er ging noch rasch hinüber zu den Fieranten, die in der Nähe der Marien-Apotheke vis à vis vom Eitzenberger Haus standen, wo sie frisches Obst anboten, das in buntem Durcheinander ausgebreitet auf hölzernen Karren lag.
Happinger sah an einem der Stände besonders große Walnüsse und kaufte davon ein Pfund. Zuhause würden sie sich auch darüber freuen. Nach einem letzten Blick zurück auf das Mittertor machte er sich auf den Rückweg. Diesmal ging er nicht quer über den Platz, sondern unter den Arkaden, vorbei an dem kleinen Eilles-Kaffeeladen und den anderen Geschäften, die sich auf dieser Seite des Platzes befanden. Als er sich vor weiteren Begegnungen an diesem Tag schon fast in Sicherheit wähnte, sah er plötzlich vor sich in Höhe der Duschl-Passage den Architekten Bösler daherkommen. Neben ihm ging eine in fesches Lodengewand gekleidete Dame.
Happinger erkannte sie sofort. Er hatte sie Mitte der 80er Jahre in einer ziemlich unschönen Scheidungssache vertreten.
„Wie war nur ihr Name?" fragte er sich.
Es kam, wie er es generell befürchtete; der Name war längst in seiner Erinnerung gelöscht.
Bösler half ihm aus der Patsche.

„Darf ich vorstellen, Frau Kerpen!" sagte er.

„Wir kennen uns bereits!" erwiderte Happinger und begrüßte Frau Kerpen so, als hätte sich ihr Name seit der ersten Begegnung für ewig in sein Gedächtnis eingegraben.

Frau Kerpen und Herr Bösler hatten es zum Glück genauso eilig wie er, und so waren sie nach einem kurzen „Man sieht sich!" auch gleich wieder dahin.

Happinger legte jetzt im Eilschritt die letzten Meter unter den Arkaden zurück, registrierte im Vorbeigehen, dass Dr. Rachmanov das Tischchen vor dem Café Venezia noch immer besetzt hielt, und eine Minute später erreichte er sein Büro. Eine Mandantin erwartete ihn. Fräulein Prezz flüsterte ihm noch rasch zu, wie sie hieß. So funktionierte das gut, und so mochte er es.

<40>

Das Jahr 1999 ging bei den Happingers recht unspektakulär zu Ende. Anna hatte eine schlimme Zeit hinter sich und vielleicht sogar eine noch schlimmere Zeit vor sich – niemand konnte das so genau sagen. Ihre Mutter, die Fanny Oma, litt unter Alzheimer. Die damit auf Anna liegende Last der Pflege war erdrückend. Wie hätte sie da die Freude und die Kraft aufbringen sollen, bis über Mitternacht hinaus großartig Silvester zu feiern. Die Tatsache, dass ein neues Jahrtausend begann, war ihr nicht wichtig. Auch Marinus hatte mit dem Millenium-Hype rein gar nichts am Hut. Wie schon vor der Sonnenfinsternis im August erwarteten nicht wenige Zeitgenossen, dass zur Jahrtausendwende schreckliche Dinge geschehen könnten. Die Panikmacher malten Szenarien aus, die vom Zusammenbruch der Computersysteme über den weltweiten totalen Stromausfall bis zum Weltuntergang reichten. Daraufhin hatten sich die verängstigten Leute mit Überlebensratgebern, Notrationen, Waffen, Notstromaggregaten, und wer weiß mit was sonst noch allem eingedeckt.
Jetzt war der mit großer Spannung erwartete Zeitpunkt gekommen und auf der Welt lief wieder einmal alles weiter wie gehabt.

Irgendwie bedauerte Marinus, dass seine Eltern die Jahrtausendwende nicht mehr erleben durften. Sie hatten ein Leben lang gerne im Kreis der Familie oder der Freunde gefeiert. Das große Feuerwerk, das sein Vater gezündet hätte, blieb jetzt aus. Das Abschiednehmen erst 1997 von seinem Vater und dann 1998 auch von seiner Mutter war für Marinus sehr bitter gewesen. Mitte 70 war ein Alter, in dem diese beiden starken, immer lebenslustigen Charaktere glatt neu hätten durchstarten können. „Unsere Kraftwerke" hatte Marinus sie gelegentlich genannt. Sie hätten noch viele schöne Bilder malen und Spaß mit den Kindern und Enkeln und Freunden haben können. Doch dann überfiel sie zerstörerisch der Krebs und alles ging ganz schnell, und es war vorbei.

Ein Leid und Abschiednehmen anderer Art hatte schon ab 1995 seine traurigen Vorboten zu den Happingers geschickt. Es waren bei der Fanny-Oma, also bei Annas Mutter, die für eine Demenz-Erkrankung typischen Anzeichen aufgetreten.
Zunächst sah das noch nicht so bedrohlich aus, dass es einen besorgt gemacht hätte. Es fiel auf, dass sie ein wenig vergesslich geworden war; aber wer in der Familie kannte das nicht, dass einem etwas nicht gleich einfiel. Mit dem ihr eigenen Humor hatte sie es lange Zeit gut

überspielen können. Nach außen hatte sie seit Jahrzehnten nur spärlich Kontakte gepflegt und ihren Hausarzt nahm sie auch nur selten in Anspruch, zumal er ihr immer eine recht gute körperliche Verfassung bestätigt hatte.

Es war also vor allem Anna, die nach und nach an ihrer Mutter die Veränderungen wahrnahm. Die Fanny-Oma bewohnte schon seit Beginn der 80er-Jahre im Haus der Happingers eine abgeschlossene Wohnung. Dadurch hatte sie Anschluss an die Familie, aber eben auch ihr eigenes Reich, in das sie sich zurückziehen konnte. Sie unterstützte die Familie und fand im Gegenzug den Schutz und die Hilfe, die sie im Alter brauchte, wie sich zeigen sollte.

Als es so etwa 1995 mit der Vergesslichkeit begann, war die Fanny-Omi 80 Jahre alt. Sie war bis dahin auf eine angenehme Art witzig und in Gesprächen durchaus schlagfertig gewesen. Das ließ jetzt nach. Beim Ausfüllen der von ihr immer so geschätzten Kreuzworträtselseiten nahm sie es nicht mehr so genau. Sie malte in die Kästchen Buchstaben, um alles zu füllen. Die richtigen Worte mussten es nicht sein.

Ihre Brille wurde zur meistgesuchten Sache im Hause Happinger. „Ich weiß genau, dass ich sie bei mir drüben im Flur auf dem Intarsien-Schränkchen abgelegt habe, aber nun ist sie weg!" war anfänglich eine der häufigsten

Meldungen, mit denen sie bei Anna ankam. Anna, oder wenn es sich gerade ergab, eines der Kinder begleiteten sie dann hinüber in ihre Wohnung und da lag die Brille dann auf dem Fensterbrett in der Küche oder auf dem Wäschekorb im Bad oder an einer anderen ungewöhnlichen Stelle. Fanny-Oma zeigte sich froh darüber, dass die Brille gefunden war, beharrte aber darauf, sie dort nicht abgelegt zu haben. Das ständige Abhandenkommen der Brille wurde in der Familie mit Verständnis aufgenommen und dank der beiden Mädchen und der drei Buben war sie immer wieder schnell gefunden und konnte der zunehmend verstörten Fanny-Oma übergeben werden. Was für Anna und die Kinder langsam zur Routine wurde, erlebte die Fanny-Oma jedes Mal so, als wäre es zuvor noch nie geschehen. Bald schon legte sie die Brille nicht mehr an Stellen ab, die man sich gerade noch als mögliche Ablage vorstellen konnte; nein, sie versteckte sie jetzt zwischen der im Schrank liegenden Wäsche, in einer leeren Vorratsdose, hinter dem Fernsehgerät oder einmal sogar im Backofen ihres Küchenherdes, den sie zum Glück nie benutzte.

Anna war mit Fanny-Oma zum Arzt gegangen. Seitdem war klar, dass sie an der Alzheimer-Krankheit litt. Schritt für Schritt kam in der Folge daher, was für diese Erkrankung typisch ist. Die Vergesslichkeit breitete sich beginnend

ab Ende 1998 über alles aus und langsam begann sich ihre Persönlichkeit zu verändern. Ihr früher freundliches Lächeln wich einem meist stumpfen, verhärmten Ausdruck.
Oft wirkte sie jetzt ärgerlich; vielleicht auch weil ihr so vieles nicht mehr gelang. Der Ärger traf Unschuldige. Bemerkte sie das überhaupt?
„Hannes war in meiner Wohnung. Er hat mir den Schlüssel zur Geldkassette gestohlen", klagte sie eines Tages.
Wie sollte Hannes begreifen, dass das alles nur die Krankheit machte, wenn es schon Marinus und Anna kaum begreifen konnten.
Aber was so unbegreiflich war, trat in der Folge so massiv ins Leben der Familie, dass fortan unterschieden wurde zwischen der Fanny-Oma, wie sie wirklich ist, und der Oma, die nur wegen der schlimmen Krankheit nicht mehr so sein kann, wie sie wirklich ist.
Zum Misstrauen kamen Wahnvorstellungen. Anna hatte zur Verhinderung des Schlimmsten ein Babyphone installiert. Aus diesem vernahm sie mitten in der Nacht Fanny-Omas Stimme. Es klang fordernd, so als ob eine Fürstin nach ihrer Bediensteten rufen würde. „Wir brauchen mehr Licht!" rief sie. Als Anna zu ihr hinüber eilte, um zu helfen, saß die Fanny-Oma im Nachthemd auf der Couch im Wohnzimmer.
„Wir brauchen mehr Licht! Nicht wahr?" wiederholte sie und schaute auf die leeren Sessel, die vor und neben ihr standen.

Die dort anscheinend Sitzenden stimmten ihr zu, und so gab sie gleich noch weitere Order: „Und bringen Sie uns doch noch eine Kanne Kaffee, wenn sie die beiden Silberleuchter angezündet haben!".

Anna wusste, dass sich ihre Mutter gerade wohl fühlte. Bei Kaffeekränzchen war das immer so gewesen. Sie war freilich zu müde, die ihr zugemutete Rolle in schlaftrunkenem Zustand nach Art des Dieners James in dem Stück „Dinner for One" zu spielen. Mit Mühe gelang es ihr, die Mutter erst zur Toilette und dann ins Bett zu bringen. „Gute Nacht!" wünschte sie ihr und ging zur Türe.

„Sie brauchen nicht wiederzukommen!" hörte sie als Antwort.

Seit dem Sommer 1999 war die Fanny-Oma dann vollständig von Betreuung und Pflege abhängig. Teilnahmslos ließ sie alles über sich ergehen. Ihr Gedächtnis hatte total abgebaut. Ihre Umgebung und sich selbst nahm sie kaum noch wahr. Sie konnte kaum mehr sprechen und sich nur noch in kleinen, schleppenden Schritten fortbewegen.

Es machte traurig, bei diesem Verfall zusehen zu müssen. Anna war nicht nur traurig; sie war am Ende ihrer Kraft; aber fremde Hilfe wollte sie auch zukünftig nicht in Anspruch nehmen.

Jetzt, an Silvester, war die Fanny-Oma zur Medikamenten-Einstellung in die Neurologie einer Spezialklinik gebracht worden.

Für Anna bedeutete das einige Tage Ruhe; doch absehbar kam im neuen Jahr Leidvolles auf die Happingers zu. Einen Propheten brauchten sie dafür nicht zu bemühen, und was am bevorstehenden Silvesterabend beim Bleigießen herauskommen würde, ahnten sie schon: Sicher nichts Gescheites!

<41>

Als Marinus Happinger am Montag in aller Herrgottsfrühe seine Kanzlei betrat, ahnte er schon, dass es kein guter Tag werden würde.
Üblicherweise war um diese Zeit das Licht im Sekretariat längst eingeschaltet. Heute waren die Lichter aus, keine Schritte waren zu hören, keine Schreibmaschine klapperte und die Akten lagen noch genauso auf den Schreibtischen im Sekretariat, wie zuletzt am Freitagnachmittag, nachdem seine Anwaltsgehilfin, Fräulein Prezz, die Büromaschinen abgeschaltet hatte und mit einem freundlichen Gruß ins nahe Wochenende aufgebrochen war.
Happinger ging von Raum zu Raum, machte überall das Licht an und hörte die Telefon-Ansagen ab. „Hallo – Herr Rechtsanwalt! Ich bin`s - Fräulein Prezz!" Das heisere Krächzen in der Stimme ließ Schlimmstes befürchten. „Leider hat mich eine schwere Grippe erwischt. Heute und die nächsten Tage werde ich nicht zur Arbeit kommen können", krächzte es ihm aus dem Telefon entgegen.
Na dann „Gute Besserung!" murmelte er, und er wünschte es seiner treuen Sekretärin von Herzen. Er wünschte es ihr freilich nicht ganz uneigennützig, denn sie war die Stütze seiner Kanzlei, hatte er doch außer ihr derzeit nur

eine Auszubildende, deren Lehrzeit gerade erst begonnen hatte. Fräulein Rossfeld, seine Azubi, war fleißig und lernwillig, aber sie war eben noch weit davon entfernt, eine versierte Anwaltsgehilfin ersetzen zu können. Besonders schlimm war es montags und freitags, denn an diesen Tagen hatte sie Berufsschule, weshalb Happinger an diesen Tagen sogar Botengänge selbst machen musste. Ihm, dem Chef, stand also eine turbulente Arbeitswoche bevor, die er nur mit zusätzlicher Wochenend- und Nachtarbeit bewältigen konnte, denn eine Aushilfe war so schnell nicht zu bekommen. Improvisation war angesagt, und das ganz besonders an diesem Montag, an dem er von der Situation überrascht wurde. Das Telefon läutete. „Happinger!" meldete er sich.

„Ah – Sie sind es gleich selber. Das ist aber schön. Ich rufe in einer ganz dringenden Sache an ...." Kaum hatte Happinger sich die eigentlich gar nicht so dringliche Sache angehört und den Hörer aufgelegt, läutete das Telefon schon wieder. Es war Frau Erler, die Vorzimmerdame seines Freundes, des Bankdirektors Meinrad Otter. „Guten Morgen Herr Happinger. Heute selbst am Apparat? Darf ich Sie mit Herrn Direktor Otter verbinden?" flötete sie mit erfrischender Freundlichkeit ins Telefon und stellte gleich durch ins „Allerheiligste".

„O t t e r !!!" schallte es aus dem Hörer.

Schmunzelnd registrierte Happinger das ihm vertraute, immer gleiche Telefon-Zeremoniell. Meinrad konnte es nicht lassen. Vermutlich meldete er sich auch dann mit dem knallenden „O t t e r !!!", wenn ihn Mira, seine Frau, oder einer seiner Söhne im Büro anriefen.

Frau Erler versäumte natürlich nie, ihrem Chef beim Herstellen der Verbindung anzukündigen, wer am anderen Ende der Leitung war; aber das änderte nichts.

Zum Telefonspiel gehörte auch der mit einer Portion Überraschung unterlegte, sofort ins betont Freundliche wechselnde Tonfall: „Marinus – hallo! Hattet ihr ein schönes Wochenende? usw. usw.", dem sich sogleich die moderate Überleitung zum Geschäftlichen anschloss: „Du – es geht um Folgendes … usw. usw."

Als Happinger bemerkte, dass ihm hier keine brandeilige Sache ins Haus stand, atmete er auf. Meinrads Frage konnte er schnell beantworten. Zur Ruhe kam er freilich nicht. In kurzen Zeitabständen läutete mal das Telefon, mal die Klingel an der Eingangstüre. Er fühlte sich auf unangenehme Weise multifunktional. Erst jetzt erkannte er so richtig, welche Bedeutung das Fräulein Prezz für seine Kanzlei hatte, welchen Berg an Aufgaben sie ihm abnahm und welche Lücke sich plötzlich auftat, wenn sie erkrankte. Seinen Mandanten musste er wie einer der

armseligen Straßenmusikanten erscheinen, die fünf Instrumente gleichzeitig bedienen
Dazu kam die Gefahr, dass er sich zu viel zumutete und seine Gesundheit aufs Spiel setzte. Nun, irgendwie schaffte er es, sich durch die Wirren des Tages zu kämpfen. An den folgenden Tagen, so hoffte er, würde ihm ja die Auszubildende die einfachsten Dinge abnehmen können.
Als Fräulein Rossfeld am Dienstag früh zur Arbeit erschien, wäre sie am liebsten gleich wieder nachhause gefahren. Es war ihr sofort klar, dass sie jetzt unter verschärfter Beobachtung des Chefs stand. Auch wenn der von ihr nicht allzu viel erwartete, machte ihr das, was da auf sie zukam, gehörig Angst. Happinger war bemüht, sie zuversichtlich zu stimmen. Er lobte sie oft und verschonte sie von Aufgaben, die Erfahrung voraussetzten. Er war ja schon froh, wenn sie wenigstens die Akten-Wiedervorlagen, die Schreibarbeiten, die Postbearbeitung, die Botengänge und ähnlich einfache Aufgaben erledigte.
Aber es haben halt auch die einfachen Dinge ihre Tücken. Fräulein Rossfeld sollte das an diesem Dienstag erfahren. Am Nachmittag hatte sie mehrere auf Band diktierte Briefe und Schriftsätze auf der elektrischen Olivetti-Schreibmaschine zu Papier gebracht. Diese Schriftstücke legte sie Happinger in drei Unterschriftenmappen eine halbe Stunde vor

Büroschluss vor. „Also her damit!" sagte er. Er griff nach seinem Montblanc-Füller, den ihm Anna vor vielen Jahren zur Kanzlei-Eröffnung geschenkt hatte, klappte die erste Mappe auf und überflog den Text, so wie üblich.

Was Happinger diktiert hatte, musste er normalerweise nicht nochmals genau lesen, denn Schreibfehler wurden üblicherweise von Fräulein Prezz entdeckt und beseitigt.

„Muss ich alles ganz genau lesen?" fragte er seine etwas unsicher wirkende Auszubildende.

„Weiß nicht!" meinte sie.

„H m m h!" Nichts, aber auch gar nichts blieb ihm an diesem Dienstag erspart. Das Querlesen, das ihm sonst viel Zeit ersparte, schien ihm nun doch zu gefährlich, also las er bei jedem Schriftstück jede Zeile.

„Ja, was haben wir denn da?" fragte er und deutete auf eine Textstelle.

„Ich hatte diktiert: .. der Beschuldigte parkte vor dem Kirchenportal. Ich lese hier aber: ... Kirschenportal. Lieben Sie Kirschen?"

Die Frage konnte er sich nicht verkneifen. Den Schreibfehler kringelte er mit Rotstift ein. Auch die an vielen Stellen nicht gesetzten Kommas ergänzte er bei der Gelegenheit. Dann kam ein baurechtlicher Schriftsatz, in dem von Mängeln die Rede war, die ein Fliesenleger verursacht hatte. „Aber, aber Fräulein Rossfeld! Sie haben da ..Flie**g**enleger..

geschrieben. Was habe ich mir denn darunter vorzustellen?" Happinger schmunzelte.

Es ging ihm durch den Kopf, mit welcher Bedächtigkeit ein Fliegenleger zu Werke gehen müsste und wie so ein Mosaik aus toten Fliegen aussähe. „Blödsinn", dachte er.

Den Schreibfehler kringelte er rot ein, warf der Auszubildenden einen gnädigen Blick zu und kommentierte den Fehler abschließend nur noch mit einem „Kann vorkommen!"

Im nächsten Schriftsatz, der in der Mappe lag, ging es um Vereinsrecht. Auch hier wurde Happinger gleich an mehreren Stellen fündig. Das Heftigste war, dass er mal da mal dort „Mietglied" lesen musste, wo eigentlich laut Diktat und dem Sinn des Textes zufolge das Wort „Mitglied" zu stehen hatte. Fragen, wie er sie zuvor bei den anderen Schreibfehlern gestellt hatte, verkniff sich Happinger in diesem Fall. Leicht vorstellbar, in welche Verlegenheit er die junge Auszubildende damit gebracht hätte. Er kringelte die Schreibfehler also nur kräftig rot ein und beschränkte sich im Übrigen auf den Hinweis, dass dieses Wort mit dem Vertragstyp Miete nichts zu tun habe; vielmehr beschreibe es die Zuordnung einer Person zu eine Gruppe, wie etwa auch das Wort Mitbürger.

Damit war die Fehler-Fiesta aber immer noch nicht zu Ende. Seine Auszubildende vertat sich auch noch bei der Schreibweise des Namens eines Kollegen. Bei dessen Namen – er hieß Schmiedel – war vermutlich die Nachbarschaft der Buchstaben **m** und **n** auf der Tastatur ursächlich dafür gewesen, dass sie Schniedel schrieb.

Der Kollege Dr. Schmiedel gehörte zu jenen Anwälten, mit denen Happinger sehr oft zu tun hatte. Die Art, wie er in Prozessen auftrat, und oft auch seine Wortwahl im anwaltlichen Schriftverkehr hatten Happinger schon in vielen Fällen richtig in Rage gebracht. Er hielt den Kollegen Dr. Schmiedel für einen rechten Grobian, einen Haudegen, der gelegentlich auch Schläge unter der Gürtellinie austeilte, und der für diese Art der Prozessführung viel Zuspruch von seinen Mandanten bekam. Sie mochten es, wenn der Prozessgegner hart angegriffen wurde; ja manchen konnte es gar nicht hart genug sein. Jetzt war da dieser Schreibfehler. Happinger konnte sich lebhaft vorstellen, wie sehr sein Kollege sich beim Lesen des Schreibfehlers ärgern würde.

Einen Moment lang war er geneigt, den Fehler ganz einfach zu übersehen.

„Nein!" dachte er, „der alte Haudegen ist womöglich gerade was die Schreibweise seines Namens betrifft, hoch sensibel, und ihn auf so hinterhältige Weise beleidigen? Nein!"

„Hören Sie - Fräulein Rossfeld: Schreibfehler können sich gerade bei Namen verheerend auswirken", belehrte er seine Auszubildende.

Was würden Sie sagen, wenn jemand an Sie schreibt, und dabei an Frau Rossfell adressiert, was zwar ähnlich klingt, aber doch etwas ganz anderes ist – oder? Also vergessen Sie nicht, gerade bei Namen immer doppelt zu prüfen und mich im Zweifel zu fragen", fügte er hinzu. Er machte also einen roten Kringel um den Schniedel. Weiter sagte er nichts dazu.

Fräulein Rossfeld beeilte sich, die fehlerhaften Seiten neu und nun ganz fehlerfrei zu schreiben. Etwas geknickt verließ sie an diesem Abend die Kanzlei.

Happinger konnte sich erst jetzt in aller Ruhe mit einem Fall befassen, der besonders knifflig war. Erst weit nach Mitternacht kam er heim.

Die Vorlesung am Mittwoch fiel zum Glück aus. Happinger konnte diesen Tag improvisierend bewältigen. Auch am Donnerstag gelang ihm das. Fräulein Rossfeld war sehr bemüht, wofür Happinger sie täglich mehrmals belobigte. Am Freitag war sie in der Berufsschule.

Happinger besann sich darauf, dass er einen freien Beruf ausübte. Ab Mittag sperrte er das Büro kurzerhand zu und war ab da nicht mehr zu erreichen.

Am Montag war alles wieder gut. Sie war wieder zurück, die treue Seele seiner Kanzlei, das Fräulein Prezz.

<42>

Marinus Bruder, Changpu oder Josef, wie er mit seinem Taufnamen hieß, war schon seit zwei Tagen in Pippos Haus am Simssee. Er war in seinem auberginefarbenen, etwas älteren Auto, einem Audi Quattro, gekommen.

Eine Auswahl seiner schönsten Radierungen, Ölgemälde, Zeichnungen und Skulpturen hatte er von seinem Münchner Atelier zu Pippo nach Wolfratskirchen geschafft. Er, der Künstler, und Pippo Stringer, der den schönen Künsten zugetane und von Changpus künstlerischem Werk überzeugte gute Freund und Förderer, hatten beschlossen, hier eine Ausstellung zu veranstalten.

Als Marinus einen Tag vor der Vernissage nachmittags kurz bei Pippo vorbeischaute, war Changpu gerade in die Stadt gefahren.

Er sah Pippo draußen auf der Veranda stehen.

Der hatte ihn nicht bemerkt. Durch die geöffneten Fenster des Hauses erklang aus voll aufgedrehten Bose-Lautsprechern gerade das Ende des vierten Satzes von Gustav Mahlers neunter Symphonie. Marinus näherte sich von der Nordseite des Hauses her leise, denn er wusste, wie sehr Pippo diese Musik liebte, und in diesem Moment wollte er ihn einfach nicht stören.

Pippo blickte auf die vor ihm liegende Rasenfläche, als wäre dort unter seiner Stabführung ein Orchester bei der Arbeit.

Er hob die Arme, senkte sie, legte die linke Hand ans Ohr, lauschte. Das Vogelhäuschen bedachte er dabei mit einem strengen Blick, als wäre von dort ein störendes Gezwitscher gekommen. Fast beschwichtigend bewegte er zugleich die rechte Hand auf und ab, was imaginär vielleicht eine etwas zu laut gespielte Bassklarinette, ein Fagott oder eine Posaune ansprechen wollte, tatsächlich aber nur auf einen braunen Flecken aufmerksam machte, der wohl durch die Pisse eines seiner vielen Hunde verursacht worden war. Dann wurde die Musik leiser. Pippo streckte beide Arme weit zum Garten hin aus, so als wollte er zum Ende der Symphonie hin abheben und auf einer Wolke inniger Empfindung davonschweben. Adagissimo. Transzendente Sphärenklänge der Violinen. Schließlich verstummte die Musik.

Erst jetzt gab Marinus durch einen kurzen Applaus seine Anwesenheit zu erkennen. „Ach, Du bist es Marinus! Hörst Du schon länger zu? Phantastisch, Mahlers Neunte, nicht wahr?" Pippos Begeisterung für Gustav Mahler teilte Marinus nur bedingt. Der soeben gehörte Musikausschnitt hatte ihm durchaus gefallen, aber zu einem Gustav-Mahler-Konzert hätte er sich bestimmt nicht einladen lassen, so sehr er seinen Freund Pippo auch mochte.

Es war eine Freundschaft, die seit Jahrzehnten bestand. Vieles hatten sie damals in München gemeinsam unternommen, hatten beide Jura studiert und waren später sogar einige Jahre gemeinsam als Rechtsanwälte tätig gewesen. Ihre Anwaltskanzlei Happinger & Stringer war auf Erfolgskurs, doch dann hatte es Pippo wieder zur Kunst hingezogen, zur Musik und zu Bildern, die er mit Hingabe restaurierte.

„Komm rein!" sagte Pippo gut gelaunt.

„Changpu ist gerade weggefahren. Er besorgt noch das Material für die Rahmen und Passepartouts." Marinus folgte Pippo ins Haus. Drinnen umfing ihn der für die Werkstatt eines Restaurators typische Geruch von Ölfarben, Leinöl und Terpentin. Er kannte und liebte diesen Geruch und er liebte auch das kreative Durcheinander in den Räumen. Für die Ausstellung erschien ihm dieses von Kunst beseelte Haus bestens geeignet. Er sah, dass die Vorbereitung der Vernissage in vollem Gange war. Möbelstücke hatten weichen müssen, Wände waren für Ausstellungsstücke freigemacht, da und dort standen gerahmte Bilder auf dem Boden und auf den Tischen lagen noch nicht gerahmte Radierungen. „Auch ein Glas Prosecco?" fragte Pippo. Er hatte vermutlich schon einige Gläser intus, so beschwingt wie er war. Noch bevor Marinus eine Antwort formulieren konnte, hatte Pippo schon die schwere Flasche mit dem von ihm bevorzugten Prosecco, einem Conegliano Valdobbiadene Superiore Extra Dry, über ein leeres Glas manövriert. Er füllte dieses so schwungvoll, dass es überschäumte. „Salute amico mio!" „Auf dass Josefs Ausstellung ein voller Erfolg werden möge". „Wie weit seid ihr denn in den oberen Stockwerken?" wollte Marinus wissen. „Nun, einiges hängt und anderes steht!". Pippo lachte über seine zweideutige Bemerkung. Marinus war schon versucht, seinen Freund ebenso zweideutig zu fragen, was nun genau hängt und was steht, aber er ließ es bleiben. Pippo, das wusste er, hätte keinen Moment gezögert, ihm sein bestes Stück vorzuführen, egal ob es gerade stand oder hing. „Komm, sieh Dich oben auch noch um!" sagte Pippo mit einladender Geste. Er ging zur Wendeltreppe, die nach oben führte. Entlang des Treppenaufgangs und im oberen Teil des Hauses hingen bereits viele von Changpus Bildern. Marinus kannte sie fast alle. Von den im Druckereibetrieb Max Dunkes in München auf der Handpresse gedruckten Radierungen hatte ihm sein Bruder im Laufe der Zeit immer wieder einmal ein Epreuve d'Artiste, also einen Druck außerhalb der streng limitierten Auflage geschenkt. Jetzt lagen diese Ätzaquatinta-Radierungen und viele andere Bilder Changpus hier in Pippos Haus zur Ausstellung und zum Verkauf bereit, und viele davon hingen schon an den Wänden.

Zu jedem Bild waren das Entstehungsjahr, das Auflagenlimit und der Name angegeben, welchen der Künstler für das Bild gewählt hatte. Es waren Namen wie: „Ocean of Bliss/ Ozean der Glückseligkeit" - „Verwandlung" - - „Umarmung" - „Felsgewächse" - „Donna" - "Traumflagge" - „Der gute Hirte" -„Chymische Hochzeit" - „Fallendes Blatt" - „Daphne" – „Eine kleine Versammlung" - „Hieroglyphen II" - „Flug des Schamanen".

Das bei diesen Radierungen zentrale Thema war die Verwandlung alles Irdischen innerhalb einer Lebensspanne, die Verwandlung bis hin zum Tod. Changpu hatte sich nach seinem Studium an der Münchner Kunstakademie und nach den ersten Jahren seines künstlerischen Schaffens mit dem Studium der tibetischen Kultur und ganz besonders mit der mehrere tausend Jahre alten Bön-Tradition der Tibeter befasst. Was er als Künstler schuf, wurde zunehmend beeinflusst von den buddhistischen Lehren, die ihn auf seinem Weg begleiteten.

Marinus freute sich auf die jetzt bevorstehende Vernissage. Die Leute würden die von seinem Bruder geschaffenen Werke sehen, sich für die Bilder begeistern und sicher auch kaufen. An den Erfolg musste man nur glauben.

Changpu war am späten Nachmittag immer noch unterwegs in der Stadt. Marinus konnte nicht länger bleiben. „Also Pippo, bis morgen.

Zur Vernissage werde ich mit Anna kommen und zur Belebung des Geschäfts auch gute Bekannte mitbringen. Sag Josef einstweilen schöne Grüße von mir!"

Die Vernissage begann tags darauf um 20 Uhr. Als Marinus und Anna eintrafen, ging es schon ziemlich eng her; schließlich war es ja keine Kunsthalle, in der Changpus Bilder ausgestellt wurden. Das Event in Pippos Haus war durch Mundpropaganda angekündigt worden. Pippo hatte viele seiner Freunde und Bekannten angerufen und die riefen dann ihre Freunde an. Alle kannten sie Pippo als einen geselligen Menschen, der wegen seiner finanziellen Unabhängigkeit über viel Zeit und über eine Lässigkeit verfügte, die von den meisten als angenehm empfunden wurde. Heute hatte er ein „full house", und was besonders für Changpu wichtig war, es waren viele der Gäste an seinen Bildern interessiert und einige hatten auch genug Geld, um sich eines oder gar mehrere zu kaufen.
Erst einmal aber leerten sie die mit leckeren Happen belegten Platten und tranken dazu Bier, Wein oder Sekt, was die Stimmung hob und damit auch gleich den Lärmpegel im Haus ansteigen ließ. Das war nicht Changpus Welt. Er tat sich diesen Trubel nur an, weil er gelegentlich auch Geld verdienen musste. Als freischaffender Künstler mit der Ambition, den

vielen oberflächlich denkenden Menschen aus dem Weg zu gehen, war das schwer für ihn. Er war ja nicht Künstler geworden, um berühmt und reich zu werden. Seine Begabung und der Drang, sich künstlerisch auszudrücken, hatten ihn zum Maler und Bildhauer werden lassen, auch wenn ihn dieser Weg in eine prekäre Lage bringen konnte. An diesem Abend, da war er sich sicher, würde er einige Bilder verkaufen und von dem Geld wieder längere Zeit leben können. Das kurze Heraustreten aus seiner sonst bevorzugten „splendid isolation" nahm er dafür in Kauf. Marinus sah zu ihm hin, als er gerade von einigen Leuten umringt wurde, die ihn mit Fragen überschütteten.

Changpu lächelte und gab in aller Ruhe die Antworten. Man spürte seine starke Präsenz und auch, dass er sich an diesem Abend sehr bewusst war, die Hauptrolle zu spielen. Die helle Leinenhose und das Hemd, ebenfalls aus hellem Leinen, kontrastierten gut zu dem rubinroten Turban, welchen er über der Stirn wie eine Krone gebunden hatte. Die unter dem Rand der Kopfbedeckung zu sehenden Locken waren so schwarz, wie sein Bart, den er beim Sprechen durch die Finger seiner rechten Hand gleiten ließ.

„Ach, die Guttmanns sind auch da!" rief Anna und winkte dabei Fred und Kerstin Guttmann so unvermittelt zu, dass sie ausgerechnet gegen die Hand stieß, mit der Marinus gerade sein volles Sektglas zum Mund führte. Der Stoß reichte aus, das Sektglas so in Schieflage zu bringen, dass sich ein erfrischend kalter Schwupps nach vorn ergoss, direkt in Frau von Kampens tiefes Dekolleté. Die erschrak derart, dass sie einen schrillen Schrei ausstoßend sich an den Busen fasste und mit den Ellenbogen zugleich nach links und nach rechts ausfeuerte. Unglücklicher hätten die beiden Herren neben ihr nicht stehen können. Sie traf die beiden mit voller Wucht. Der eine war der Zahnarzt Dr. Reussel und der andere hieß Burgbauer und war ein bekannter Immobilienmakler. Alle an dem Geschehensablauf Beteiligten bedauerten sich nun gegenseitig und entschuldigten sich. Frau von Kampens Busen hob und senkte sich und besorgte Männeraugen hoben und senkten sich in gleichem Rhythmus. Ablenkung brachte schließlich eine Ansage Pippos.

Er stellte den zur Vernissage erschienenen Gästen seinen Freund und Künstler Changpu vor, berichtete von dessen Werdegang, und von den zahlreichen früheren Ausstellungen, bei denen er seit 1972 erst im Haus der Kunst in München und dann in Galerien im In- und Ausland mit seinen Werken vertreten war.

Dann forderte er die Gäste dazu auf, die Gelegenheit zu nutzen, mit dem Künstler über dessen Werke zu sprechen und sich vor allem bei den Unikaten rechtzeitig zum Kauf zu entschließen, da selbstverständlich auch bei

einer Vernissage der Spruch gelten müsse:
Wer zuerst kommt, mahlt zuerst!
Während Anna etwas abseits stand und sich
mit Kerstin unterhielt, folgte Marinus den
Erklärungen, die Changpu einigen Besuchern
zu seiner Radierung „Contemplatio" gab. Von
Richard, einem im zwölften Jahrhundert in der
Abtei Saint Victor lebenden Prior redete er und
von dessen Hauptwerk „De Trinitate" (Über die
Dreifaltigkeit). Die Schrift sei umfangreich und
ihr Inhalt lasse sich nicht in wenigen Sätzen
wiedergeben, meinte er. Richard habe von
sechs Stufen der Kontemplation gesprochen,
deren höchste die „alienatio mentis", die
Verzückung sei. Gott sei die Liebe, und so
offenbare uns die Liebe das Wesen Gottes.
Richard habe als Dichter und Mystiker das
Geheimnis der Dreifaltigkeit metaphorisch zu
erklären versucht und Gott verglichen mit
einem Fluss, mit einer liebevollen Welle, die
dem Vater entspringt, in den Sohn fließt und
von dort wieder zurückfließt, um glücklich im
Heiligen Geist ausgegossen zu sein.

Changpus Erklärungen forderten den Gästen
bei dieser Vernissage mehr ab, als diese zu
geben bereit waren. Marinus hatte bei einigen
eine nachlassende Konzentration bemerkt.
So ähnlich war es auch, als sie zwei Schritte
weiter vor der Radierung „Chymische Hochzeit"
standen und Changpu erklärte, dass diese in

der Alchemie als Vereinigung der Gegensätze bezeichnet werde. In der Schrift „Chymische Hochzeit des Christian Rosenkreuz" gehe es um die siebenfache Struktur geistiger Prozesse und um den Pfad der Einweihung bis zur Auferstehung des unsterblichen Menschen. Sieben Lektionen seien zu lernen, sieben Tugenden zu kennen und sieben Eigenschaften zu erwerben. Wesentliche geistige Prozesse würden häufig als ein siebenfaches Geschehen aufgezeichnet. Die Genesis gebe Einblick in die sieben Schöpfungstage und mit sieben Posaunenstößen vollziehe sich die Apokalypse.

Bei einigen Gästen war damit die Grenze ihrer geistigen Aufnahmekapazität erreicht. Kleine Plaudergrüppchen bildeten sich, ähnlich wie in der letzten Unterrichtsstunde an einer Schule. Die besonders Kunstbeflissenen bestaunten aber noch immer die Chymische Hochzeit und folgten mit vorgetäuschtem oder wirklichem Interesse den Ausführungen des Künstlers. Das Bemühen, die soeben gehörten Worte mit dem Bild in Einklang zu bringen, war ihnen am Gesicht abzulesen.
Anna kam jetzt dazu. Sie zeigte auf ein gegenüber an der Wand hängendes Bild, das mit <Tuschezeichnung „Sitzende" 1988> untertitelt war. „Die Ruhe in diesem Bild spricht mich an", sagte sie. Marinus verstand das gut. Auch ihm gefiel dieses Bild.

Marinus ging aber ein anderes, größeres Bild nicht aus dem Sinn. Einige Male war er schon daran vorbeigegangen, hatte es immer wieder genau betrachtet.

Es war ein Unikat, also keine der Grafiken, die es in limitierter Auflage gab.

„Komm mit!" forderte er Anna auf.

Er führte sie zu dem Bild – seinem Bild.

Es waren darauf jadegrün schimmernde Berge mit runden bewaldeten Kuppen zu sehen.

„Was sagst Du? Wollen wir es kaufen?" Anna zögerte ein wenig. 2.500 DM war der Preis. Dann nickte sie zustimmend und Marinus klebte einen der roten Punkte auf den Rahmen des Bildes zum Zeichen dafür, dass es verkauft war.   Pippo und Changpu standen daneben.

„Kennst Du die Landschaft?" fragte Changpu, erklärte dann aber gleich, dass es im südlichen China zwischen Guilin und Yangshou am Li-Fluss inmitten einer immergrünen Landschaft Kegelberge aus Muschelkalk gibt.

„Das sind diese Berge", sagte er und deutete auf das Bild.

„Schön, dass es an Euch geht", ergänzte er und Pippo meinte: „Darauf stoßen wir an!".

„Ich weiß auch schon, wo es hängen wird! Direkt neben der Buddha-Statue über dem schwarzen chinesischen Sideboard", sagte Marinus.

Die Gläser stießen aneinander und kurz darauf waren sie schon geleert.

Im Laufe des Abends entschlossen sich noch viele der Gäste zum Kauf von Radierungen, Bildern oder Skulpturen. Immer mehr von den roten Punkten waren auf den Exponaten zu sehen. Eine mit „Unsterblicher" bezeichnete Skulptur wurde weniger beachtet.

Es war eine in Bronze gegossene Skulptur. Sie zeigte das ebenmäßige Antlitz eines Jünglings, über dessen Stirn eine Knospe, ein Engel und eine Blüte zu sehen waren. Drehte man die Skulptur, so blickte einem der den Tod gebärende Tod entgegen.

Diese Skulptur verlangte nicht nach einem Bewunderer der künstlerischen Fertigkeit; sie wartete auf jemanden, der das Geheimnis von Leben und Tod zu ergründen suchte, wie eben auch Changpu, der die Skulptur geschaffen hatte. Ägyptische und tibetische Totenbücher hatte er gelesen und erfahren, was diese Quellen über den Tod und den geheimnisvollen Weg der Sterbenden durch das Terrain zwischen Tod und Wiedergeburt aussagten. Durch Meditation und Kontemplation hatte er zu seinen spirituellen Motiven gefunden, und so waren auch der „Unsterbliche" oder in der Radierung „Buddha Pharao" der vor einem dunklen, sternenübersäten Nachthimmel in tiefer Innenschau versunkene Buddha mit altägyptischem Kopfschmuck entstanden.

Die Vernissage wurde ein Erfolg.

Changpu, so erwarteten einige, würde noch viele Kunstwerke schaffen und irgendwann könnte er vielleicht in die Reihe der in aller Welt bekannten und hochbezahlten Maler und Bildhauer aufsteigen. Dann, so dachten sie, könnte eine bei dieser Vernissage für einige hundert Mark erworbene Grafik plötzlich ein Vielfaches wert sein.

Bei Pippo, Marinus, Anna und einigen anderen überwog freilich die Freude, sich im eigenen Haus mit Bildern und Skulpturen von Changpu zu umgeben.

<43>

Es kam, wie Happinger es seinen Mandanten vorhergesagt hatte. Das Gericht bestellte einen Münchner Anwalt als Nachlasspfleger für den Nachlass der verstorbenen Mara Betrucci, und damit war erst einmal auf lange Sicht keine Entscheidung in der Sache zu erwarten.
Dr. Grewert - so hieß der Anwalt – hatte eine Einarbeitungsfrist bis Juli 2000 erbeten und erhalten. Ferner hatte er überraschend mitgeteilt, dass Frau Betrucci die Rechte aus dem Nachlass Gfäller längst an den Zahnarzt Dr. Rochus veräußert habe, sodass er sich nun mit diesem abstimmen müsse. Das Verfahren, welches den ursprünglich von Mara Betrucci beantragten Erbschein betraf, kam daraufhin vorübergehend zum Stillstand. Happinger wartete Monate auf ein Vergleichsangebot, das Dr. Grewert angekündigt hatte, aber es kam weder ein Angebot, noch ein Antrag, das Verfahren fortzusetzen. Daraufhin drängte Happinger in mehreren Schriftsätzen das Gericht zur Fortsetzung des Verfahrens.
Dr. Grewert reagierte hinhaltend.
Nichts ging voran.
Zum Jahreswechsel gab es dann wieder einen Richterwechsel. Amtsgerichtsdirektor Gössner war nun für Nachlasssachen zuständig.

Nach einem weiteren Vorstoß Happingers kam schließlich wieder Bewegung in die Sache. Richter Gössner wiederholte den früheren Vergleichsvorschlag des Gerichts, zu welchem sich die gesetzlichen Erben schon einmal zustimmend geäußert hatten.

Er meinte, die Beteiligten täten gut daran, sich gütlich auf die 50/50 Teilung zu einigen, weil der Ausgang des Verfahrens immer noch vollkommen offen sei. Zum einen könnte die Frage, ob die Testamentsanfechtung wegen Motivirrtums greift, von den verschiedenen Gerichtsinstanzen unterschiedlich bewertet werden, und zum anderen sei mit immer weiter steigenden Verfahrenskosten und mit einer unabsehbar langen Verfahrensdauer zu rechnen. Happinger gab dazu keine Erklärung ab. Sollte sich doch erst einmal der an die Stelle der verstorbenen Frau Betrucci getretene Nachlasspfleger äußern. Es dauerte mehrere Monate, bis dieser sich äußerte.

Er legte ein Angebot vor, wonach er die gesetzlichen Erben mit 20% des Nachlasswertes abfinden wollte. Einige der gesetzlichen Erben hätten es wohl akzeptiert. Sie waren ja von Anfang an gegen das Verfahren. Happingers Mandanten aber waren klar dagegen. Er konnte sie nach seiner rechtlichen Einschätzung in ihrem Standpunkt nur bestätigen.

Somit scheiterten die Vergleichsbemühungen.

Es folgte daraufhin am 14.3.2001 der auf zehn Seiten begründete Beschluss des Amtsgerichts, nach welchem der Erbscheinantrag aufgrund Anfechtung wegen Motivirrtums abgewiesen wurde.

Mit großer Zufriedenheit las Happinger gleich mehrmals die Gerichtsentscheidung, nach der seine Mandanten und die anderen gesetzlichen Erben nun den gesamten Nachlass ihres verstorbenen Verwandten bekommen sollten, wenn – ja wenn der Beschluss rechtskräftig wurde. Mehr als fünf Jahre waren bis zu dieser Entscheidung vergangen.

Mit einem der schwierigsten juristischen Instrumente, der Anfechtung wegen eines Motivirrtums, hatte Anwalt Happinger seinen Mandanten jedenfalls zu einem ersten Erfolg verhelfen können; doch er wusste, dass es noch verfrüht war, den Sieg zu feiern.

Gegen den Gerichtsbeschluss gab es das Rechtsmittel der Beschwerde und die legte der Nachlasspfleger form- und fristgerecht ein.

Beschwerde legte auch Betruccis angeblicher Rechtsnachfolger, der Zahnarzt Dr. Rochus ein. Er hatte im Verfahren bereits als Zeuge ausgesagt. Im Beschwerdeverfahren beeilte er sich jetzt mit seinem Vortrag, wonach Frau Betrucci ihm am 7.5.1999 den Nachlass des Schorsch Gfäller verkaufte, und vorsorglich beantragte er auch gleich einen Erbschein auf seinen Namen lautend.

Anwalt Happinger hatte es jetzt zwar mit zwei Beschwerdeführern zu tun, was doppelte Arbeit bedeutete, aber ein Argument hatte er schon parat. Schon als Jurastudent hatte er gelernt: „Nemo plus juris transferre podest quam ipse habet", was hier bedeutete, dass die Betrucci nicht mehr Rechte übertragen konnte als sie selber besaß. Dr. Rochus musste also nach diesem Rechtsgrundsatz leer ausgehen, wenn es dabei blieb, dass das Testament wegen erfolgreicher Anfechtung nichtig war. Happinger musste also nur darauf achten, dass es bei der richterlichen Entscheidung vom 14.3.2001 blieb.

Erfreulicherweise war es dem Gfäller Lenz nach dem ersten errungenen Sieg gelungen, weitere gesetzliche Erben zur Teilnahme am Verfahren zu bewegen. Die Leute hatten Mut geschöpft, Das Kostenrisiko war jetzt schon sehr viel gerechter verteilt.

Bei der nächsten Besprechung in der Kanzlei musste Happinger nun schon einige Stühle zusätzlich aufstellen lassen. Es waren jetzt immerhin schon neun gesetzliche Erben, die ihm für das Beschwerdeverfahren Vollmacht erteilten.

„Was kommt jetzt auf uns zu?" wollten sie wissen. Happinger erklärte ihnen, dass das Amtsgericht nach den Beschwerden seine Entscheidung nochmals überdenken und dann entscheiden muss, ob es dabei bleibt oder ob die Sache an die nächsthöhere Instanz zu geben ist. In den Beschwerdebegründungen versuchten die beiden Beschwerdeführer jede Wertung des Gerichts mit einer gegenteiligen Auffassung zu entkräften. In jedem Falle habe das Gericht – so meinten sie unisono - fälschlich einen Motivirrtum angenommen.

Happinger verfasste zu diesen Beschwerden zwei umfangreiche Erwiderungen, in denen er die Argumente der Gegenseite zu entkräften und den Rechtsstandpunkt des Amtsgerichts mit Hinweis auf höchstrichterliche Urteile zu bekräftigen versuchte.

Richter Gössner fackelte nicht lange. Er erließ am 12.7.2001 den Beschluss, dass den Beschwerden nicht abgeholfen werde.

<44>

Der Vollmond schien in den Nächten wieder einmal heller und größer als sonst. Es war fast so, als hätte er etwas auf der Erde bemerkt, was er sich nun ganz von der Nähe ansehen wollte. Wie immer schlief Marinus in Vollmond-Nächten etwas unruhig. Auch in der Nacht auf Montag, 3.9.2001, war das so. So gegen Morgen war es, als er sich auf einem der Traumpfade bewegte, die er so spannend fand, dass er sie immerzu weiter verfolgen wollte. In diesem Traum kroch er durch einen langen unterirdischen Gang. Das flackernde Licht der Öllampe, die er bei sich hatte, ließ an den Wänden links und rechts bunte Bilder erkennen. Es waren Tiere dargestellt, wie er sie noch nie gesehen hatte, und sie bewegten sich. Einige von ihnen hatten vier Beine, die meisten aber nur eines oder drei oder fünf oder gar sieben. Alle hatten lachende Gesichter. Zu hören war nichts.
Das Ganze glich einem Stummfilm, der von unbekannter Hand auf die Wände des Ganges projiziert wurde. In seinem Traum kroch Marinus weiter. Der unterirdische Gang hatte sich jetzt in zwei Stuhlreihen eines Kinosaales verwandelt. Die lachenden Tiere, von denen kein Ton zu hören war, standen wie zu einer

Polonaise aufgereiht da und alle waren vergnügt. Dann aber zerriss ein greller Schrei die Dunkelheit des Kinosaales. Davon wachte Marinus noch nicht auf, aber er bemerkte jetzt immerhin, dass er träumte. Es war die luzide Phase, in der er entscheiden konnte, ob er aufwachen oder weiter träumen wollte. Er entschloss sich, seinen Traum vorerst noch wie ein Zuschauer weiter zu erleben. Die Frage, ob nun der Schrei geträumt war oder ob da wirklich jemand in seiner Nähe geschrien hatte, blieb unbeantwortet. Marinus träumte weiter von der stummen Polonaise der heiteren Tiere, als ein erneuter, langgezogener Schrei an seine Ohren drang. Es reichte. Er beschloss, den Traumpfad zu verlassen und ab jetzt im Halbschlaf die nächsten Schreie abzuwarten; dann würde ja wohl klar sein, woher sie kamen. Es dauerte geschätzt eine Minute. Dann war es wieder zu hören, dieses grässliche: W-hhhh, W-hhhh, W-hhhh, ………..
Marinus fuhr hoch und versuchte zu orten, woher es kam. Kam es vom Garten oder vom Zimmer nebenan? Es musste von draußen kommen, denn so etwas war innerhalb des Hauses einfach nicht denkbar. Was aber konnte es sein? Was stieß solche Schreie aus? Am ehesten, so vermutete er, könnte es zu dieser Jahreszeit und bei Vollmond und so nahe am Haus ein Marder in der Ranz sein, der sein Marderweibchen beglücken wollte.

Und wenn es ein liebestoller Marder war, musste da nicht befürchtet werden, dass er sich in seinem Zustand der Leidenschaft auch in die Bremsschläuche des Autos verbeißen könnte? Marinus musste das jetzt genau wissen, und deshalb stand er auf, zog seinen Bademantel an und begab sich nach unten in die große Stube, um vom bequemen Sessel aus den nächsten Schrei zu erwarten.

Fast wäre Marinus vor Schreck aus dem Sessel gefallen, als plötzlich ungeheuer laut und ganz dicht neben ihm das grässliche

- W-hhhh, W-hhhh, W-hhhh, W-hhhh – erschallte.

Ein kalter Schauer lief Marinus über den Rücken. War der Marder am Ende durch den Kamin bis hinunter gerutscht, wo der blaue Herd stand? Schrie er jetzt vor Verzweiflung, weil er sich nicht mehr befreien konnte? Oder saß er womöglich leibhaftig und schreiend neben ihm? Marinus stand auf, ging die zwei Schritte zu der Stelle, wo das Ofenrohr in den Kamin mündet. Es war still. Doch schon im nächsten Moment war alles klar.

W-hhhh, W-hhhh …, dröhnte es aus der als Pferd getarnten kleinen Sparkasse, die Anna zum Geburtstag bekommen hatte, und die seitdem auf dem blauen Herd stand.

Irgendwie hatte sich der Batteriestrom, der das Pferdchen so grässlich wiehern ließ, von selbst aktiviert.

Marinus nahm das Teil, drehte an einem Verschluss und hoffte damit das Ding endlich zum Schweigen zu bringen. Vorsichtshalber nahm er es aber mit nach oben, wo er es neben sein Bett stellte, um den Schreihals beim ersten erneuten „W-hhhh" an die Wand zu werfen.

Marinus lauschte, doch es blieb nun still und bald versank er in einen ruhigen Schlaf, der bis in den Morgen hinein andauerte.

<45>

Nachdem Richter Gössner durch Beschluss vom 12.7.2001 auf seiner Entscheidung beharrte und den Beschwerden nicht abhalf, musste sich das Landgericht Traunstein mit dem Fall befassen. Die Sache war damit in der zweiten Instanz. Eine mit drei Berufsrichtern besetzte Zivilkammer hatte nun die Aufgabe, über die Beschwerden zu entscheiden und dabei das ihr vom Amtsgericht übermittelte Akten-Material (Schriftsätze, Protokolle, usw.), also alle Grundlagen, die zum Beschluss des Amtsgerichts geführt hatten, zu sichten. An den amtsrichterlichen Beschluss waren die LG-Richter nicht gebunden; sie konnten also nach erneuter Verhandlung in der Sache durchaus zu einer konträren Entscheidung kommen.

Die Beschwerdeführer setzten nun natürlich alles daran, das Blatt zu ihren Gunsten zu wenden. Sie reichten weitere Schriftsätze ein. Ihre Angriffe richteten sich gegen die Argumente, mit denen das Amtsgericht seine Entscheidung begründet hatte. Neues trugen sie nicht vor. Happinger ließ seinen Mandanten Kopien der beiden gegnerischen Schriftsätze zukommen. Für die Erwiderungsschriftsätze hatte er Zeit bis Mitte Oktober, aber er nahm sich die Sache lieber gleich vor. Den ganzen Vormittag hatte er am Dienstag, 11.9.2001 daran gearbeitet und war dann, wie gewohnt, nachhause gefahren zum Mittagessen. Nach dem Mittagsschläfchen, so gegen halb drei Uhr nahm er noch einen Espresso und hörte nebenbei Radio.

Und da kam sie, die schockierende Nachricht, die sich tief in das kollektive Weltgedächtnis eingraben sollte. Es hieß, dass ein Flugzeug in den Nordturm des World Trade Centers in New York gerast sei und dieses ihn in Brand gesetzt habe. „Macht rasch den Fernseher an!" rief Happinger nach oben. Er lief hinauf und da waren auch schon die bewegten und die Welt bewegenden Bilder zur Nachricht.

Der Nordturm des World Trade Centers brannte. Schwarze Rauchwolken traten aus ihm hervor. Was hatte das Unglück ausgelöst? Die Frage war noch nicht einmal gedacht, als auf dem Bildschirm ein weiteres Flugzeug zu sehen war, das geradewegs auf den Südturm zusteuerte und kurz darauf darin zerschellte.

Beide Türme brannten. Schwarzer Rauch verdunkelte den Himmel über den Türmen. Es gab jetzt keinen Zweifel mehr daran, dass die Flugzeuge absichtlich in die Türme gelenkt worden waren. Die Zahl der Opfer, die dieses Attentat forderte, konnte man sich bis dahin überhaupt noch nicht vorstellen. Es waren Passagierflugzeuge, die vermutlich voll besetzt in Flammen aufgingen, und auch in den Gebäuden waren vermutlich viele Menschen, da es ja um etwa 9:30 Uhr New Yorker Zeit, also während der üblichen Arbeitszeit geschah. Doch es kam noch schlimmer. Gemeldet wurde schon kurz darauf, es sei ein drittes Flugzeug im Westteil des Pentagons in Washington zerschellt und eine vierte Maschine bei Pittsburgh (Pennsylvania) auf freiem Feld abgestürzt.

Happinger sah sich mit den Seinen noch eine Zeit lang die grauenhaften Bilder an. Die live übertragenen Berichte der Reporter vor Ort waren so konfus wie eben alles, was in diesen Minuten in der Nähe der zerstörten Gebäude geschah. „Wir schalten jetzt ab. Wir können für die armen Menschen dort nur beten." sagte Anna und die anderen waren der gleichen Meinung. Die Medien würden noch lange davon berichten und das konnte man auch abwarten.

Happinger beschloss, an diesem Tag nicht mehr in die Kanzlei zu fahren. Er rief Fräulein Prezz an. Sie hatte über den Radio erfahren, was geschehen war. „Sagen Sie alles ab und gehen Sie nachhause!" sagte er zu ihr, „morgen ist auch noch ein Tag!" Am Tag darauf fand die übliche Mittwochsvorlesung nicht statt, weil das Wintersemester ja erst Anfang Oktober begann. Die Arbeit an den Erwiderungsschriftsätzen in der Nachlasssache stellte Happinger dennoch zurück.

Zuviel anderes war zu tun. Mit Schriftsatz vom 10.10.2001 untermauerte er aber dann doch rechtzeitig und ausführlich seine auf § 2078 BGB gestützte und durch den Beschluss des Erstgerichts bestätigte Argumentation, dass der Erblasser einem Irrtum bezüglich der Person Betrucci erlag, als er das Testament schrieb.

Er war jetzt mehr denn je davon überzeugt, dass die Beschwerden der Gegner scheitern mussten. Von einem Vergleich war längst nicht mehr die Rede.

Es ging mittlerweile um alles oder nichts.

Verhandelt wurde in der Sache erst wieder am 4.2.2002. Das Gericht verneinte vorab die Beschwerdeberechtigung des Dr. Rochus mit der Begründung, dass sein den Nachlass des Gfäller Schorsch betreffender Vertrag mit Mara Betrucci nach dem Gesetz unwirksam sei. Damit – so das Gericht – habe er kein Recht erworben, also auch kein Recht zur Beschwerde. Das Gericht empfahl ihm die Rücknahme der Beschwerde. Er lehnte ab. Daraufhin wurde seine Beschwerde durch richterlichen Beschluss vom 26.3.2002 als unzulässig verworfen.

Die Beschwerde des Nachlasspflegers wies das Landgericht als unbegründet zurück, weil das Amtsgericht zutreffend angenommen habe,

a) dass der Erblasser bei der Errichtung des Testaments erheblich beeinflusst wurde,

und
b) dass er sich bezüglich der Frau Betrucci
getäuscht hatte und insoweit auch getäuscht
wurde.
Das Amtsgericht habe damit zutreffend
erkannt, dass nicht die Betrucci oder deren
Rechtsnachfolger als Erben anzusehen seien,
sondern die gesetzlichen Erben.

Höchst erfreut las Happinger auch diese
Gerichtsentscheidung gleich mehrmals.
Er hatte allen Grund zur Freude.

Doch die Freude, dieses oft flüchtige Glück,
hatte Happinger noch nie zum Übermut
verleitet. Er wusste, dass es immer noch zu
früh war, den Sieg zu feiern, denn gegen die
Entscheidung des Landgerichts gab es das
Rechtsmittel der weiteren Beschwerde.
Erwartungsgemäß legte sie der Nachlasspfleger
form- und fristgerecht ein.
Das Bayerische Oberste Landesgericht
– sozusagen der juristische Himmel Bayerns
und zuständig in dritter und letzter Instanz –
hatte die vorangegangenen Entscheidungen
des Amtsgerichts und des Landgerichts nach
revisionsrechtlichen Grundsätzen zu prüfen.
Wieder vergingen Monate. Wieder hatten die
streitenden Parteien Gelegenheit, dem Gericht
darzulegen, weshalb sie diese oder jene
Rechtsauffassung für die Richtige hielten.

In den Anwaltsschriftsätzen fanden sich jetzt aber fast nur noch Wiederholungen.
Das Pulver war beiderseits längst verschossen.

Am 14.8.2002 fand endlich die Verhandlung am Bayerischen Obersten Landesgericht statt.
Dieses sprach nun das Machtwort.
Es verkündete den Beschluss, nach welchem die weitere Beschwerde des Nachlasspflegers zurückgewiesen wurde.

Jetzt endlich konnte der Sieg gefeiert werden.
Die gesetzlichen Erben waren zufrieden.
Am meisten aber freute sich der Gfäller Lenz darüber, und das mit Recht. Wenn er nicht so mutig gewesen wäre, wenn er nicht sofort im Frühjahr 1996 Happinger beauftragt hätte, die Erteilung des Erbscheins an Frau Betrucci zu verhindern, wäre das Millionenerbe für die gesetzlichen Erben unwiederbringlich verloren gewesen.

Der Gfäller Lenz hatte nun seinen Viertelanteil.
Über den Rest des Nachlasses konnten sich die übrigen gesetzlichen Erben freuen.

Die Deutsche Bibliothek verzeichnet diese Publikation
in der Deutschen Nationalbibliografie.
Detaillierte bibliografische Daten sind im Internet
über http://dnb.de abrufbar.

Zu anderen veröffentlichten Büchern des Autors siehe
http://www.epubli.de/shop/autor/Hans-Peter-Kreuzer/8781

ISBN 978-3-7375-8292-6

9 783737 582926

www.epubli.de